»man muss behutsam und langsam durch diese Geschichten gehen, die Räume ausloten und ganz langsam schauen, Atem holen, dem Rhythmus folgen, die Personen berühren, schieben, sich in sie verlieben und sie wieder gehen lassen ... Dann ist plötzlich Glas unter den Füßen, und man weiß, es muss auch was zerschlagen werden.« Clemens Meyer

Clemens Meyer erzählt Geschichten von Orten und Menschen, die verschwunden sind. Und er erzählt aus unserer Gegenwart. Von einer kleinen Strandbahn, die an der Küste der Ostsee entlangfuhr. Von einem alten Jockey und seinem Traum, einem Rennen in St. Moritz, wo die Pferde über das Weiß des gefrorenen Sees laufen. Von zwei Frauen und ihrer vorsichtigen Freundschaft. Es sind Geschichten, so zerrissen wie unser Leben, so düster wie die Welt, so hell wie die größten Hoffnungen.

Clemens Meyer, geboren 1977 in Halle/Saale, lebt in Leipzig. 2006 erschien sein Debütroman ›Als wir träumten‹, es folgten ›Die Nacht, die Lichter. Stories‹ (2008), ›Gewalten. Ein Tagebuch‹ (2010), der Roman ›Im Stein‹ (2013) sowie die Frankfurter Poetikvorlesungen ›Der Untergang der Äkschn GmbH‹ (2016). Für sein Werk erhielt Clemens Meyer zahlreiche Preise, darunter den Preis der Leipziger Buchmesse. ›Im Stein‹ stand auf der Shortlist für den Deutschen Buchpreis, wurde mit dem Bremer Literaturpreis ausgezeichnet und für den Man Booker International Prize 2017 nominiert. ›Als wir träumten‹ wurde für das Kino verfilmt sowie ›In den Gängen‹ nach einer Erzählung von Clemens Meyer, beide Filme liefen im Wettbewerb der Berlinale. Im Frühjahr 2017 erschienen die Erzählungen ›Die stillen Trabanten‹.

Weitere Informationen finden Sie auf www.fischerverlage.de

Clemens Meyer

DIE STILLEN TRABANTEN

Erzählungen

FISCHER Taschenbuch

Erschienen bei FISCHER Taschenbuch
Frankfurt am Main, Januar 2019

© 2017 S. Fischer Verlag GmbH, Hedderichstr. 114,
D-60596 Frankfurt am Main

Druck und Bindung: GGP Media GmbH, Pößneck
Printed in Germany
ISBN 978-3-596-29798-6

INHALT

Eins

Wir arbeiteten auf den verwilderten Grünflächen neben einer Tankstelle, die direkt an der Schnellstraße lag. Es war heiß, und es gab nur wenige Bäume, die uns Schatten boten. Das Gras reichte uns bis über die Hüften, und wir mähten es mit Motorsensen, mit denen wir auch die kleinen Büsche dicht über dem Boden abtrennten. Wir hatten Eggen und anderes Werkzeug dabei, mit dem wir die Wurzeln herausreißen konnten. Auf dem Brachland wollte irgendjemand bauen, und wir fragten uns, wer wohl an der Schnellstraße wohnen wollte.

Gegen Mittag war es so heiß, dass wir eine längere Pause machten. Wir hatten früh am Morgen angefangen mit der Arbeit, als die Sonne noch rot hinter den feuchten Feldern und Wiesen lag. Wir gingen rüber zur Tankstelle, dort gab es einen Wasserhahn an der hinteren Wand, an dem wir uns oft erfrischten.

Drei Männer saßen auf dem Boden vor der Wand, die Beine angezogen, die Rücken an den Beton gelehnt. Vor ihnen standen Wasserflaschen, die sie wohl am Hahn gefüllt hatten. Sie sahen aus wie Indianer, wie sie da so saßen, halblange dunkle Haare, aber wer von uns hatte je einen Indianer gesehen, außer im Film.

Wir holten einen von unseren Türken, die in der Tankstelle Kaffee tranken und gar keine Türken waren, der radebrechte eine Weile mit den drei Männern, die immer wieder auf den kleinen Wald hinter der Tankstelle zeigten. Der Mittlere der drei war fast noch ein Kind, und er blickte uns nicht an und hatte seine Wasserflasche zu sich rangezogen.

Auch unser Türke zeigte nun auf den Wald, und wir marschierten los, um uns die Sache mal anzusehen.

Auf einer Lichtung hockten ein paar Frauen und Männer. Eine der Frauen hatte sich unter ihrem Kopftuch das Gesicht zerkratzt, und eine der anderen Frauen hielt ihre Arme fest. Sie hockten um einen kleinen Jungen, der auf dem Waldboden lag. Er hatte Blut erbrochen und um seinen Mund klebten Tannennadeln und Gras und etwas Erde. Wir beugten uns über ihn, aber er war tot.

Unser Vorarbeiter, der früher in der Forstwirtschaft gearbeitet hatte, hob ein paar Wildblumen auf, die zerdrückt neben dem Jungen lagen.

»Herbstzeitlose«, sagte er und bewegte vorsichtig die blassrosa Kelche der Blüten. Der Junge hatte wohl von ihnen gegessen.

Wir standen eine Weile um den Jungen und seine Familie, die von weit her in diesen kleinen Wald gekommen waren, dann überlegten wir, ob wir die Polizei rufen sollten oder den Krankenwagen oder beide. Eine der Frauen sagte etwas zu uns, aber wir verstanden sie nicht. Später, als der Junge in einem Auto lag und wir irgendwelchen Papierkram unterschrieben hatten, gingen wir zurück zur Tankstelle und zu den Brachflächen, die direkt neben der Schnellstraße lagen.

Der Tag war lang und heiß, und wir arbeiteten schweigend, bis es Abend wurde.

Glasscherben im Objekt 95

Die Nächte waren öde und endlos, begannen um sechs und endeten um sechs, sie waren wie dunkle Tage, die sich berührten, und als sie aufhörten, öde zu sein, wurden sie noch endloser und dunkler, und wir wünschten uns die Langeweile zurück, Stunden im Halbschlaf zwischen den Rundgängen, unser Kopf durfte nie auf der Tischplatte liegen, sitzend dämmerten wir, aber das Objekt 95 war unberechenbar geworden, und einige von uns wurden ebenfalls unberechenbar und verloren die Nerven und wurden abgezogen, aber ich versuchte, ruhig zu bleiben, ich kannte die Neustadt, die Trabantenstadt, in der das Objekt 95 lag, kannte die Nächte, in denen die Leute verrückt wurden, machte seit Jahren Dienst im Objekt 95, machte seit Mitte der neunziger Jahre meine Runden in der ganzen Stadt, ich kannte die Wohnheime, die wir manchmal »Kanacken-Burgen« nannten, in denen die Ausländer lebten, keiner hatte dort je gern Dienst gemacht, und jetzt wurde alles noch schlimmer.

Manche von den alten Kollegen sagten: Nun geht es wieder los, und sie hatten recht, ich erinnerte mich an die Zeit und an die Nächte, als es gefährlich war und auf die Polizei, die »Bullen«, wie wir damals noch sagten, kein Verlass. Das schien weit zurückzuliegen, schien weit weg zu sein, und dann spürte ich, dass auch ich ein *alter Kollege* geworden war.

Das Objekt 95 lag inmitten der Plattentürme und Neubaublöcke der Trabantenstadt.

Die Plattenbauten waren alle saniert, die einst grauen Betonfassaden waren mit bunten Strichen und Mustern verziert worden, und am Tag sah ich viele der Rentner, die dort wohnten, aus den Fenstern schauen, wenn das Wetter gut war, die Arme auf ein Kissen gestützt, obwohl es nicht viel zu sehen gab in der Trabantenstadt und im Objekt 95.

Aber es gab das Ausländerwohnheim. Manche der Kollegen sagten, das Objekt 95 *wäre* das Ausländerwohnheim, das »AW«, aber das stimmte nicht.

Das Objekt 95 war ein Rechteck aus zehnstöckigen Plattenbauten, ein großer Innenhof zwischen den Blöcken, und ein Stück außerhalb des Rechtecks das AW; eine Immobilienfirma hatte all das vor Jahren gekauft und saniert, und jetzt musste jemand drauf aufpassen, die Nächte waren lang in der Trabantenstadt, und wie immer wollten sie Geld sparen und hatten einen der billigsten Wachdienste engagiert, obwohl das Ausländerwohnheim Teil des Pakets war, das sie von der Stadt gekauft hatten. Ich will uns nicht schlechtreden, wir waren ein guter Verein, billig aber gut, und immerhin wussten einige der Kollegen, worauf sie sich einließen, als sie die Uniform anzogen.

Ich begann meinen Rundgang wie immer ohne den

Hund. Es war noch fast hell, und der Hund hatte wie die meisten Diensthunde Hüfte, war ein alter Belgischer Schäferhund, ganz gut ausgebildet, aber er humpelte leicht, hatte beginnende HD, Hüftgelenksdysplasie, und ich nahm ihn erst ab Mitternacht mit auf Rundgang, er lag im Wachhäuschen und ruhte sich aus. Unser Wachhäuschen stand direkt neben der Straße auf einem schmalen Grünstreifen, das Licht brannte von sechs bis sechs, man konnte es nicht abschalten, damit uns jeder sehen konnte. Ein Wachmann und ein Hund in einem strahlenden Häuschen aus Plexiglas, und draußen die Nacht.

»Die Eins an die Zwölf, die Eins ruft die Zwölf.«

Ich nahm das Funkgerät von meinem Gürtel, es war schwer und viel zu groß und eine bessere Waffe als der Gummiknüppel, den ich auch noch am Gürtel trug. Das Funkgerät war ein Relikt aus einer anderen Zeit, wir hatten Handys und Smartphones und den ganzen Scheiß, aber das Funkgerät rauschte und fiepte in den Frequenzen der Nacht, es sprach mit uns durch Zeiten und Räume, als ich *sie* wiedersah an diesem Abend im Objekt 95.

Aber sie war es nicht. Wie konnte sie es auch sein, unverändert und so jung, nach mehr als zwanzig Jahren. »Die Zwölf hört!«

Ich begann den ersten Rundgang ohne den Hund. Es war Herbst. Ich zog den ersten Magnetstreifen mit dem Kontrollstreifenlesegerät. Ein leises Piepen. Ich steckte das schwarze Gerät, das wie ein Elektroschocker aussah, wieder in die Seitentasche meiner Uniformjacke. Das

Funkgerät rauschte, begann zu sprechen, ich hörte die Stimme des alten Dispatchers, der in der Zentrale saß, weit weg von der Trabantenstadt, am westlichen Rand der richtigen Stadt, aus der die Trabantenstadt herauswuchs wie ... Tage, die sich ... Ich schüttelte mich, zu viele Rundgänge, zu viele Schichten in den letzten Wochen.

»Die Eins an die Zwölf«, sagte der Dispatcher. Wir warteten seit Jahren, dass er in Rente ging, es hieß, er wäre mal ein hohes Tier beim Geheimdienst gewesen, Staatssicherheit, aber seit ich ihn kannte, seit ich beim Wachschutz arbeitete, über zwanzig Jahre, sah er aus wie ein alter Mann.

»Die Zwölf hört.«

»Alles ruhig im Objekt 95?«

»Ist denn was angesagt?«, fragte ich ins Funkgerät und lief zum nächsten Kontrollstreifen, der ein paar Häuser weiter neben einem Kinderspielplatz an einer Hauswand befestigt war. Obwohl es fast dunkel war, spielten dort zwei Kinder. Sie sahen aus, als wären sie vom AW rübergekommen, schwarze, glatte Haare, dunkle Haut, meistens kamen sie am Abend, um hier zu spielen, wenn die anderen Kinder schon weg waren. Das Lesergerät piepte leise, als ich es über den Magnetstreifen zog. Die beiden Kinder setzten sich in den Sand unter das Klettergerüst und hielten sich an den Händen. Und Hand in Hand saßen sie da.

»Der Wetterbericht meldet nichts Besonderes«, sagte der alte Dispatcher. Dann hörte ich sein Feuerzeug klicken. Viele der Kollegen rauchten wie die Schlote, ich hatte es mir abgewöhnt vor zehn Jahren, können auch sieben oder acht gewesen sein, und wenn ich meine Schicht begann, die meist fünf oder sechs oder auch sieben Tage dauerte, obwohl ich damit die gesetzlich vorgeschriebene Wochenarbeitszeit überschritt, leerte ich den Aschenbecher unseres Wachhäuschens einfach auf den Kiesgrund, auf dem unser Wachhäuschen stand, nur manchmal ging ich mit den hunderten Kippen zu einem der steinernen Papierkörbe, die die Immobilienfirma unverrückbar überall im Objekt 95 aufgestellt hatte.

»Dann traut die Zwölf mal dem Wetterbericht«, sagte ich. Ich hörte, wie der alte Dispatcher atmete oder den Rauch ausstieß, den nikotingelben, alten Finger auf der Empfangstaste, »Die Eins wünscht guten Dienst«.

Ich hatte schon mehrere Kontrollstreifen gezogen, als ich mich dem AW langsam näherte. In den Nächten, und manchmal schon am frühen Abend, aber meistens in den Nächten, sammelten sich Menschen vor dem AW, meist junge Kerle, manche kamen aus den Häusern des Objekt 95, andere aus der Tiefe der Trabantenstadt. Aber heute schien alles ruhig zu bleiben. Obwohl es Freitag war. Auf den Innenhöfen zwischen den Blocks hatten mich einige der Rentner gegrüßt, letzte Besorgungen in einem Plastikbeutel, ein Schwatz vor der Haustür, eine Abendzigarette an einem der steinernen Papierkörbe. Und hinter den Plattenbauten des Objekt 95, vorm rotschwarzen, dunkelblauen Himmel, erhoben sich die Wohnkomplexe der Trabantenstadt. Plattentürme und Planquadrate aus der Zeit des Sozialismus, die nun

14

schon weit mehr als fünfundzwanzig Jahre vorbei war. Wenn ich auf die Karte schaute, die an einer der gläsernen Wände unseres Wachhäuschens befestigt war, sah ich die Viertel unserer Stadt, sah ich das Objekt 95 am Rand der Trabantenstadt, dort, wo der Beton beginnt; ich weiß nicht genau, wer diesen Stadtplan an das Glas geklebt hatte, mit einem Filzstift waren unsere Objekte markiert, in den meisten hatte ich schon Dienst geschoben, die Gewerbegebiete, das Mockau-Center am anderen Ende der Stadt mit all seinen Geschäften auf zwei Etagen und den langen Gängen, wo ich vor der Scheibe des Juweliers stand und die Steine und Ringe im Licht der nächtlichen Auslage betrachtete. Nur die alten Russenkasernen, deren leeren Räume wir lange bewacht hatten, waren verschwunden, abgerissen im Lauf der Jahre.

Ich hielt mich an dem Zaun fest und blickte auf das geöffnete Fenster im Erdgeschoss, wo die junge Frau auf dem Fensterbrett saß, sah sie durch den Zaun. Sie saß auf dem Fensterbrett, die Beine angewinkelt, den Kopf auf die Knie gelegt. Sie schaute in den Abend, das Licht des Zimmers hinter ihr. Ich konnte irgendein Poster an der Wand erkennen, ein Regal, ein Sofa, auf dem eine blaue Tüte stand. Ich hielt das Kontrollstreifenlesegerät so fest gepackt, dass ich kurz glaubte, die Kunststoffhülle würde zersplittern. Wo war der Kontrollstreifen, den ich ziehen musste?

Sie hatte rotbraune, halblange Haare, ihre Haut war sehr hell. Sie hatte die Stirn gerunzelt, das konnte ich erkennen, vielleicht dachte sie über wichtige Dinge nach, während sie in die Nacht blickte, in der ich hinterm Zaun stand und nichts begriff. Ich legte meine Hand auf die kühlen Metallstreben und blickte auf ihr Gesicht und ihre kleine Nase, Stupsnase, ein schönes Wort, das ich fühlte, aber sie schien mich nicht zu sehen. Ich weiß nicht, wie lange ich dort stand, irgendwann hörte ich Stimmen hinter mir, Stimmen, die lauter wurden, Rufe aus der Nacht, und ich wusste, dass der Wetterbericht wieder einmal falschgelegen hatte, und dann sah ich, dass sich auch auf der Rasenfläche zwischen AW und dem Zaun etwas tat, immer mehr Ausländer traten aus dem Gebäude, ich bewegte den Kopf, sah die jungen Kerle und die Jungen und die Alten zwischen Objekt 95 und dem AW. Und während ich zwischen den beiden Gruppen, zwischen denen ich stand, die Hand immer noch auf dem Zaun, hin und her blickte, veränderte sich etwas, war es das Licht? Ging ein Mond auf und warf Schatten, oder zogen Wolken über den Himmel? Ich schaute wieder durch das Gitter des Zauns. Wo war sie?, wo war das helle Fenster, in dem sie saß?

Sie fiel auf zwischen den Dunkelhäutigen und Dunkelhaarigen, die hinterm Zaun vor dem Ausländerwohnheim standen. Natürlich gab es auch ein paar Hellhäutige und Hellhaarige, es war die Zeit der Russlanddeutschen, die aus dem zerfallenden Riesenreich zu uns kamen, aber die landeten meistens nicht in den Ausländerwohnheimen. Am Zaun endete unser Revier. Wir waren nur für die alte Kaserne zuständig, die die Russen verlassen hatten und die groß wie eine kleine Stadt war. Auf den schmalen Straßen zwischen den Gebäuden wucherte Gras, und überall lagen Glasscherben. Manchmal wurden die Straßen breiter, und manchmal glaubte ich, das Klirren der Panzerketten auf dem Kopfsteinpflaster zu hören.

Unser Raum war in einem schmalen Turm, der direkt neben dem Haupttor stand. Es gab dort einen Stromanschluss für einen Heizlüfter, ein halbvergammeltes Sofa, auf dem wir unruhig schliefen, sitzend, den Kopf auf der Lehne, weil manchmal die Funkstreifen unseres Vereins vorbeischauten, eine Kaffeemaschine stand auf einem Tisch, und überall stapelten sich Zeitungen und Zeitschriften, hunderte Zeitungen und Zeitschriften, was wussten und ahnten wir schon vom Netz in diesen Jahren?

Ein paar der Fensterscheiben waren noch intakt, die anderen Fenster hatten wir mit Pappe vernagelt. Hier saßen wir an den Tagen und in den Nächten. Machten unsere Rundgänge mit den Hunden, die uns bis an den Zaun führten, der das Gelände der Russenkaserne von dem Ausländerwohnheim trennte. Die Gebäude verfielen, obwohl die Russen, die Sowjets, erst seit zwei Jahren abgezogen waren.

Ich stand an dem Zaun, die Hand auf dem kühlen Metall. Wo war sie? Wo war das helle Fenster im Objekt 95? Auch der Hund spürte wohl, dass ich zwar an seiner Seite, aber doch ganz woanders war, er jaulte leise und ging unruhig ein paar Schritte und rieb sein Halsband am Zaun, als wollte er es loswerden.

Den Hund holte ich immer in der Zentrale ab, wo er in einem Zwinger wartete, und fuhr mit ihm zu der

Russenkaserne, die die Russen vor zwei Jahren verlassen hatten. Ich strich über das weiche graue Haar des Belgischen Schäferhundes, der plötzlich wieder ein junger Belgischer Schäferhund war. Nein, auch damals waren die meisten unserer Hunde alt und ausgemustert, und nur ich war jung, und sie. Aber da war gar kein Hund neben mir, der Hund lag im Wachhäuschen, Objekt 95, und meine Hand strich durch die Luft, streichelte die Luft.

Wir liefen unsere Tagesrunde. Wir liefen einige Jahre mit unseren Hunden, bis sie anfingen zu lahmen, und dann brachte man sie fort, und unsere Firma stellte uns neue Hunde, an die wir uns gewöhnen mussten, billige, ausgemusterte Hunde von verschwundenen und verschwindenden Grenzen, wir kamen mit den Namen der Hunde durcheinander, und die Hunde liefen oft verwirrt und unruhig neben uns, rieben ihre Halsbänder an Zäunen und Mauern, als wollten sie sie loswerden, ich stand mit dem Hund am Tor der Russenkaserne und begann meine Runde durch diese kleine Stadt. Die Glasscherben knirschten unter unseren Füßen.

Es war Frühling. War es Frühling? Später schenkte ich ihr eine Blume, die hatte eine lila Blüte. Ich schenkte ihr später eine Blume, die wuchs im Schutt zwischen den Gebäuden. Eine Frühlingsblume. In den Nächten war es oft kalt, und unser Atem dampfte in den leeren Räumen.

Ich lief mit dem Hund durch die Straßen der alten Russenkaserne, ging von Kontrollstreifen zu Kontrollstreifen. Ich fragte mich manchmal, wer die ganzen

Scheiben eingeschlagen hatte, als die Russen abgezogen waren. In manchen Nächten hatte ich das Klirren gehört, war nicht rausgegangen aus unserem Raum, hatte auf das beleuchtete Tor geblickt, dort war alles ruhig, ich hatte das Klirren gehört in manchen Nächten, meistens war der Spuk schnell wieder vorbei, und am Morgen, beim ersten Kontrollgang, bevor die Ablöse kam, betrachtete ich den Schaden, lief mit dem Hund vorsichtig über die Scherben, die überall in den Straßen lagen.

Sie stand am Zaun, den Kopf hatte sie gegen die Streben gelehnt, so sah ich sie das erste Mal. Sie trug einen Mantel, der ihr viel zu groß war.

Ich stand einige Meter entfernt. Als die Stadt das AW direkt neben der leeren Kaserne eröffnet hatte, mussten wir auch dort, an dem Pfosten des Zauns, einen Streifen ziehen. »Die Russen gingen, die Kanacken kamen«, sagten die Kollegen.

Sie hatte rotbraune, halblange Haare, und ihr Gesicht war sehr hell, auch die Haut ihrer Hände war fast weiß, und kurz dachte ich, dass sie vielleicht im AW arbeitete, denn sie sah nicht aus wie eine der dunklen Fremden, die die Kollegen manchmal »Kanacken« nannten, auch ich benutzte dieses Wort hin und wieder, wenn wir einen Kaffee tranken, bevor meine Schicht endete und die Schicht der Ablöse begann, wie man manchmal eben so redet, um nicht schwach zu wirken, obwohl ich kein Problem mit den Kanacken hatte.

Sie hatte rotbraune, halblange Haare, ihre Stirn lag an dem Zaun, und als sie den Kopf hob und mich anblickte, sah ich, dass die dichtstehenden Metallstreben des Zauns ein Muster in die Haut ihrer Stirn gedrückt hatten.

Auch ihre Augen waren hell, blau, wie ich später sah, aber manchmal schien es mir, später, wenn sie in Erinnerungen verschwand, dass ihre Augen dann dunkler wurden, sich dunkel öffneten und vergrößerten, wie die Farbe des Wassers sich ändert, wenn der Himmel zuzieht oder wenn es Abend wird.

Es war nicht nur der viel zu große Mantel, den sie trug und dessen hochgekrempelte Ärmel immer wieder über ihre Hände rutschten, sie wirkte seltsam verloren und klein, obwohl sie gar nicht so klein war, wie sie da am Zaun lehnte, als ich näher zu ihr ranging und sie anschaute. Wie alt sie wohl war, achtzehn? Neunzehn? Der Hund lief voraus, zerrte an der Leine, wollte zu ihr, obwohl ich immer wieder »Bei Fuß« sagte. Vielleicht erinnerte er sich an die Zäune der Grenzen, an denen er gedient hatte. Ich wollte ihm den Ledermaulkorb umlegen, den ich immer bei mir trug, so wie es Vorschrift war, aber er war schon am Zaun, und das Mädchen hockte sich hin und schob ihre Hand zwischen den Streben durch, und der Hund schnüffelte an ihrer Hand und legte ganz kurz seine große Zunge auf ihre Finger, bis ich ihn wegzog. »Aber aus!«

Sie blickte zu mir hoch. »Nein«, sagte sie, »Hund gut.« Und wieder zerrte der Hund an der Leine und war bei ihr, und sie lächelte, denn es sah so aus, als würde er ihre Hand mit seiner großen Zunge umwickeln.

»Hallo«, sagte ich.

»Hallo, Herr Offizier«, sagte sie. Sie sprach mit Akzent, so wie die Russen, die Sowjetsoldaten sprachen, bevor sie abgezogen waren.

»Ich bin kein Offizier«, sagte ich.

Sie stand wieder auf, und ich ging ganz dicht an den Zaun heran, und sie tippte mit beiden Händen auf ihre Schultern und sagte: »Du Offizier.«

Ich strich über eine der Schulterklappen meiner blauen Uniformjacke. Ich lächelte und sagte: »Ich bin nur Security.«

»Ah, Securitate, du passt auf, damit wir nicht böse.« Sie schob ihre Hand wieder durch den Zaun und tippte an meine Brust.

»Nein«, sagte ich und blickte an ihr vorbei auf die flachen, blechverkleideten Häuser des AW, vor einigen saßen ein paar Leute auf Plastikstühlen, Männer standen um einen pilzförmigen, großen Aschenbecher und rauchten, Fenster waren geöffnet, ein altes Mütterchen stützte sich auf ein Kissen, das sie aufs Fensterbrett gelegt hatte, bunte Wäsche hing zum Trocknen aus einigen der geöffneten Fenster, »nur da ist meine Armee.« Ich drehte mich um und zeigte auf die verlassene Kaserne hinter mir.

»Du Offizier!«, sagte sie. Dann drehte sie sich um und ging zu einem der Häuser. Als auch ich gehen wollte, blieb sie noch einmal stehen. »Dein Hund«, rief sie, »dein Hund sehr …«, sie überlegte. »Krasnaja«, sagt sie, aber nicht so laut diesmal, so dass ich es kaum verstehen konnte, »krasiwaja.«

»Schön«, sagte ich, und dann noch einmal, etwas lauter: »Schön«, und ich sah, wie sie lächelte, dann drehte sie sich um und lief weiter, der Mantel schleifte wie eine Schleppe hinter ihr über den Boden. Mein Russisch war nicht besonders gut, da war ich immer schlecht gewesen in der Schule, und es war auch schon ein paar Jahre her, aber »krasnaja«, das verstand ich. Ich zog den Kontrollstreifen, den ich fast vergessen hatte, und ging zurück zu den Straßen der Kaserne, zurück zu den Glasscherben.

Als ich sie ein paar Tage später wieder am Zaun traf, fragte sie mich, wie der Hund heißt.

»Dein Hund kein Name, nein?«

»Wir nennen ihn Nummer drei«, sagte ich, »und du, wie heißt du?«

»Nummer drei? Hund braucht Name.«

»Du kannst ihn nennen, wie du willst. Wenn du mir deinen Namen …«

Der Hund hatte sich still neben mich auf den Boden gelegt, er war müde.

Sie antwortete nicht, nannte mir nicht ihren Namen. Sie blickte den Hund an und dann mich, sie lehnte an dem Zaun, hatte die Arme ausgebreitet und ihre Finger in den Metallstreben verhakt und hob die Füße etwas, knickte die Beine leicht nach hinten ab, wie ein Mädchen, das an einem Klettergerüst hängt. »Ich hatte auch einen Hund«, sagte sie, »zu Hause.«

»Und … wo ist das, wo war das?« Ich trat einen Schritt näher an sie heran, unsere Gesichter waren jetzt direkt voreinander, nur das metallene Gitter des Zauns war zwischen uns.

»Wir hatten auch einen Hund«, sagte sie noch einmal und blickte durch das Gitterraster des Zauns an mir vorbei auf die langsam verfallenden Häuser der alten Kaserne.

»Du bist aus Russland«, sagte ich, »aus der großen Sowjetunion.«

»Nicht Russland«, sagte sie, »kleines Land, ganz weit. Und Berge. Unser Dorf ... vor den Bergen.« Sie bewegte beide Hände durch die Luft, als würde sie gewaltige Berge formen, und dann legte sie ihre Handflächen aneinander, die Handrücken nach oben, als wäre dort, auf ihren Händen, am Fuß der Berge, in der Ebene, ihr Dorf, aus dem sie gekommen war. Wir saßen auf den Treppenstufen, die zum überdachten Eingangsportal des alten Offizierscasinos führten. Ich hatte den Hund von der Leine gelassen, und er beschnüffelte ein paar Mauern, legte sich dann auf einen Streifen Sonnenlicht auf dem Pflaster der kleinen Straße.

»Es ist komisch«, sagte ich, »er ist eigentlich ein ... ein scharfer Hund ...«

»Was ist ... scharfer Hund?« Sie verstand nicht.

»Naja, er ... musste böse sein, früher, an der Grenze, bei der Polizei, Granitza, polizija ... panimajesch?«

»Nun er ist alt, will Frieden.«

»Vielleicht«, sagte ich, »moshet.«

»Dein Russisch gut«, sagte sie.

»Ich hatte in Schule, weißt du, früher. Aber ich spreche viel zu wenig, viel zu klein. Malyi, malyi.«

»Mein Hund hieß Gigi.«

»Das ist ein schöner Name für einen Hund.«

»Ja?« Sie lächelte. »Ich ihn so genannt, aber Papa sagt …« Sie sprach nicht weiter, und wir schwiegen eine Weile und blickten auf den Hund, der in der Sonne döste.

»Dein Deutsch sehr gut«, sagte ich.

»Zu wenig«, sagte sie, »malyi, malyi.«

»Nein, Marika«, sagte ich, »du sprichst gut, du … sehr schön.« Sie blickte mich an, eine Falte über ihrer kleinen Nase bis hoch zu ihrer Stirn. Ich musste lächeln, und dann lachte ich, manchmal sagt man diese Dinge so dumm und unbeholfen, da ist man plötzlich wieder wie ein Junge, wie ein Schüler, wie ein Kind.

»Du lachen über mich.«

»Nein, Marika, ich nie lachen über dich. Du bist …«

»Kleiner Offizier immer liebt die Frauen, nein?« Sie schob einen Finger unter eine der Schulterklappen auf meiner Uniformjacke und zog ein wenig an dem blauen Stoff.

Sie war stehen geblieben, nachdem wir uns das zweite Mal am Zaun getroffen hatten und sie wieder zurück zu den Häusern des AW gegangen war.

Ich hatte den Kontrollstreifen gezogen, und sie hatte sich umgedreht, und sie sah sehr hilflos und sehr verloren aus, wie sie da auf halbem Weg zwischen dem Zaun und den Häusern des AW stand, ich konnte sehen, wie ihre Hände über den Stoff ihres Mantels hin und her strichen, auf und ab, sie stand sehr gerade und presste ihre Arme an ihre Seiten, und dann kam sie ein paar Schritte Richtung Zaun zurück und sagte mir ihren Namen.

Sie trug immer noch den viel zu großen Mantel, dessen Ärmel hochgekrempelt waren, aber immer wieder über ihre Hände rutschten. »Du hast Angst in der Nacht, nein?«

»Ja«, sagte ich, »nein, ich meine, er passt auf«, ich zeigte auf den Hund, der immer noch in den letzten Strahlen der Abendsonne döste, »und ich ... Spezialist, und was soll hier schon groß passieren.«

»Ja«, sagte sie nach einer Weile, »nichts«, aber ich sah, dass sie ganz woanders war. Sie hatte meine Schulterklappe losgelassen und sich nach vorne gebeugt und auf ihre Knie gestützt, die Arme vor der Brust gekreuzt, die Hände umklammerten ihre Oberarme. Sie blickte auf das Haus gegenüber, ein roter Ziegelbau, dunkelrot und schwarz die Ziegel an manchen Stellen, und die Scheiben waren zerschlagen, wie fast alle Scheiben in der alten Kaserne, und die Scherben lagen auf der Straße und dem schmalen Fußweg.

Vorsichtig berührte ich den Stoff ihres Mantels, legte meine Hand auf ihren nach vorne gewölbten Rücken, unter ihren Nacken, damit sie wusste, dass ich da war. Denn sie ist woanders. Sie blickte auf die kaputten Fenster.

Ich sah, wie ihre Lippen etwas flüsterten, waren das Namen?, aber ich verstand nichts. »Marika«, sagte ich und beugte mich vor, hockte mich vor sie und versuchte, ihr in die Augen zu schauen, tief hatte sie den Kopf geneigt. Ihre blauen Augen schienen jetzt dunkler zu werden, die Pupillen waren riesig, und ich stand auf, musste wegschauen, weil ich Angst hatte, mich in ihnen zu verlieren. Ich weiß nicht, wie lange sie dort saß und nur ihren Oberkörper leicht wiegte, leise vor sich hin flüsterte, ich hatte mir meine Zigarette angezündet, der Hund trottete langsam vor zum Tor, zu unserem Aufenthaltsraum, den wir in den Nächten nicht verlassen sollten, wahrscheinlich wollte die Firma Ärger vermeiden, wenn wir uns in den dunklen, halbzerfallenen Gebäuden die Knochen brachen ... und dann stand sie neben mir.

»Hund tot«, flüsterte sie, als sie sich an mich lehnte. Ich legte meinen Arm um sie und sagte: »Alles ... alles gut«.

»Nein«, sagte sie, »nix gut.«

»Ja«, sagte ich, »vielleicht. Aber jetzt, du ... du bist ...«

»Ja«, sagte sie, »jetzt bin ich hier. Du gut.«

»Mala Marika.« Ich drückte sie an mich, und so standen wir eine Weile und sahen zu, wie der Himmel hinter den Häusern der alten Kaserne rot wurde und graue Wolken durch das Rot trieben, dann wurde der Himmel dunkel, es war kühl geworden, und sie zog ihren viel zu großen Mantel über der Brust zusammen, und dann brachte ich sie zum Ende des Zauns, wo es so aussah, als würde der Zaun eine Ziegelmauer berühren, aber es gab dort eine Lücke, zwischen Mauer und Zaun.

Ich saß die ganze Nacht in unserem Aufenthaltsraum und rauchte, ich hatte nur wenige Zigaretten in einem Lederetui, denn ich rauchte nicht viel während des Dienstes, ein, zwei Zigaretten, und wenn die Ablöse am Morgen kam, rauchten wir zusammen ein, zwei Zigaretten, redeten über dies und das oder schwiegen, bevor ich nach Hause fuhr.

Ein paarmal schlief ich ein, wachte wieder auf und blinzelte in den halbdunklen Raum, aber sie kam nicht. Ich ging runter zum Tor und zog meinen Mitternachtsstreifen und rüttelte kurz an der Eisenkette und dem Schloss, bevor ich wieder hochging. Das Summen einer Autobahn aus der Ferne, die Lichter der Stadt, der seltsame Geruch nach Frühling. Ich schrieb ins Dienstbuch: *Keine besonderen Vorkommnisse.* Blätterte im Dienstbuch, las die Notizen der Kollegen. *Kinder auf dem Gelände, Randalierer gegen 1 Uhr, Zentrale verständigt, Altmetallsammler im Objekt, Zentrale verständigt …*

Der Hund lag auf seiner Matte und schlief. Ich nahm meine Maglite-Taschenlampe und ging ins untere Stockwerk, dort war ein kleiner Raum. Glas knirschte unter meinen Schuhen, nur etwas Licht fiel von der Treppe in diesen leeren Raum, ich hockte mich hin und öffnete meine Hose. Sie hatte mich geküsst, bevor sie durch die Lücke zwischen Mauer und Zaun gekrochen war.

Ich schämte mich, als ich die Treppe wieder nach oben ging. Aber ich war voller Unruhe gewesen. Ihre Hand auf meinem Gesicht. »Kommst du wieder … morgen?« Wie sie sich umdreht und lächelt. Und die Hand hebt. Und winkt. »Wie alt bist du Marika?«

»Neunzehn.«

»Und deine Eltern?«

Sie schweigt und stützt den Kopf auf beide Hände. Sie hat halblanges, rotbraunes Haar und einen Leberfleck im Nacken, den kann ich spüren, wenn ich durch ihre Haare streiche.

Wie sie sich wegdreht, als ich sie küssen will, und wie

sie mich dann küsst, bevor sie auf dem Gelände des AW verschwindet, hinterm Zaun.

Ich ging die Treppen nach oben. Dann drehte ich mich noch mal um und ging zur Tür, öffnete sie und lehnte mich an den Türrahmen. Vor mir die Kaserne, alle Gebäude in tiefer Dunkelheit. Nur das große Eisentor war beleuchtet. Das AW war von hier nicht zu sehen, sicher schliefen sie dort jetzt alle. Ob *sie* schlief? Oder wach lag und an die Decke blickte, oder am Fenster stand?

Ein flüchtiger Kuss nur, kein Innehalten. Der Stoff ihres viel zu großen Mantels. Die Lücke zwischen Zaun und Mauer. Ich ging jeden Tag zum Zaun, doch sie war nicht da. Die Nächte waren öde und endlos. Die Scherben im Licht meiner Maglite-Taschenlampe, die Tropfen glänzten wie Milch auf den Scherben, ich stand im Türrahmen und rauchte meine letzte Zigarette, immer noch voller Unruhe, ich ging weiterhin zum Zaun, immer in der Stunde vor der Dämmerung, ich nahm eine der Glasscherben und hielt sie hoch.

»Die Eins an die Zwölf, die Eins an die Zwölf!«

Ich weiß nicht, wie lange ich am Zaun gestanden hatte. Meinen Kopf hatte ich gegen das metallene Raster der Streben gedrückt, und als ich mit der Hand über meine feuchte Stirn wischte, spürte ich das Muster, die Abdrücke in der Haut. Ich drehte mich um. Hinter mir Polizei, die die Menge zurückdrängte. Blaulicht, ein paar Einsatzwagen. Wie lange stand ich schon hier am Zaun? Dann sah ich, wie von der Seite ein paar junge Kerle aus der Dunkelheit auftauchten, die großen Plattenbauten der Trabantenstadt hinter ihnen, was machten sie da, es sah aus, als würden sie turnen, sich verrenken, nächtliche Turner, aber dann hörte ich das Krachen, als einer der Pflastersteine an die Fassade des AW donnerte, ich drehte mich langsam zu ihnen um, wo war mein Hund?, und wieder flog ein Stein, verwirrt schaute ich dem Bogen seiner Flugbahn hinterher, und wieder verrenkte sich einer der Männer. Es klirrte. Ein paar Polizisten rannten zu den Steinewerfern. Im AW wurde das Licht ausgeschaltet. Ich ging langsam zu dem Tor. Das Fenster, in dem ich sie gesehen hatte, war jetzt dunkel. Hinter mir hörte ich die Rufe der Menge. Die Stimmen hallten durch die Nacht, als ob sie auf die Fassade vor mir treffen würden und von ihr zurückgeworfen werden, ich konnte es spüren, als würde der Luftdruck um mich sich verändern, wieder und wieder, Wort für Wort, Satz für Satz.

»Du auf mich aufpassen, kleiner Offizier, nein?«

»Du ... du musst keine Angst mehr haben, Marika.«

»Ich habe gewartet, ich ...«

»Jetzt bin ich wieder da.«

»Das ist gut.«

Ich fragte sie nicht, wo sie gewesen war, als ich am Zaun gewartet hatte, Tag für Tag. Denn jetzt war sie wieder hier. Und unsere Stimmen hallten in dem großen leeren Offizierscasino, fast wie Echos. »Marika ... Offizier ... nein ... nicht allein.«

Ich hatte in anderen Objekten Dienst gehabt, das Mockau-Center hatte gerade eröffnet und wir liefen dort Streife, kontrollierten die Läden und Restaurants, standen vor der heruntergelassenen Metalljalousie des

Juweliers, hinter der wir das Glänzen des Schmucks und der Diamanten ahnten, oder war es nur billiger Tand und halbteures Zeug, denn das Mockau-Center lag am Rand der Stadt, wo die Häuser verfielen und ein paar einsame Plattenbauten, Fünfzehngeschosser, seltsam verstreut in den Himmel wuchsen. Zwischen unseren Runden, wenn wir in unserem Aufenthaltsraum im Keller Kaffee tranken, hörten wir manchmal den Funkverkehr zwischen der Zentrale und den Kollegen ab, um uns die Zeit zu vertreiben, »Besser als Radio!«, sagte der Kollege, und so erfuhr ich, dass es wieder Vorkommnisse gab am AW. »Die Eins hört ... ja, gehört nicht zum Objekt, verständigen die Polizei ...«

Ich war zu unserem Dienstwagen gegangen und durch die leeren Straßen der Stadt zum AW gefahren. Der Kollege saß in unserem Aufenthaltsraum im Mockau-Center, den Kopf hatte er auf die Tischplatte gelegt, und schlief. Er goss sich gerne einen Schnaps in den Kaffee und würde nichts sagen, wenn ich kurz mal wegging.

Ich saß im Auto, ein Stück vom AW entfernt, sah das blaue Blinken der Polizeifahrzeuge, ein paar Glatzen liefen auf der anderen Straßenseite über den Fußweg, die Show war wohl vorbei und die Bullen wie meistens ziemlich nachlässig gewesen, damals gab es noch richtige Glatzen, die erkannte man sofort, ich sah einen großen Reisebus neben dem AW, in den Menschen stiegen, kurz glaubte ich, *sie* zu erkennen, in ihrem Mantel, der ihr viel zu groß war.

Sie zog die Aufschläge ihres Mantels zusammen, als

würde sie frieren. Kleine, dunkle Flecken auf dem Stoff, oben am Kragen. Es war ein alter dunkelgrauer Herrenmantel, aber die Flecken waren noch dunkler als der Stoff.

»Sowjet lange hier, nein?«

»Ja, sehr lange«, sagte ich.

»Als die Sowjets bei uns weg, begann Krieg.«

Wir lehnten an einem langen Holztresen, hinter dem noch die Reste von Regalen standen. Die Scheiben der hohen Fenster waren alle zerschlagen, und das Abendlicht fiel durch die Fetzen von Gardinen auf den zerkratzten Holzfußboden. Der Raum war vollkommen leer, nur ein umgestürzter Tisch lag auf dem Boden. Wir lehnten mit dem Rücken am Tresen und blickten auf die gegenüberliegende Wand, an der die Reste eines großen bunten Mosaiks zu sehen waren, ein Bild aus Tausenden von Steinchen, wir konnten noch den halben roten Stern erkennen, Teile von Soldaten mit Kalaschnikows, aber das meiste war herausgebrochen worden, nächtliche Randalierer, Kinder, betrunkene Schrottsammler. Ich weiß nicht, wie lange wir dort standen und schweigend auf das zerstörte Bild blickten.

»Manchmal höre ich nachts einen Soldaten«, sagte ich, »russki, sowjet.«

»Hier? Du Spaß machst, nein?«

»Der singt hier, Marika, der ist hier zurückgeblieben. Der singt Soldatenlieder. Und wenn ich am Morgen gucke, liegen Kippen auf dem Tresen, Zigaretten …«

Sie lachte und zog an der Schulterklappe meiner Uniformjacke. »Du Spaß machst, kleiner deutscher Offizier.«

Sie berührte mein Gesicht mit den Fingerspitzen. »Du selber rauchst Zigaretten hier, am Abend, wetscherom ...«

»Wetscherom«, sagte ich und legte meine Hand auf ihre. Sie hatte plötzlich vorm Aufenthaltsraum gestanden, mitten auf der kleinen Straße, so dass ich sie vom Fenster aus sehen konnte. Sie schien Angst zu haben, und auch wenn sie sich an mich drückte, war da etwas Fremdes und Kühles an ihr, war sie woanders, so dass ich mich nicht traute, sie zu küssen, sie zu berühren ...

»Papirossi«, sagte ich, »siehst du, hier«, ich zeigte auf die ausgedrückten Zigaretten mit dem langen russischen Papirossi-Filter, die vor uns und neben uns auf dem Boden lagen, »das sind original russische Papirossi. Ein Soldat ist hiergeblieben, er wohnt im Keller, und manchmal höre ich ihn singen.«

»Papirossi«, sagte sie und strich über mein Gesicht, und meine Hand, die immer noch auf ihrer lag, bewegte sich mit ihrer Hand, »mein Vater rauchen Papirossi, zu Hause, einmal, ich noch Kind, ich habe probiert. Aber so stark, mir war schlecht, so schlecht ... und Papa schimpfen ...«

Sie zog ihre Hand weg, nein, sie hatte nicht mein Gesicht gestreichelt, sie wollte vorsichtig ihre Hand aus meiner lösen. Ein flüchtiger Kuss am Zaun, unsicher, und meine Lippen streiften ihre Nase. Sie zog ihren Mantel über der Brust zusammen, als würde sie frieren. Ich musste ihr nicht in die Augen sehen, ich wusste, dass sie wieder woanders war. Zu Hause. Doma, wie sie es auf Russisch sagte, obwohl sie keine Russin war. Die große, zerfallene Sowjetunion. Sie hatte nie geantwortet, wenn ich sie nach ihren Eltern fragte. Ich konnte nichts tun, nur warten. Ich suchte mein Zigarettenetui in den Taschen meiner Uniformjacke.

»Papirossi alt«, sagte sie plötzlich und beugte sich runter und hob eine der Kippen auf, griff vorsichtig mit zwei Fingern nach dem langen, längst vergilbten Filter. Sie hob die Kippe hoch, hielt sie kurz in der Luft, zwischen uns, dann schnippte sie sie in den Raum.

»Du erzählen … skaska …«

»Märchen«, sagte ich.

»Ja«, sagte sie, »kein Soldat hier.«

»Nein«, ich nickte, »kein Soldat.«

»Aber du hier, Offizier«, sagte sie und ihre Stimme zitterte ein wenig, und sie lächelte und drehte sich zu mir, »wir trinken Krimskoje«, sie hob die Hand, als würde sie etwas bestellen wollen beim Mann hinter der Bar, »heute mein Geburtstag.«

Sie trat vor mich und nahm mich an den Schultern und nahm meine Hand und zog mich in die Mitte des Raums, wo früher einmal die Tanzfläche gewesen sein musste.

»Komm«, sagte sie, »ich bitte.«

Wir tanzten schweigend, unsicher zu Beginn, einen Rhythmus suchend, eine Musik suchend, nur das Geräusch unserer Füße auf dem Boden. Wir tanzten sehr langsam, ich zog sie ganz dicht an mich ran, fühlte, wie ihre Brüste sich hoben und senkten, wenn sie atmete; und als wir uns tanzend in Richtung der hohen Fenster drehten, durch die das Abendlicht fiel, knirschten die Glasscherben unter unseren Füßen. Sie legte ihren Kopf an meine Schulter. Ich war nur ein Stückchen größer als sie, und wenn ich meinen Kopf leicht neigte, berührte mein Gesicht ihre rotbraunen Haare. Wir gerieten aus dem Takt, weil wir den Tisch, der umgeworfen auf dem Boden lag, umtanzen mussten, wir tanzten immer langsamer, unsere Hände auf unseren Rücken, und drückten uns aneinander, und manchmal spürten wir das Licht, das durch die Fenster fiel, und dann war es wieder weg; wir bewegten uns durch den Raum, sie summte irgendeine Melodie, die Lippen auf meinem Hemd, wir bewegten uns im Licht, wir tanzten, bis es dunkel wurde und die Sonne hinter den Dächern der alten Russenkaserne versunken war.

Der Raum lag im Dunkeln. Sie ging ans Fenster, und ich konnte in dem spärlichen Licht ihre rotbraunen Haare erkennen. Nichts hatte sich verändert. Irgendwo war wieder ein Krieg, der sie zu mir zurückgebracht hatte.

»Was ist mit deinen Eltern?«

»Ja ne snaju.«

»Und deine Mutter?«

»Ja ne snaju.«

»Mama, tebja Mama?« Ich hatte kein Russisch mehr geredet seit damals und suchte nach den Wörtern und suchte nach den Sätzen.

»Ich nicht …« Sie stand am Fenster, mit dem Rücken zu mir, sie wollte nicht, dass ich das Licht anmachte. Sie hatte Angst, obwohl es draußen jetzt ruhig war, nur ein Bullenwagen stand noch vorm AW. Ein Polizist lehnte an dem Wagen, ein anderer Polizist hatte die Seitenscheibe runtergekurbelt, nur sein Arm war zu sehen, der aus dem Fenster hing, eine Zigarette zwischen den Fingern.

»Ich … ich nicht …«

»Nein, du nicht. Marika.«

»Marika?« Sie drehte sich wieder zu mir. Sie war vielleicht neunzehn oder zwanzig. Sie hatte die Arme vor der Brust verschränkt und zitterte ein wenig.

Ich fragte sie, wo sie herkam, nannte ihr das kleine Land mit den Bergen, den Ebenen, von denen sie mir einst erzählt hatte. Aber sie antwortete nicht. Sie blickte mich an mit ihren großen Augen, deren Blau dunkler zu werden schien, so wie die Farbe des Wassers sich verändert, dunkler wird, wenn der Himmel zuzieht oder wenn es Abend wird.

Aber vielleicht lag das nur an dem Dämmerlicht im Raum.

»Deine Mutter«, sagte ich, »wascha mama …«

»Nein«, sagte sie, »njet. Ja ne snaju …«

»Nein«, sagte ich, »nein, nein. Wascha mama, eto Marika? Gdje Marika?« Ich hatte versucht herauszufinden, wo sie war, als sie verschwand, damals, aber es hatte keinen Zweck, und ich gab bald schon auf.

»Ich nicht Marika«, sagte sie, »ja ne panimaju …«, und ging wieder ein paar Schritte zurück zum Fenster.

Das Plakat an der Wand war ein großer Kalender mit arabischen Schriftzeichen und irgendeiner kitschigen Wüstenlandschaft mit Moschee. Sicher wohnte sie nicht allein in dem Zimmer, oder es hing schon dort, als sie hierherkam.

Ich ging den Weg zurück zum Zaun. Das Bullenauto

stand immer noch vorm AW, die beiden Polzisten saßen drinnen, die Fenster hochgekurbelt, und es sah aus, als ob sie in ihren Sitzen schliefen.

Unter meinen Schuhen knirschten Scherben, ein Fenster war zu Bruch gegangen, oben im zweiten Stock, das Zimmer dahinter war dunkel und leer. Ich bückte mich und nahm eine der Scherben.

»Du immer Securitate-Offizier?«

»Nein.«

»Du noch jung ...«

»Du noch jung, Marika.«

»Wir beide jung, kleiner Offizier.«

»Ja, wir beide.«

Ich warf die Glasscherbe ins Dunkel und ging zurück ins Objekt 95, zu den stillen Hochhäusern der Trabantenstadt, wo der Hund in unserem Wachhäuschen wartete oder schlief. Am Zaun blieb ich noch einmal stehen. Kurz glaubte ich, sie zu sehen, die kleine Nase, Stupsnase, ein schönes Wort, ihre halblangen, rotbraunen Haare ...

Ich saß im Auto und blickte auf den Bus, in den Männer, Frauen und Kinder stiegen.

Wurden sie verlegt? Evakuiert? Das blaue Leuchten der Polizeiautos. Ich saß in unserem Dienstwagen, bis es morgen wurde.

»Die Eins an die Zwölf, die Eins an die Zwölf.«

»Die Zwölf hört.«

Späte Ankunft

»Sie werden nachlässig, Frau Fischer.«

»Ja«, sagte sie, »nein ...«

»Sie geben also zu, dass sie nachlässig werden, Frau Fischer.«

»Nein«, sagte sie, »ich hatte nur einen schlechten Tag, ich ...«

»Sie sind schon so lange bei uns, Sie wissen doch, dass wir uns Beschwerden nicht leisten können.«

»Ja«, sagte sie, »es wird nicht wieder ...«

»Das wird es sicher nicht. Wir verlassen uns auf Sie, Sie gehören doch zu unserem Team. Aber wenn Sie nicht mehr hinterherkommen, wir verstehen das.«

»Nein«, sagte sie, »ich komme hinterher, es war nur ...«

»Keine Sorge, Frau Fischer, jeder kann mal einen schlechten Tag haben.«

Sie hielt die beiden Kirschkerne die ganze Zeit in der Faust, als sie neben den Gleisen Richtung Bahnhof lief. Sie trug die orange leuchtende Warnweste über ihrer blauen Latzhose. Wie immer, wenn sie nach der Mittelschicht an den Gleisen entlang zum Bahnhof ging. In der beginnenden Nacht sah sie die Rundbögen, die wie Tore in das riesige Bahnhofsgebäude führten. Die Gleise schimmerten rötlich und an manchen Stellen silbern in dieser Dämmerung, es war Anfang September, und die Reste des Tages verloschen immer noch spät, wenn der Himmel klar war.

Sie warf den Stoffbeutel mit den elf leeren Getränkedosen in einen Busch neben den Gleisen. Dann kehrte sie um und versuchte, den Beutel aus dem struppigen, dornigen Busch zu zerren. Sie hockte vor dem Busch, und sie hörte einen Zug, das Klirren der sich verzweigenden und kreuzenden Gleise und Weichen, aber sie wusste, dass der Zug weit genug weg war.

Sie legte die Faust auf den Tresen. Öffnete sie und spürte, wie die beiden Kirschkerne herausfielen. Nein, einer klebte noch einen Moment in der Haut ihrer Handfläche, so fest hatte sie ihre Faust geballt, als sie neben den Gleisen Richtung Bahnhof lief. Den Beutel hatte sie dann doch liegen lassen im Gestrüpp des Busches. Obwohl es zwei fünfundsiebzig waren. Aber der Einkaufsmarkt im Untergeschoss des großen Bahnhofs machte in wenigen Minuten zu, und sie wollte nicht rennen. Es war ein langer und harter Tag gewesen mit einem langen Abend in den Zügen. Sie hätte den Beutel mit den leeren Dosen mit nach Hause nehmen können, aber sie hatte keine Lust nach dieser Mittelschicht mit den leeren Dosen und dem nach Bier stinkenden Beutel in der Straßenbahn nach Hause zu sitzen. Und sie hatte den Beutel wütend weggeworfen, weil sie immer wieder die Stimme des Leiters der Kontrollkommission hörte. Sie klapperte neben ihr über die Schwellen der Gleise, »Sie – werden – nachlässig ...«, quietschte in den Bremsen der Züge, die in den Bahnhof einfuhren, aus dem Bahnhof ausfuhren. Sie holte den Beutel am nächsten Tag.

»Und wollen Sie wissen, was wir noch gefunden haben?«

»Außer den beiden Kirschkernen? Ihre verschrumpelten Eier sicher nicht.«

Sie lachte und trank einen Schluck von ihrem Kaffee, in den sie sich eine *kleine Maria* gegossen hatte, ein kleines Glas Mariacron-Weinbrand. Die Bahnhofskneipe lag direkt neben der Treppe, die von den Gleisen in der oberen Bahnhofshalle zur unteren Westhalle führte. Wenn sie sich umdrehte, konnte sie durch die langen, schmalen Fenster der Kneipe den Friseur auf der anderen Seite der großen Treppe erkennen. Ein Raum aus Glas, in dem die Trockenhauben in einem Halbkreis standen. Zwei junge Frauen machten die letzten Handgriffe im hellen Licht, räumten zusammen, kehrten den Boden, der von Haaren bedeckt war, Feierabend, schon nach zehn. Später standen die Trockenhauben im Dunkeln, der Bahnhof bereitete sich auf die Nacht vor, die letzten Züge, Schatten auf den Bahnsteigen, letzte Reisende, die die Treppe nach oben zu den Bahnsteigen gingen, sie hörte das Quietschen von Straßenbahnen auf dem Vorplatz, Wachmänner kamen an der Kneipe vorbei, immer zu zweit, Nachtschicht, Feierabend. Die Trockenhauben standen im Dunkeln, und sie drehte sich wieder Richtung Tresen.

»Noch eine kleine Maria?« Der dicke Kneiper hielt die Flasche Mariacron-Weinbrand schon in der Hand und lächelte sie über seine runde Nickelbrille hinweg an und sah eher aus wie ein freundlicher Grundschullehrer. Sie nickte und legte ihre Hand auf die Kirschkerne. Seit ein paar Jahren ging sie ab und an in die Bahnhofskneipe was trinken, wenn die Mittelschicht vorbei war, aber sie wusste nicht, wie der Dicke mit der runden Brille hieß. Klaus? Nee. Jimmy die Wespe? Nee, das war 'ne ganz andere Geschichte.

Manchmal bediente seine Frau, die bereits halbergraut war und sehr viel rauchte, und manchmal, wenn viel los war, an den Wochenenden oder den Weihnachtsfeiertagen, standen sie beide hinterm Tresen.

Sie nippte an ihrer kleinen Maria. Sie vertrug nicht viel und wurde müde. Sie nippte an ihrer kleinen Maria, schloss die Augen und hörte die seltsamen Geräusche des nächtlichen Bahnhofs. Irgendwo rief jemand etwas, das hallte unter der Kuppel, zwischen den Rundbögen. Die Kneipe hatte zwei Türen, die standen meist offen, außer im Winter, wenn die Kälte mit den Zügen durch die großen Tore kam. Der Bahnhof dampfte dann. Der Bahnhof dampfte in die Dunkelheit, wenn sie neben den Gleisen nach der Mittelschicht auf ihn zumarschierte, als würde er durch die großen Rundbögen ausatmen, als würde sein Atem in der Kälte gefrieren. Sie stapfte neben dem Gleis, sie stapfte durch den Schnee, die Dosen klapperten in dem Beutel, der an ihr Bein schlug. Noch zehn Minuten, bis der Großmarkt im Erdgeschoss zumachte. Fünfzehn Dosen, drei fünfundsiebzig.

Bloß gut, dass es nicht mehr so viele Wintertage und Winternächte gibt, dachte sie, als sie sich den Rundbögen des Bahnhofs näherte. Das gelbe Licht der Bahnsteige, das sich mit dem weißen Atem mischte. Ihren eigenen Atem konnte sie kaum erkennen. Sie presste die Fäuste zusammen, hatte ihre Arbeitshandschuhe nicht ausgezogen. Sie öffnete und schloss ihre Handflächen immer wieder gegen die Kälte, machte eine Faust, die sie öffnete und dann wieder schloss.

»Ihnen ist da was runtergefallen.«

»Was?« Sie öffnete die Augen und drehte sich um. Eine Frau saß hinter ihr an einem der Stehtische.

Die Frau zeigte auf den Boden. »Ihnen ist da grad was runtergefallen.« Die Frau hatte dunkle Haare, die glänzten schwarz wie Lack, sicher färbte sie, denn sie musste so Anfang sechzig sein. Ihr Gesicht war sehr hager, und wenn sie an ihrer Zigarette zog, schien es, als würden die Falten an ihren Mundwinkeln tiefer und länger werden.

»Oh, danke.« Sie blickte auf den Boden, konnte dort aber nichts erkennen. Sie stand vom Barhocker auf und wollte sich bücken.

»Warten Sie, gleich da neben dem Stuhlbein.« Auch die Frau stand auf, und fast wären sie mit den Köpfen aneinandergestoßen.

»Entschuldigen Sie«, sagte die Frau mit den dunklen Haaren, und trat wieder ein Stück zurück, »dort, da unten liegt es, das ist Ihnen gerade runtergefallen ...«

Und jetzt erkannte sie den Kirschkern. Der andere lag noch auf dem Tresen neben ihrer kleinen Maria. Sie hockte sich hin und nahm den Kirschkern vorsichtig zwischen Daumen und Zeigefinger. Sie stand auf und hatte wieder den Schmerz im Rücken, direkt überm Steißbein, der sie seit einigen Tagen quälte. »Vielen Dank, aber das …, das ist nichts weiter.« Sie legte den Kirschkern in den Aschenbecher, der ein Stück neben ihrer kleinen Maria auf dem Tresen stand.

»Ist das ein …«, sagte die Frau mit den dunklen Haaren und trat langsam neben sie an den Tresen, »es sah aus wie eine Perle.« Ihre Zigarette hielt sie ein Stück weit hinter sich, den Arm ein wenig abgespreizt, als wollte sie sie nicht mit ihrem Qualm belästigen.

»Eine Perle«, sagte sie und spürte, wie sie lächelte, »nein. Leider nicht.«

Die Frau mit dem dunklen Haar drückte ihre Zigarette in dem Ascher aus, in dem jetzt der Kirschkern lag.

»Es stört mich nicht«, sagte sie zu der Frau mit dem dunklen Haar, »ist doch 'ne Raucherkneipe. Und ich mag den Geruch.«

»Sie kommen auch noch aus einer Zeit des Rauchens«, sagte die Frau mit dem dunklen Haar und nickte.

»Zeit des Rauchens«, sagte sie, »ja …«, und nickte auch und blickte an der Frau mit dem dunklen Haar vorbei durch die Scheibe nach draußen auf die halbdunkle Bahnhofshalle, die leer unter ihnen lag, und dann sah sie die kleine Flasche Sekt auf dem Stehtisch am Fenster.

»Ihr Sekt«, sagte sie und drehte sich wieder zum Tresen, »Sie haben Ihren Sekt vergessen.«

»Danke«, sagte die Frau mit dem dunklen Haar, »sehr gerne.« Sie stand auf, holte die Flasche und das hohe, schmale Glas und stellte sie neben den Aschenbecher. »Zum Wohl«, sagte sie und hob ihr halbvolles Sektglas, und dann stießen sie an.

Die kleine Maria war fast leer, und sie winkte dem dicken Mann, dessen Namen sie vergessen hatte, und bestellte noch einmal zwei cl.

»Sie haben mal geraucht?«, fragte die Frau mit dem dunklen Haar, das wie Lack glänzte, und goss sich etwas Sekt nach.

»Nein, mein Mann hat geraucht«, sagte sie, »und manchmal fehlt mir das.«

Und wieder nickten sie beide und schwiegen und blickten irgendwohin, aneinander vorbei, die Scheiben, die das Innere der Bahnhofskneipe zu ihnen spiegelten, die anderen Tische und Stehtische, der Dicke, der irgendwo nachschenkte, der Dicke, der wie ein Lehrer aussah, die runde Brille auf der schweißglänzenden Nase, Bierschaum auf Gläsern, ein Mann lehnte auf der anderen Seite des Raums am Spielautomaten und warf Geld nach, und die bunten Lichter des Spielautomaten flackerten auf seinem Gesicht, Rauch überm Viereck des Tresens, ein Mann aß eine Bockwurst an einem Stehtisch, das Radio war so leise, dass sie es kaum hörten.

»Sie arbeiten wohl bei der Bahn?«, fragte die Frau mit dem dunklen Haar und griff in die Innentasche ihres Sommermantels.

»Wieso«, fragte sie, aber dann fiel ihr ein, dass sie immer noch ihre orange Warnweste trug, und dann tippte die Frau mit dem dunklen Haar auch schon auf die Aufschläge ihres Sommermantels, um sie an ihre Weste zu erinnern, und sie wurde wütend und sagte sehr laut: »Ja, ja, schon gut.«

»Entschuldigen Sie«, sagte die Frau mit dem dunklen Haar, »ich wollte nicht, dass Sie ...«

»Ach nee«, sagte sie und trank einen Schluck von ihrer kleinen Maria und spürte, dass sie schon leicht betrunken war, und schüttelte den Kopf und versuchte, die kleinen Marias dort wieder rauszukriegen, bevor sie weitersprach, sie trank doch sonst nicht so viel.

»Ich zieh die sonst immer aus«, sagte sie, »ich hab immer 'n Beutel dabei, wo ich den orangen Knallfrosch reintue.«

»Das steht Ihnen«, sagte die Frau mit dem dunklen Haar und sah sie an und senkte dann den Blick und zog eine Schachtel Zigaretten aus einer Innentasche ihres Sommermantels. »Wieso wollen Sie denn das ausziehen jetzt?«

»Weil die Arbeit vorbei ist«, sagte sie und zog die Weste aus und legte sie auf den Barhocker zwischen ihnen. »Tut mir leid, dass ich eben so ...«

»Nein, das muss es nicht«, sagte die Frau mit dem dunklen Haar und dem Sommermantel, der an den Ärmeln und den Ellenbogen schon sehr abgewetzt war. »Ich verstehe das, wenn ich von der Arbeit komme, dann will ich auch, dass ... dass die Arbeit dortbleibt.«

»Wo arbeiten sie denn?«, fragte sie und nippte an ihrer kleinen Maria und wurde wieder ruhiger und ihr Kopf klarer. Die Frau mit dem dunklen Haar und dem abgewetzten, aber immer noch eleganten Sommermantel stieß den Rauch aus, und sie atmete ein und roch den Zigarettenrauch, sie liebte dieses Mitrauchen, ihr Mann hatte viel geraucht, hatte sie das vorhin nicht sogar der anderen erzählt? Was man alles so erzählt in der Nacht. Nach der Mittelschicht. Sie kamen aus einer Zeit des Rauchens.

»Beim Friseur.«

»Was?«

»Sie haben gefragt, wo ich arbeite.«

»Ja. Ach, da arbeiten Sie gleich da drüben?« Sie neigte den Kopf zu der großen Scheibe, hinter der die Treppe lag, die runter in die Westhalle führte. Auf der anderen Seite der Treppe der Friseur. Der Halbkreis der Trockenhauben.

»Nein, nicht da drüben«, die Frau mit dem dunklen Haar lächelte und tippte mit dem Zeigefinger an ihre Zigarette, so dass die Asche in den gläsernen Aschenbecher fiel, »da arbeiten doch nur die jungen Hühner. *Super Cut*, nein, die würden mich sicher nicht nehmen.«

»Super Cut? Bescheuerter Name.« Sie neigte den Kopf und las den Schriftzug auf der anderen Seite der Treppe. »Ich war da noch nie drin. Ich geh immer bei mir um die Ecke.«

»In welchen Viertel wohnen Sie denn?«

»Schönefeld. Immer schon.«

»In Schönefeld ist eine schöne Welt.«

Sie lachte. »Ach nee, schon lange nicht mehr. Friseursalon Hoffmann. Kennen Sie den? Ganz alte Bude.«

»Hoffmann, ja.« Die Frau mit dem dunklen Haar und dem Sommermantel nickte und drückte ihre Zigarette aus. »Die gibt es wirklich schon lange. Ich kannte die alte Frau Hoffmann.«

»Die mit der schiefen Nase?«

»Nein, das ist ihre Tochter. Läuft denn der Laden noch?«

»Na ja, die junge Frau Hoffmann ist nicht mehr jung und hat's auch nicht leicht. Aber solange *ich* hingehe.« Sie lachte und strich sich durch die Haare und wusste wieder, dass sie zu lange nicht im Friseursalon Hoffmann gewesen war.

»Ich arbeite drüben an der Osthalle«, sagte die Frau mit dem dunklen Haar und dem Sommermantel, »auch an der Treppe.«

»Da komme ich oft vorbei«, sagte sie und nippte wieder an ihrer kleinen Maria, obwohl das Glas jetzt leer war, »das scheint 'n ruhiger und guter Friseursalon zu sein.«

»Bei uns hämmert jedenfalls nicht den ganzen Tag irgendeine Musik wie bei denen.«

Die Frau mit dem dunklen Haar nickte in Richtung Treppe, in Richtung *Super Cut*.

»Wir sind ein sauberer, ruhiger und gutgeführter Betrieb. Da drüben, da ist nur Chaos, das sehe ich sofort, wenn ich nur dran vorbeigehe.«

Und wenig später stehen die beiden vor dem sauberen, ruhigen und gutgeführten Betrieb an der Treppe zur Osthalle. Der Bahnhof ist jetzt verlassen. Nacht unter den Rundbögen. Auf einigen Gleisen stehen Züge. Sie weiß, dass die Kollegen von der Nachtschicht in den Waggons unterwegs sind. Im Bahnhof und draußen auf den Abstellgleisen. Die Frau mit dem dunklen Haar greift in die Seitentasche ihres Sommermantels, der im Dämmerlicht der Bahnsteighalle sehr elegant aussieht, fast schon französisch. Ein wenig beneidet sie die Frau um ihren Mantel, ihr dunkles Haar ... Sie befühlt den rauen Stoff ihrer unförmigen blauen Latzhose.

Das Handy hatte im Sommermantel geklingelt. »Da summt was«, hatte sie gesagt, und die Frau mit dem dunklen Haar war rangegangen.

»Ich muss noch mal rüber«, sagte sie dann.

»Was liegenlassen?«, fragte sie.

»Nein, das Licht. Jemand hat das Licht angelassen, und dieser jemand bin wohl ich.«

»Gibt Schlimmeres würde ich sagen.«

»Ja. Eine Freundin von der Chefin hat's wohl gesehen und die Chefin angerufen.«

»Ist doch aber kaum was zu sehen«, sagte sie, als sie mit der Friseurin vor dem sauberen, ruhigen und gutgeführten Friseursalon an den Treppen zur Osthalle stand.

Nur ein gelbes, schwaches Licht war irgendwo hinten im Laden zu erkennen. Sie standen vor der großen Scheibe. Trockenhauben in einer Reihe an einer Wand. In dem gelben Licht, das seltsame Schatten warf hinter der großen Scheibe, sah es einen Moment so aus, als würden Kunden unter einigen der Hauben sitzen und warten. Sie hielt die zusammengefaltete Warnweste vor ihrer Brust, und auch die Friseurin schwieg, und so standen sie eine Weile und blickten auf die große Scheibe, hinter der das gelbe Licht den Friseursalon spärlich beleuchtete, leere Spiegel vor leeren Stühlen … »Da gibt's so eine Lampe, das ist nur so eine Stehlampe, die lass ich immer an, wenn ich gehe. Wenn ich alles ausgemacht habe. Wenn ich alles abschließe. Die Chefin sagt immer, vergiss nicht das Licht. Kostet Strom.«

»Alles Blödsinn mit dem Strom. Pfennige. Pfandgeld.«

»Pfandgeld?«

»Ach, vergiss es. Ich wollte nur sagen, ich lass oft das Licht an im Flur, bevor ich schlafen gehe. Das brennt dann die ganze Nacht. Und? Was das kostet? Nichts. Scheiß drauf.«

»Es beruhigt Sie?«

»Was jetzt?«

»Das Licht im Flur.«

»Es ist gut, wenn ich's durch die angelehnte Tür sehe.«

»Ich geh dann mal rein, wenn Sie warten wollen …«

»Ich muss zur Haltestelle, die letzte Straßenbahn.«

»Du wolltest mir noch sagen, was das mit den Kirschkernen …«

»Die Kirschkerne? Die will ich einpflanzen, hinten aufm Hof, wo ich wohne. Zwei Kirschbäume. Und dann werde ich Kirschenverkäuferin.«

»Kirschverkäuferin? Du erzählst Sachen …«

Die Frau mit dem dunklen Haar schüttelte den Kopf und schloss die Tür des Friseursalons auf, ging nach drinnen.

Sie winkte ihr, bevor sie zur Treppe ging, die nach unten in die Osthalle führte, und die Frau mit dem dunklen Haar winkte zurück hinter der Tür, und dann stieg sie langsam, Stufe für Stufe, nach unten in die Osthalle, »Warum wolltest du mir letztens das nicht sagen mit den Kirschkernen?«, »Weil's bescheuert ist. Die haben sie unter 'ner Sitzbank gefunden, in den Zügen, die Kontrollkommission.«, »Kontrollkommission?, ist doch Quatsch, oder?«, »Nein.«, »Du solltest sie wirklich einpflanzen.«, »Siehst du, das war viel schöner. Aber du wolltest's ja wissen.«, und als sie langsam durch die Osthalle Richtung Ausgang, Richtung Straßenbahnhaltestelle lief, drehte sie sich noch mal um und sah, wie das Licht hinter der großen Glasscheibe neben der Treppe erlosch.

Sie sah sie hinter der großen Scheibe. Ein wenig unsicher, wie schlaftrunken, ging die Frau mit dem dunklen Haar durch den Friseursalon.

Sie hatte die orange Warnweste ausgezogen und presste sie an ihre Brust. Sie sah, wie sie sich ihren weißen Kittel anzog. Es war kurz nach sechs Uhr am Morgen, das Ende der Nachtschicht in den Zügen, der Beginn der Frühschicht im Friseursalon. Sie hatte die ganze Nacht gekehrt und gewischt, in den Morgenstunden schwiegen die Kollegen und alles fiel schwer, und es schien, als würden die Züge, in denen sie arbeiteten, immer länger werden, hinter jedem der Waggons, die sie gereinigt hatten, wartete ein neuer.

Sie wollte zuerst nicht noch einmal zum Bahnhof laufen, am Gleis entlang, nachdem sie mit den Kollegen im Haus der Bahnreinigung gewesen war, wo die Schichten begannen und wo die Schichten endeten, am Rande der Gleisanlagen, aber dann hatte sie doch wieder ihre orange Warnweste angezogen und war losmarschiert. Der Morgen war dunkel und grau, als wäre immer noch Nacht. Sie trug jetzt einen Wollpullover unter ihrer blauen Latzhose, die Flaschen und Büchsen, die sie in den Zügen fanden, lagerten sie nach der Spätschicht im Haus der Bahnreinigung und teilten sie später auf.

Die ersten Züge und S-Bahnen fuhren in den Bahnhof ein, es nieselte, ein feuchter, grauer Morgen, und die Gleise glänzten silbern im Licht der erleuchteten Waggons, klirrend und rumpelnd fuhren die Züge über das Gewirr der Schienen und der Weichen in die großen Tore unter den Rundbögen der Kuppel. Als sie endlich auf den Außenbahnsteig trat, der wie eine große Treppenstufe vor ihr lag, spürte sie wieder ihren Rücken. Sie hockte sich hin und fuhr mit dem Besen unter die Sitzbänke, keine Kirschkerne unter all dem Unrat, den sie dort hervorkehrte. »Sie werden nachlässig, Frau Fischer.« Sie kehrte die halbe Nacht, dann übernahm sie die Fenster der Züge. Sie tauchte den Scheibenwischer in den Wassereimer, beugte sich vor und berührte mit dem nassen Scheibenwischer das Glas und fuhr über das Glas. Sie spürte ihren Rücken und lief schwankend über den Außenbahnsteig. »Weißt du, du läufst wie ein Seemann.«

»Ich, wie ein Seemann? Na, sag mal …«

»Doch, wie ein Seemann, der gerade an Land geht.«

»Ich bin doch kein Seebär …«

»Wie ein erster Offizier, der gerade an Land geht.«

»Du machst es nicht besser!«

»Aber ich mag die Art, wie du gehst. Ich sehe es gerne.«

Früh um sechs Uhr war der Bahnhof voller Menschen, er füllte sich, Pendler, Arbeiter, Reisende, und sie bereute, dass sie nicht direkt vom Haus der Bahnreinigung zu einer der Straßenbahnhaltestellen gegangen war. Aber dann sah sie die gläsernen Wände des Friseursalons, weit weg noch, und sie hob die Hand, als würde sie grüßen, dabei wusste sie nicht einmal, ob sie schon hinter der Scheibe war und die Tagschicht vorbereitete, und so weit weg war der Friseursalon noch, dass sie mit ihrer Hand die Scheibe verdecken konnte, und sie schob ihre Hände wieder in die Taschen ihrer blauen Latzhose und lief, langsam und ein wenig schwankend, an den morgendlichen Menschen vorbei. Sie nahm die Abkürzung durch einen Tunnel, der unter den Bahnsteigen entlangführte, die Bahnsteige unterirdisch miteinander verband. Sie mochte diesen Tunnel, denn hier war meist niemand. Nur wenige Reisende und Bahnhofsmenschen nutzten diese Abkürzung. Sie hielt kurz inne, schaute in die nur spärlich beleuchtete Röhre, in der ihre Schritte gleich wieder hallen würden, sie mochte auch diese Geräusche hier unten. Das Hallen der Schritte, das Echo, wenn sie hustete. Sie wunderte sich immer, dass die Punker, die vor den Ausgängen saßen und tranken, die Obdachlosen, die Ausländer, die um den Bahnhof herumstanden und oft durch die Hallen streiften, diesen Tunnel nicht nutzten, um sich ein wenig zur Ruhe zu legen oder dort ihre schmutzigen Geschäfte zu machen. Die Männer von der Bahnsicherheit sah sie hier unten nie.

Sie lief durch den Tunnel unter den Bahnsteigen, hörte das Rumpeln der Züge über dem Stein, lief an den Stahltüren vorbei, die links und rechts tief in den Grund führten, wohin auch immer, und dann stieg sie langsam die Treppenstufen am Bahnsteig elf nach oben. Und dann sah sie *sie* hinter der großen Scheibe. Sie zog sich ihren weißen Kittel an und bereitete alles vor für die Tagschicht im Friseursalon. Und sie stand dort auf dem Bahnsteig elf und blickte zu ihr und hörte, wie der Zug nach Berlin einfuhr, und all die frühen Reisenden liefen an ihr vorbei, und sie zog ihre orange Warnweste aus und lief mit der orangen Warnweste, die sie an ihre Brust drückte, zwischen ihnen entlang, ein wenig schwankend nach der langen Nacht.

Sie lehnte sich an einen der gelben Fahrpläne und sah, wie sie in der Reihe der Trockenhauben hantierte und die Lichter einschaltete, und sie sah sie in den vielen Spiegeln.

Sie hatten sich ein paar Wochen nicht gesehen, aber schon bald würden ihre Schichten wieder zusammen enden. Wie oft hatten sie sich jetzt getroffen, dreimal, viermal?

»Christa Fischer.«

»Birgitt.«

»Und dein Nachname?«

»Wieso?«

»Ich hab dir meinen auch gesagt. Also …«

»Krentz.«

»Wie der Politiker?«

»Nein, mit t-zett.«

»Na, bloß gut. Der olle Krenz war ja ein richtiges Blauhemd. Egon, der Chef der Blauhemden.«

»Ich war auch ein Blauhemd. Ich fand's ganz gut damals.«

»Ich auch, Birgitt. Aber das ist ja Jahrzehnte her. Wahrscheinlich warn wir mal ganz junge Kommunisten.«

»Sozialisten.«

»Ja. Hübsche Sozialisten meinetwegen. Blauhemden. Und jetzt trag ich 'n Blaumann.«

»Blaufrau«, sagte Birgitt, die Frau mit dem dunklen Haar. Sie saßen am Tresen und teilten sich einen Piccolo. Sie sahen sehr müde aus und stützten ihre Köpfe auf ihre Hände, die Ellenbogen auf dem Holz des Tresens.

»Ja«, sagte Christa Fischer, »ich bin eine Heldin der Arbeit.«

Und später, und wieder Nächte und Wochen dazwischen und davor, wie oft hatten sie sich jetzt getroffen?, kurz vor bevor die Bahnhofskneipe an der Treppe, die runter zur Osthalle führte, zumachte, Mitternacht, hörten sie im Radio das Lied *Lady in Black*.

»Da hab ich oft zu getanzt in der Disco.«

»Ich auch. Vor hundert Jahren.«

»Verstehst du den Text?«

»Nicht richtig. Sie kam eines Morgens. Und dann irgendwas mit Winterwind.«

»Ist ja bald Winter.«

»Teilen wir uns noch einen Piccolo?«

»Gerne.« Und Birgitt, die Friseurin, bestellte noch eine kleine Flasche Sekt mit zwei Gläsern.

»Letzte Runde«, sagte der dicke Kneiper, der wie ein

gutmütiger Grundschullehrer aussah mit seiner Nickelbrille.

»Brauchst du uns nicht zu sagen, Jimmy«, sagte
Christa.

»Ich heiß nicht Jimmy«, sagte der dicke Kneiper und
holte den Sekt aus dem Kühlschrank.

»Hast du Kinder?«, fragte Birgitt, als sie tranken. Sie
tranken den letzten Sekt und waren plötzlich nicht mehr
müde, obwohl der Bahnhof jetzt still und leer war und in
der Nacht versank.

»Eine Tochter. Die arbeitet in Berlin. Und du?«

»Nein. Als ich jung war, da hatte ich was. Dort.« Sie
legte ihre flache Hand auf ihren Bauch. Sie trug immer noch den Sommermantel, obwohl die Nächte jetzt
kühl wurden. »Das ging dann nicht mehr. Bist du schon
Oma?«

»Nein«, sagte sie, »aber sie arbeiten dran. Sie ist zwei-
unddreißig. Aber ich war auch 'ne späte Mutter.«

»Gute Ehe?«

»Meine Ehe?« Sie lachte und winkte ab. »Lange her.«

»Ich meine die von deiner Tochter.«

»Ach … die werden's schon besser machen. Sie kommt
nicht so oft, und ich bin immer am Arbeiten. Bist *du*
verheiratet, Birgitt?«

»War ich. Zweimal.«

»'n doppelter Rittberger.«

»Wie bitte?«

»Ach, nur so 'n Spruch, Birgitt. Eiskunstlauf.«

»Hat mich nie interessiert, Christa. Trotz der schönen
Katharina.«

»Und in paar Jahren kennt keiner mehr die schöne Kati. Die große sozialistische Eiskunstläuferin.«

Dann schwiegen sie eine Weile und tranken kleine Schlucke von ihrem Sekt und gossen noch kleinere Schlucke aus der Flasche in ihre schmalen, hohen Gläser und sahen, wie der letzte Piccolo sich langsam leerte.

»Ich weiß nicht, ob ich mich auf die Rente freuen soll, Christa.«

»Hast du noch lange?«

»Geht so. Paar Jahre.«

»Ich auch«, sagte sie, »aber du ... du siehst noch gut aus. Du siehst nicht aus wie ... na ja, du weißt schon.«

»Danke.«

»Nein, ist mein Ernst. Du achtest auf dich, siehst gut aus.«

»Du doch auch, Christa.«

»Ach komm, ich bin 'ne Putze. Das ist schlecht für die Haut.« Sie legte ihre Hände auf den Tresen, die Handflächen nach oben. Ihre Hände waren rau, und die Haut war an vielen Stellen eingerissen.

»Du bist keine Putze«, sagte Birgitt. Sie wollte ihre Hand in eine der geöffneten Hände legen, ließ es aber dann und strich über die Aufschläge ihres Sommermantels.

»Warst du schon immer in den Zügen?«, fragte sie.

»Fast zwanzig Jahre«, sagte Christa, »das ist schon *wie immer*, das fühlt sich an wie immer.«

»Und davor?«

»Hab in 'nem großen Hotel gearbeitet, gleich neben dem Bahnhof, Westseite. Direkt neben der Westhalle.

Da hab ich auch gelernt. War das beste Hotel in der Stadt.«

»Ich kann mich erinnern«, sagte Birgitt, »das haben sie Anfang der Neunziger dichtgemacht.«

»Ja«, sagte Christa, »'ne Zeitlang war ich arbeitslos, dann habe ich mich bei der Bahnreinigung beworben. Ich will nicht meckern, es ist schon spät.«

»Das kenne ich«, sagte Birgitt, »da wird man irgendwie sentimental.«

»Und du, wie lange bist du schon hier und schneidest Haare bei den Zügen?«

»Fühlt sich an wie *immer*«, sagte Birgitt.

»Und da haben wir uns nie gesehen vorher?«

»Reicht doch, wenn wir uns jetzt immer sehen«, sagte Birgitt.

»Ja, das stimmt.« Und dann schwiegen sie eine Weile und tranken kleine Schlucke von ihrem kalten Sekt, der gar nicht mehr so kalt war, letzte Schlucke, und beobachteten den dicken Kellner, den Christa immer Jimmy nannte, der die Gläser abwusch, und andere Gläser bewegten sich halbvoll auf dem Tresen hin und her, die letzten Bewegungen der letzten Gäste, ein Schaffner trank einen Kaffee, die blaue Mütze mit dem schwarzen Schirm neben sich auf dem Tresen. In Birgitts Sommermantel summte ein Telefon, aber sie reagierte nicht, nahm sich eine Zigarette aus ihrer Schachtel und zündete sie.

»Bei dir summt was«, sagte Christa.

»Nein«, sagte Birgitt, »da summt nichts.«

»Nicht, dass deine Chefin wieder was will.«

»Nein, nicht um die Zeit. Ist doch nach Mitternacht.«

Das Telefon verstummte, und sie nippten an ihren Gläsern, und dann begann es, wieder zu summen, und Birgitt zog es aus der Innentasche ihres Sommermantels, schaute kurz auf das leuchtende Display und drückte den Anruf weg.

»Ich hab gar kein Handy«, sagte Christa, »wegen der Strahlung.«

»Ist nicht dein Ernst, oder?«

»Doch, und außerdem kann mir keiner auf den Geist gehen um so eine Uhrzeit ...«

Sie wollte sich eine kleine Maria bestellen, aber dann fiel ihr ein, dass der Kneiper schon die letzte Runde angesagt hatte. Sie blickte auf das leuchtende Display von Birgitts Handy, das wieder gesummt hatte und immer noch summte, und sie erkannte irgendeinen Namen und blickte schnell woandershin, bevor es erlosch und Birgitt das Telefon wieder in die Innentasche ihres Sommermantels steckte.

»Ich fühl mich sicherer mit Handy. Stell dir vor, du wirst überfallen. Ist gefährlich hier nachts. Ich meine, draußen.«

»Ja, ist gefährlich. Manchmal, wenn die letzte Bahn weg ist, gehe ich zu Fuß. Ich mache zwar ’n Bogen um unser schönes Ausländerviertel, aber ich hab immer *das* dabei.« Sie griff in die große Brusttasche ihrer blauen Latzhose und stellte eine Dose Pfefferspray neben die Flasche Sekt auf den Tresen. »Wenn mich jemand belästigt ... und da hilft dir auch kein Handy.«

»Und wenn ich dich anrufen will?« Birgitt nahm vorsichtig die Dose Pfefferspray vom Tresen und hielt sie in beiden Händen und bewegte die Lippen, als würde sie die Schrift auf der Dose lesen.

»Ich hab 'n Festnetz zu Hause. Aber … wegen dir würde ich mir vielleicht ein Handy kaufen. Hier um die Ecke ist ja der große Elektro.«

»Du hast wirklich kein Handy?« Birgitt lächelte und stellte das Pfefferspray wieder auf den Tresen.

»Ich denke manchmal«, sagte Christa, »dass das nicht gut ist, dass die ganze Luft hier, alles, überall, dass da die ganzen Gespräche durchgehen und das Internet und alle Signale … Das kann nicht gut sein für unsern Kopf.« Sie tippte mit dem Zeigefinger an ihre Schläfe und strich sich dann mit der Hand durchs Haar.

»Du musst mal wieder zum Friseur, Christa.«

Und sie lehnte an dem gelben Fahrplan und blickte zum Friseursalon an der Treppe, die runter zur Osthalle führte, bis ein alter Mann, der einen riesigen Rollkoffer hinter sich herzog, vor ihr stehen blieb und dann, weil sie immer noch schaute, die zusammengeknüllte orange Warnweste vor der Brust, ging er ganz dicht an sie ran und sagte: »Entschuldigen Sie!« Und dann noch einmal: »Bitte entschuldigen Sie doch.« Sie hatte ihn erst nicht gehört, weil er sehr leise sprach, aber vielleicht waren es auch die Geräusche und Stimmen des morgendlichen Bahnhofs, die seine Stimme verschluckten. Sie trat zur Seite und der Alte beugte sich zu dem Fahrplan, sein Kopf berührte fast das Glas über dem gelben Papier, so weit beugte er sich vor.

Sie ging zu einem der Bäckereistände, die um diese

Zeit öffneten, an den Kopfenden der Bahnsteige, und kaufte sich einen Pappbecher Kaffee. Sie nahm den Deckel mit dem Schlitz ab und warf den Plastikdeckel in den Papierkorb neben dem Stand und pustete auf das heiße Getränk. Sie blickte zu der großen Uhr über dem Durchgang, der zur Treppe in die Osthalle führte. Im Friseursalon war jetzt richtig was los. Erst dachte sie, es wären die Spiegel, in denen sie Birgitt wieder und wieder sah.

Aber in vierzig Minuten machte der Friseursalon auf, und nun kamen auch Birgitts Kolleginnen.

Sie war müde, und der Kaffee machte es auch nicht besser.

Aber sie wollte warten, bis der Friseursalon öffnete. »Guten Morgen, ich würde mir gerne die Haare schneiden lassen.«

Sie strich sich durch die Haare, die waren strähnig und lang und ringelten sich an den Spitzen und waren vom Schweiß verklebt.

In der vorletzten Nacht, also gestern, nein, vorgestern?, sie war ein wenig verwirrt, weil die Tage und Nächte sich immer mehr zusammenschoben …, in der vorletzten Nacht hatte sie für einige Stunden die Abfallbehälter übernommen. In den Zügen. Sie schob die Mülltüte unter den Abfallbehälter, sah sich selbst gebückt in der Scheibe über dem Abfallbehälter, griff links und rechts nach dem Metall und zog und hebelte, bis ihr der Abfallbehälter entgegenfiel, sich fast von selbst in die große Mülltüte entleerte, während sie ihn packte und rüttelte, damit er sich gänzlich entleerte, bevor sie ihn wieder in die Halterung hebelte. Und wieder sah sie sich selbst in der Scheibe im gelben Licht der Nachtbeleuchtung, und kurz berührten sie sich an den Schultern, als sie zum nächsten Abfallbehälter ging.

»Blöder Mist!« Sie sprang auf, kam aus der Hocke nach oben, ließ den Abfallbehälter los, als die Flüssigkeit in den Müllsack lief, über den Müllsack lief, auf den Boden tropfte, auf ihre Beine lief, das Blau ihres Arbeitsanzuges wurde dunkel, und der blaue Stoff war nun dunkel und feucht auf ihren Knien, und sie roch die Pisse, die aus dem Abfallbehälter kam. »Verdammte Scheiße!« Sie stolperte zurück, hielt ihre nassen Hände von sich weg, tauchte sie dann in den Eimer mit dem Putzwasser. Sie wollte ein Schiebefenster aufreißen, war dort nicht ein Licht in einem anderen Zug? Die Kontrollkommissionen kamen nur selten, kontrollierten mit Taschenlampen den Boden und die Fenster und Papierkörbe, bewegten sich fast lautlos in den Zügen und zwischen den Abstellgleisen, tauchten auf und gingen wieder.

Sie hielt den Kaffee so dicht vor ihrem Gesicht, dass sie den Dampf heiß und feucht auf der Haut spürte und die Augen schloss. Obwohl sie sich in dieser Nachtschicht nicht eingesaut hatte, wollte sie duschen, bevor sie zu ihr ging. Manchmal zog sie sich im Haus der Bahnreinigung um und duschte auch dort.

Sie war nackt und drehte das warme Wasser auf, bis der Hahn sich nicht weiter drehen ließ. Fünf Euro hatte sie in den Schlitz geworfen. Pfandgeld der letzten Tage. Das große WC-Center mit den Duschen lag nur ein paar

Meter neben dem Friseursalon. Ein Haustierladen befand sich zwischen ihnen. Sie blickten auf die Käfige mit den grünen und gelben Vögeln, die schlafend auf ihren Stangen saßen, die Hundehalsbänder, Fressnäpfe und Katzenklos, und sie sagte: »Ich hatte nie 'n Haustier. Und du?«

»Zwei Hamster, als Kind. Ich hab oft überlegt, mir eine Katze zuzulegen.«

»Ich weiß nicht. Ich glaub, dann ist man richtig allein.«

»Ja.« Sie sahen sich in der Scheibe, wie sie Schulter an Schulter standen. Weit hinter ihnen fuhr ein Zug durch einen der Rundbögen, die wie große Tore aussahen, in die Nacht.

Sie drückte immer wieder auf den Plastikspender mit dem Shampoo und verteilte das Shampoo in ihren Haaren und auf ihrem Körper. Das Shampoo brannte ihr in den Augen, und sie blinzelte und schaute an sich runter und zog den Bauch ein. Ihre Haare fühlten sich weich und gut an unter dem Wasser der Dusche, und das warme Wasser lief über ihren Rücken.

»Nun halt doch den Kopf ruhig, du musst ihn gradehalten, sonst schneide ich dir das Ohr ab.« Sie fühlte Birgitts Hände auf ihrer Kopfhaut, hörte das leise Klappern der Schere.

Sie öffnete die Augen, sah sich selbst im Spiegel, ein weißes Tuch bedeckte ihren Oberkörper und immer mehr Haare fielen auf den Stoff. Sie sah die grauen Spitzen, manche Büschel waren ganz grau, und sie schaute wieder in den Spiegel, sah Birgitts Hände in ihrem Haar, das leise Klappern der Schere, die sich mit und zwischen den Händen durch ihre Haare bewegte. Sie stellte sich vor, wie sie draußen vorm Laden stand und zwei Damen sah, ganz allein im Friseursalon, die eine trug einen Blaumann, der kaum zu erkennen war unter dem weißen Tuch, auf das die Haare fielen, die andere stand hinter ihr, beugte sich über sie, das silberne Glänzen der Schere ...

Und wieder schloss sie die Augen und spürte Birgitts Hände und ihre Fingerspitzen auf ihrer Kopfhaut, und sie bekam Gänsehaut, wie sie als Mädchen Gänsehaut bekommen hatte, wenn sie beim Friseur gewesen war. Die Berührungen.

Birgitt legte ihre Hand auf ihre, spürte die rissige, raue Haut, »Ich bin eine Heldin der Arbeit«, kurz schien es ihr, als würde Christa die Hand schnell wegziehen wollen, aber es war nur eine unscheinbare Bewegung auf dem Holz des Tresens.

»Komm mit rüber, ich schneid dir die Haare.«

»Jetzt mitten in der Nacht?«

»Ja. Wir wollen dich wieder vorzeigbar machen.«

»Na, so schlimm ist's auch nicht, oder?«

»Doch. Wir gehen jetzt rüber, und ich schneid dir die Haare.«

»Wenn du meinst ... Schön wär's schon.«

»Ich will dir das schenken.«

»Ach, hör auf ...«

»Doch.«

»Du bist lieb. Weißt du, dass ich letztens am Morgen vor deiner Scheibe stand ...«

»Nach deiner Nachtschicht? Also vor meiner Frühschicht.«

»Ja.«

»Und warum bist du nicht reingekommen?«

»Ich weiß nicht. Ich ... ich weiß es nicht.«

»Waren dir wohl zu viele Friseusen auf einem Haufen.«

»Nein, nicht deswegen. Ich hatte doch extra ...«

»Ist doch egal, Christa. Jetzt ist es doch viel schöner.«

»Ja, das ist es.«

Sie saß am Tresen und wartete, aber Birgitt kam nicht. Sie trank einen Kaffee und eine kleine Maria, dann zahlte sie und ging Richtung Friseursalon. Sie erkannte schon von weitem, dass kein Licht mehr brannte. Sie ging ein paar Minuten durch die Bahnsteighalle, sah Birgitt aber nirgendwo, am anderen Ende, bei dem Spätverkauf und dem Fastfood standen ein paar junge Kerle.

Sie ging zurück zur Bahnhofskneipe. Ganz kurz war sie sich sicher, Birgitt würde am Tresen sitzen und rauchen, wenn sie reinkam, aber da saß niemand, und sie ging wieder zu ihrem Kaffee und ihrer kleinen Maria, an der sie immer wieder nippte, während sie wartete.

Sie strich sich ein paarmal durch ihre neue Frisur, durch ihre halblangen Haare, und ein paarmal schien es ihr, sie würde winzige silberne Haarspitzen sehen, die überm Tresen in der Luft schwebten.

Es war schon wieder ein paar Tage her, dass sie mitten in der Nacht im Friseursalon gesessen hatten und Birgitt ihr die Haare geschnitten hatte. Die Schichten hatten gewechselt, und zweimal hatte Birgitt das

Licht brennen lassen im Friseursalon, so wie sie es halb im Spaß versprochen hatte. »Wie eine Flaschenpost, verstehst du?«

»In einer Flaschenpost brennt kein Licht, Birgitt.«

»Hm … Wie eine Flaschenpost mit einem Glühwürmchen drin.«

»Du erzählst Sachen, Birgitt.«

Sie waren nach Mitternacht gekommen, um zwei Fernzüge zu reinigen, die am Morgen weiterfahren sollten. Und schon von weitem hatte Christa das gelbe Licht des Friseursalons gesehen, obwohl es nur sehr schwach leuchtete, dieses gelbe Licht der Stehlampe, die Birgitt manchmal einschaltete, wenn sie alles saubermachte, die anderen Lampen ausknipste, letzte Handgriffe, die Haarschneidemaschinen in die Ladegeräte steckte, alle Türen abschloss und den Friseursalon verließ.

»Sie wird Ärger kriegen«, dachte sie, bevor sie mit den anderen in den Fernzug stieg. Aber in der nächsten Nacht brannte das Licht wieder, und sie lächelte, als sie mit dem Eimer und dem Besen und den Putzmitteln in den Fernzug stieg.

Dann brannte das Licht nicht mehr, aber eigentlich war sie ganz froh darüber gewesen, warum sollte sich Birgitt mit ihrer Chefin rumärgern? Aber schön war sie trotzdem gewesen, diese Flaschenpost in der halbdunklen Bahnhofshalle. Auch die Kneipe an der Treppe war um diese Zeit schon längst geschlossen, und nur drüben am Westausgang standen noch ein paar Leute vorm Fastfood, der vierundzwanzig Stunden über geöffnet hatte.

»Und das ist nur für dich. Kein anderer wird es bemerken.«

Sie trank ihre kleine Maria aus und zahlte und ging.

Auch am nächsten Abend traf sie Birgitt nicht in der Kneipe an der Treppe, die runter zur Westhalle führte. Wieder lief sie einige Minuten durch die Bahnsteighalle, ging dann nach unten, lief durch die Ebenen des großen Bahnhofs, kurz überlegte sie, zu dem Tunnel zu gehen, der die Bahnsteige miteinander verband, aber was sollte sie da?

Und wieder wechselten die Schichten, freie Tage dazwischen, und sie ärgerte sich, dass sie kein Handy hatte. Die Nächte waren kalt, der erste Frost kam, dann wurde es wieder etwas wärmer. Das Jahr war fast vorbei.

Sie beobachtete die Friseusen, die alles für die Arbeit vorbereiteten. »Ich bin eine Friseurin, Christa, keine Friseuse. Friseusen findest du im *Super Cut*.« Aber Birgitt war nicht dabei. »*Super Cut*, was für ein bescheuerter Name …« Sie lachten. Ihre Fingerspitzen auf ihrer Kopfhaut. Hinter ihren Ohren. Sie lehnte sich an die gefliese Wand der Duschkabine, die Zeit war schon längst um, und das Wasser floss nicht mehr, fünf Minuten für fünf Euro, und sie nahm die Hand von ihrem Bauch und strich sich durch die nassen Haare, und das Wasser tropfte aus ihren Haaren in ihr Gesicht.

Sie hatte eine ganze Weile vor dem Haus gestanden. Jetzt stieg sie die Treppe nach oben, Stufe für Stufe. Sie wollte nicht unten klingeln, wusste nicht, was sie sagen sollte, wenn sie ihre Stimme an der Gegensprechanlage hörte. »Ja?«

»Ich bin's, also Christa.«

»Ja?«

»Ich wollte …« Sie hatte lange vor den Klingelknöpfen mit den Namensschildern gestanden, die Hand auf dem Türknauf der verschlossenen Tür.

»Sie werden nachlässig, Frau Fischer.«

»Nein«, sagte sie, »ja. Das ist die Nacht.«

»Also wenn Sie …«

»Halten Sie doch einfach die Klappe.«

Sie war am Morgen nach der Schicht in den Friseursalon gegangen, hatte sich vorher im Haus der Bahnreinigung umgezogen und ihren Blaumann in ihren Spind gehängt. Sie hatte sich ihre gute Winterjacke mitgebracht, aber nun schwitzte sie in der viel zu dicken Winterjacke, über die sie noch die orange Warnweste gezogen hatte. Ein ekelhaft kalter Schneeregen hatte eingesetzt, und sie waren froh, wenn sie in den Zügen waren, sie hatte die Scheiben von innen gereinigt, während draußen die großen Flocken an das Glas klatschten und dort schmolzen und lange Linien und Kurven über das Glas zogen.

Die Friseurin wollte ihr erst nicht sagen, wo Birgitt war und wo Birgitt wohnte. Christa kannte ja nur das Viertel. Die Warnweste hatte sie ausgezogen und in ihren Stoffbeutel gepackt. Auf ihren Anteil an den Dosen und Flaschen, die sie in den Zügen fanden, hatte sie verzichtet.

»Wir kennen uns gut, ich …«

»Sie ist krankgeschrieben. Mehr weiß ich nicht.«

»Wenn Sie eine Nummer oder ihre Adresse hätten …«

»Die darf ich ihnen nicht einfach so geben.«

So stand sie eine Weile vor den Spiegeln, zwischen den Trockenhauben, währen die ersten Kunden, Männer und Frauen, an ihr vorbeiliefen. Den Stoffbeutel mit der orangen Warnweste hielt sie an ihre Brust gedrückt.

»Aber Birgitt ist meine Freundin, wir … Ich möchte sie doch nur besuchen.«

Das Klappern der Scheren, das Summen der Haarschneidemaschinen, und draußen vor der großen Scheibe des Friseursalons erwachte der Bahnhof, fuhren die Züge, die sie in den Nächten zuvor noch saubergemacht hatte, durch die Rundbögen, die wie große Tore aussahen.

»Entschuldigen Sie, entschuldigen Sie bitte.« Sie hatte den Jungen nicht gehört, obwohl er sich über sie beugte. Sie saß auf der Türschwelle, und auf der großen Straße rollte der Feierabendverkehr, und vielleicht hatte dieser Lärm die Stimme des Jungen geschluckt.

Und als der Junge, der einen Schlüssel an einer Kette um seinen Hals trug, sie hereingelassen hatte, stieg sie Stufe für Stufe die Treppe nach oben. Der Junge, drehte sich ein paarmal nach ihr um, er hielt ein riesiges, flaches Handy mit beiden Händen.

Er redete mit diesem Telefon, und sie blickte ihm hinterher, bevor er schnell durchs Treppenhaus nach oben lief.

Dann stand sie vor der Wohnungstür. Birgitts Name

auf dem Türschild. Sie trat sehr nah an die Türschwelle. So stand sie eine Weile und lauschte in die Wohnung. Alles war ruhig. Sie trat einen Schritt zurück, rückte die Aufschläge ihrer Winterjacke zurecht, strich sich mit der Hand durch ihre Haare und über ihre Stirn, und dann klopfte sie.

Die letzte Fahrt der Strandbahn

Ich ging jeden Abend zur Westmole, um mich dort auf eine der Bänke zu setzen. Es war Mitte September, die Saison neigte sich dem Ende zu, aber der Spätsommer war sonnig und warm, und die Abende waren lang und mild, und viele der Urlauber blieben am Strand, bis es dunkel wurde.

Am Ende der Mole stand ein kleiner, grün-weiß-gestrichener Leuchtturm, und auch hinter mir, am Rand der Altstadt, befand sich ein Leuchtturm, aber der war viel schöner als der kleine; alt und sehr weiß und sehr schlank überragte er die Häuser der Altstadt. Der große Leuchtturm war auch ein Museum, aber wenn ich am Abend zur Westmole ging, hatte es bereits geschlossen, und die beiden Rundgalerien, eine in der Mitte des Turms und eine zweite, unterhalb der Spitze, waren verlassen; am Tag schauten dort die Touristen aufs Meer, und auch ich hatte einmal dort gestanden und aufs Meer und die Schiffe geschaut, eigentlich zweimal, aber zwischen meinen beiden Besuchen in diesem Leuchtturmmuseum lagen viele Jahre, obwohl *viele Jahre* ein bisschen *zu viel* gesagt ist, aber mein zweiter Besuch war erst vor wenigen Tagen gewesen.

Ich ging viel am Strand spazieren, manchmal mietete ich einen Strandkorb und saß dann einige Stunden unter dem blau-weiß- oder rot-weiß-gestreiften Stoff und las ein Buch oder eine Zeitung oder blickte einfach nur aufs Meer und die Schiffe, manchmal schlief ich ein, und die monotonen Schreie der Möwen hörte ich noch in meinen Träumen, aber am Abend ging ich immer zur Westmole.

Je nachdem, wie ich mich setzte, konnte ich von meiner Bank aus den Strand sehen, der sich bis zum weißen Neptun-Hotel und weiter noch hinzog, den Yachthafen, den kleineren Hafen für die Ausflugsdampfer und Hafenrundfahrten, und natürlich den Leuchtturm, der die Häuser der Altstadt überragte. Aber meistens schaute ich aufs offene Meer oder auf den Kanal, der *großer Strom* hieß, und die vielen Schiffe, die von dort aus in See stachen. Ich war kein Experte für Maritimes, kam aus dem flachen Binnenland, aber die Seeluft tat mir gut, ich wollte mich erholen und hatte vor, einige Wochen in der kleinen Stadt am Meer zu bleiben. Alle paar Tage fuhr ganz langsam, und von kleinen Lotsenschiffen begleitet, eins dieser riesigen Kreuzfahrtschiffe aus dem Hafen über den großen Strom Richtung offenes Meer.

Dann standen die Touristen an den Ufern. Und noch dichter und zahlreicher standen die Reisenden auf den Decks des Kreuzfahrers, winkten und liefen über die Decks und zur Reling, einige filmten die Ausfahrt, und auch viele der Urlauber am Ufer filmten das riesige Schiff, mit ihren Kameras oder Telefonen.

Einmal bin ich auf meiner Bank eingeschlafen, ich muss wohl sehr müde gewesen sein in dieser Zeit, und erst mitten in der Nacht wieder aufgewacht. Ich zog meine Jacke an, mit der ich die Lehne hinter mir gepolstert hatte. Der kleine Leuchtturm an der Spitze der Westmole blinkte, und auch der große Leuchtturm hinter mir schickte seine Strahlen in die Nacht. Ich zog den Reißverschluss meiner Jacke zu und blickte aufs Meer, in der Ferne konnte ich die Lichter von Frachtern erkennen, die Küste runter lag eine größere Stadt mit einem Containerhafen, und auch von meinem Hotelzimmer aus sah ich nachts die Schiffe am Horizont.

»Damals gab es hier weniger Wasser«, sagte jemand neben mir. Ich erschrak nicht, oder nur ein wenig, weil die Stimme sehr leise war. Auf einer anderen Bank, nur ein, zwei Meter entfernt, saß jemand. Ich drehte mich zu dem Mann, den ich im Halbdunkel kaum erkennen konnte, obwohl die Strahlen der beiden Leuchttürme die Nacht über der Westmole etwas erhellten. Es schien ein alter Mann zu sein, er hatte graue oder weiße Haare, und auch seine Stimme war alt und schleppend.

»Ich weiß, das mag komisch klingen«, sagte er, »wo wir doch am Meer sind. Aber früher war der große Strom viel schmaler, und dort drüben war Land.«

Ich sah, wie er den Arm hob und Richtung Ostmole zeigte. An der Spitze der Ostmole war ein weiterer kleiner Leuchtturm, ich hatte ihn am Tag, auf meinen Spaziergängen, ein paarmal gesehen.

»Sie meinen dort, wo der kleine Leuchtturm ist?«, fragte ich und rückte auf meiner Bank näher an den

Alten ran, stützte mich auf die Seitenlehne, und auch er war bis zum Ende seiner Bank gerückt, so dass wir dichter aneinander saßen.

»Das Leuchtfeuer der Ostmole«, berichtigte mich der Alte, »kein Leuchtturm im eigentlichen Sinne.«

»Und dort drüben war alles Land?« Ich verstand nicht, was er meinte und was er wollte, mitten in der Nacht. Ich hätte einfach aufstehen und gehen können, ich war müde, und um diese Zeit saß ich meist auf dem Balkon meines Hotelzimmers, trank einen Schnaps aus der Minibar und blickte auf den Himmel über dem Meer, der nie ganz dunkel wurde, das lag sicher auch an den Sternen …, aber irgendwie wollte ich wissen, auf was der Alte hinauswollte, was er mir erzählen wollte. Und ich war allein in der kleinen Stadt am Meer, niemand wartete auf mich.

»Rechts hinter der Ostmole«, sagte der Alte, »weiter dem Meer zu, dort ist jetzt nur noch eine Insel, dort nisten jetzt die Vögel, aber früher, da fuhr dort unsere Bahn.«

»Unsere Bahn«, wiederholte ich und sah, wie er nickte.

»Wir fuhren direkt am Strand entlang, und dann ein Stück ins Land hinein, am Moorgraben, den gibt es heute noch.«

»Dann war das so was wie die Bäderbahn«, sagte ich. Ich war auf meinem Weg in die kleine Stadt durch Bad Doberan gekommen, dort fuhr eine Dampfbahn, eine Schmalspurbahn, die sie *der Molly* nannten, die fuhr zwischen den Häusern entlang und über Heiligendamm weiter zum Meer.

»Nein, nein«, sagte der Alte und beugte sich über die Seitenlehne seiner Bank weiter zu mir, »nicht wie der Molly. Die Strandbahn. Das war unsere Strandbahn.«

Als der Alte dieses »Das war unsere Strandbahn« sagte, erhellte das Signallicht des großen Leuchtturms für einen Moment sein Gesicht. Es war wirklich ein sehr alter Mann mit einem faltigen alten Gesicht, buschigen weißen Augenbrauen unter seiner zerfurchten Stirn, aber seine Augen, in die ich in diesem hellen Augenblick schaute, als der Lichtstrahl des Leuchtturms über der Mole lag und weiter und immer weiter aufs Meer zeigte und dort irgendwo das Wasser berührte, seine Augen waren sehr wach und jung, zumindest schien mir das so. Später, als ich auf dem Balkon meines Zimmers stand, dachte ich, dass es vielleicht nur die Erinnerung an seine Jugend war, oder sagen wir: die Zeit, als er jünger war, die dort in seinen Augen förmlich geleuchtet hatte.

Er schwieg und stützte sich auf die Seitenlehne seiner Bank.

»Was war denn das für eine Strandbahn?«, fragte ich, weil der Alte immer noch schwieg und mich anscheinend vergessen hatte. Die Mole lag nun wieder im Halbdunkel und das Meer fast schwarz vor uns, das Signallicht des Leuchtturms bewegte sich weit über uns in andere Gegenden der Nacht.

»Wir fuhren elektrisch«, sagte der Alte, als ich schon glaubte, er wäre weggedämmert, dabei waren seine Augen doch eben noch …, »dort drüben war unser Depot. Manchmal denke ich, es ist jetzt auf dem Grund des Meeres, aber sie haben es vor langer Zeit schon abgerissen. Lange bevor sie den Strom ausgebaggert haben. Eigentlich war unsere Strandbahn wie eine Straßenbahn.«

»Eine Straßenbahn am Meer«, sagte ich.

»Ja, eine Straßenbahn am Meer«, sagte er, und kurz glaubte ich zu sehen, wie er lächelte.

»Nein, nein«, sagte er dann plötzlich etwas lauter und stand auf und setzte sich wieder hin, »keine Straßenbahn, eine Strandbahn.«

»Aber Sie haben recht«, sagte er einen Augenblick später, und wieder sprach er so leise wie vor wenigen Minuten, als er neben mir zu erzählen begonnen hatte, »einige unserer alten Wagen sind bei der Straßenbahn gelandet, irgendwo, nachdem hier Schluss war, und ich glaube sogar, einer hat es damals bis Nürnberg geschafft, in den goldenen Westen. Aber wir hatten auch Sonderwaggons, Sommerwagen, die waren zum Meer hin offen.«

»Sie haben dort gearbeitet, also bei der Strandbahn?«

»Ja«, sagte er, »wo jetzt das Meer ist, wo die Vogelinsel ist, dort war unser Depot, dort begann unsere Fahrt. Immer am Strand entlang. Dort, wo jetzt das Meer ist.«

»Und wann … wann ist sie denn verschwunden, Ihre Bahn?« Ich weiß nicht wieso und dachte noch lange darüber nach auf dem Balkon meines Hotelzimmers, wo ich saß und einen Schnaps aus der Minibar trank, bis der Himmel langsam hell wurde und mit ihm das Meer, schwarz und grau und dunkelblau und immer heller ..., ich weiß nicht wieso, aber ich spürte, dass da etwas war, was er mir erzählen wollte, mehr als der zum Strand hin offene Sommerwagen der Strandbahn, dass da mehr war als die verschwundene Bahn und der ausgebaggerte Strom, durch den jetzt die Kreuzfahrtschiffe Richtung Meer fuhren. Und manchmal kamen sie auch zurück, fuhren über den Strom in den Hafen, und auch dann waren die Decks voller Menschen, die winkten und durcheinanderliefen und die Köpfe voll von den fremden Ländern hatten, die sie gesehen hatten.

»Wir fuhren direkt am Strand entlang«, sagte der Alte, »und ich war der jüngste Triebwagenfahrer. Den Moorgraben gibt es heute noch. Und auch das Gasthaus an der Moorheide gibt es heute noch. Aber es ist ein anderes Haus. Dort war unsere Fahrt zu Ende. Wir ...« Er verstummte und stand auf und blieb stehen. »Auf der großen Düne, ganz in der Nähe unseres Depots, war ein Flugplatz, die ›Flugzeugführerschule See der Luftwaffe‹. Keiner weiß das mehr.«

Er ging Richtung Altstadt, und ich ging zu meinem Hotel. »Ich bin immer hier«, hatte er noch gesagt. »Ich sitze jeden Abend hier.«

»Ich auch«, wollte ich antworten, aber ich wusste nicht, ob das stimmen würde, obwohl ich wusste, dass ich den Alten wiedersehen würde, ihn und seine Strandbahn und seine Geschichte. Er verschwand hinter dem Leuchtturm, irgendwo in den schmalen Straßen und Gassen der Altstadt. Und als dann die Sonne aufging, saß ich in einem Sessel, den ich aus meinem Hotelzim-

mer auf den Balkon geschoben hatte, versuchte die Vogelinsel zu erkennen, sah den Leuchtturm vor den Häusern der Altstadt und die Leuchtfeuer auf den Molen,
und schlief ein.

Und im Traum war ich in dem Sommerwagen der
Strandbahn, von der ich noch nie zuvor gehört hatte ...,
Möwen umflatterten den offenen Sommerwagen, lauer-
ten auf Essensreste, ein paar Kinder warfen Brotstücke
in die Luft und lachten, wenn die Möwen sich im Flug
stritten, und dann stand ich plötzlich an einer Haltestelle, konnte mich gar nicht erinnern, ausgestiegen
zu sein, aber so ist das manchmal im Traum, und die
Strandbahn fuhr an mir vorbei, und kurz sah ich den
Alten im Führerstand hinter seinen Kurbeln stehen, und
neben ihm ein kleiner Junge und ein Mädchen, die sich
an ihn lehnten, aber bevor ich genau schauen konnte,
fuhr die Bahn einfach in die Wellen hinein, die Schienen führten ins Meer.

»Wer will sich auch daran erinnern«, sagte der Alte,
»nach dem Krieg war das alles fort.«

Wir saßen wieder am Fuß der Westmole. Der Alte war
mir bis zur letzten Nacht nie aufgefallen.

Aber ich hatte ja auch andere Gedanken gehabt, war
in die kleine Stadt am Meer gekommen, um mich zu erholen, um den ganzen Mist, den ich hinter mir gelassen
hatte, zu vergessen.

»War sie denn zerstört, die Bahn?«, fragte ich. Es war
noch hell, aber das Meer begann sich schon rot zu fär-
ben, ein paar Urlauber packten ihre Decken und Sachen
zusammen unten am Strand. Der alte Mann trug eine

abgewetzte Lederjacke, so eine von denen, die früher *Thälmannjacken* genannt wurden.

»Zerstört?« Der Alte blickte mich an, schien nachzudenken. »Nein«, sagte er, »bis auf den einen schweren Treffer …« Er nickte, fuhr sich mit der Hand über sein Gesicht und dann durch sein weißes, kurzgeschnittenes Haar.

»Und wieso …«

»Die Russen haben alles demontiert. Und wer brauchte schon eine Strandbahn in den harten Jahren.«

»Wie alt waren Sie damals?«, fragte ich, und fügte dann schnell an: »Wenn ich fragen darf …«

»Sie sind ein höflicher junger Mann«, sagte der Alte, und ich sah, wie er lächelte, »Sie sollten fragen, wie alt ich heute bin …«

»Ich bin zweiundvierzig«, sagte ich, »und fühle mich nicht besonders jung im Augenblick. Sie müssen ja damals noch ein Kind gewesen sein, vor … fünfundsechzig, sechsundsechzig Jahren.«

»Danke«, sagte der alte Mann, »aber ich war schon ein junger Mann damals, junger Mann. Siebzehn Jahre. Das war vierundvierzig und fünfundvierzig, alt genug um … Aber einer musste ja die Bahn fahren. Die Männer wurden alle an die Front geschickt, und ich wurde vom Lehrling zum Triebwagenführer befördert. Wir fuhren meist nur noch die Soldaten zur ›Flugzeugführerschule See‹. Oder von der Flugzeugführerschule See in die Heide-Schänke. Wenige Urlauber damals. Und der Winter nahm kein Ende. Das mag komisch klingen, aber das war die glücklichste Zeit meines Lebens.«

»Obwohl Krieg war?«

»Ja, obwohl Krieg war, junger Mann«, sagte er, und sofort schämte ich mich für meine Frage. Was wusste ich denn schon. Aber ich hatte das Gefühl, ich müsste ihn fragen, damit er weitersprach, damit seine Geschichte weiterging, die er am Abend zuvor begonnen hatte.

»Weil Sie befördert wurden?«

»Ach, was heißt befördert. Ich fuhr eben einfach die Bahn. Unsere Strandbahn. Und mein kleiner Cousin bekam eine Schaffneruniform und knipste die Fahrkarten. Der Karli ...«

»Ein schöner Name.«

»Ja. Eigentlich hieß er Karlmann, aber wir nannten ihn immer nur Karli. Wissen Sie, was komisch ist, ich denke oft, dass Sommer war damals, die ganzen Wochen, die wir zusammen auf der Strandbahn waren, Karli, ich ... und *sie*, Spätsommer, so wie jetzt.«

Der alte Mann atmete tief ein, als könnte er seinen Spätsommer riechen.

»Das Mädchen«, sagte ich.

»Ja, das Mädchen«, sagte er. Die Sonne ging jetzt unter, Wolkenbänke und Meer waren rot, ich hatte an den letzten Abenden in dieses immer dunkler werdende Rot geschaut, und vielleicht war mir der Alte auf der Nachbarbank deswegen nicht aufgefallen.

»Sie kam mit den Trecks aus dem Osten.« Der Alte begann, wieder zu erzählen.

Ich weiß nicht, wie lange wir geschwiegen und einfach nur aufs Meer und den Himmel geschaut hatten, und ich war mir plötzlich nicht mehr sicher, wann genau er das erste Mal dieses Mädchen erwähnt hatte in seiner Geschichte, sie fuhren mit der Strandbahn, der Himmel im Osten glühte rot, aber das war nicht der Sonnenuntergang, Karli, sein kleiner Cousin lief in seiner Schaffneruniform, die ihm viel zu groß war, durch die fast leeren Wagen der Strandbahn, der Alte saß im Führerstand und drehte die große Kurbel, und sie saß hinter ihm und sah über seine Schulter auf die Strecke vor ihnen. Winter und Schnee und ein Himmel über dem Meer wie im Spätsommer.

»Sie kam mit den Trecks aus dem Osten. Ohne ihre Eltern. Ich hab sie nie danach gefragt, was unterwegs passiert war. Sie wohnte bei Karli, Karli hat sie eines Tages mitgebracht.«

»Wie alt war Karli denn?«

»Ach, da muss ich überlegen … elf oder zwölf. Ich glaube, Karli war zwölf Jahre alt damals. Ja. Seine Eltern hatten einen Hof vor der Stadt. Dort wurden Flüchtlinge einquartiert.«

»Und wie alt war *sie*?«

»Sie war so alt wie ich. Wir hatten sogar im selben Monat Geburtstag.«

Ich wollte ihn fragen, welcher Monat das denn war, ließ es aber dann.

»Und das war alles kurz vor Kriegsende?«

»Ja. Nein. Der Krieg ging noch lang. Diese letzten Monate waren sehr lang. Zuerst verschwanden die Männer, und ich durfte unsere Strandbahn fahren. Und mein Karli wurde Schaffner. Dann kamen die Trecks aus dem Osten. Und mit den Trecks kam sie.«

Und ich wollte den alten Mann fragen, wie sie denn hieß, aber ich wusste, dass ich nicht fragen durfte, dass ich warten musste, bis er ihren Namen sagen würde.

»Ich habe Karli sehr gemocht. Ich habe keine Geschwister. Mein Vater war schon vor dem Krieg gestorben, und Karlis Vater war der Bruder meines Vaters. Und Karli war wie mein kleiner Bruder. Ja.«

Der große Leuchtturm, der die Häuser der Altstadt überragte, begann nun sein Licht in den immer dunkler werdenden Abend, in die Nacht zu schicken. Und auch die beiden Leuchtfeuer blinkten, eins vor uns, an der Spitze der Westmole, das andere Leuchtfeuer auf der Ostmole sahen wir weit über dem Wasser, dort, wo früher einmal die Strandbahn gefahren war. Der Alte holte einen verschnürten Beutel aus einer Tasche seiner Thälmannjacke und öffnete ihn. Er nahm ein Blättchen Zigarettenpapier, legte es auf sein Bein und krümelte etwas Tabak aus dem Lederbeutel auf das Blättchen. Aber da etwas Wind aufkam, gelang es ihm nicht, sich diese Zigarette zu drehen. Als er es ein paarmal versucht hatte, stand ich auf und sagte: »Ich kann das gerne für Sie machen.«

»Das ist sehr freundlich, junger Mann«, sagt er, und ich nahm den Tabak und das Blättchen und wendete mich gegen den Wind und drehte ihm eine Zigarette. Und während ich drehte, überlegte ich und rechnete, wie alt er heute sein musste, wenn er damals, vierundvierzig, fünfundvierzig, siebzehn gewesen war. Nein, so uralt sah er nicht aus, aber wir begegneten uns ja immer nur im Licht der Leuchttürme und im Licht des verschwindenden Tages. Der Tabak in dem Lederbeutel war trocken und sehr krümelig, wahrscheinlich rauchte er sehr wenig, ich hatte ihn auch noch nicht rauchen sehen, aber wir kannten uns ja erst einen Abend und eine Nacht.

Ich reichte ihm die Zigarette, und er holte ein großes Metallfeuerzeug aus einer der Taschen seiner Jacke. Die Flamme erhellte sein Gesicht. Ich sah, dass das Metall des Feuerzeugs verrostet war. Er hustete.

»Wir haben zusammen in meinem Führerstand gesessen und geraucht, vor uns die Strecke. Meist haben wir uns eine Zigarette geteilt, sie schob sie mir zwischen die Lippen, ich musste ja die Bahn steuern. Mit siebzehn rauchten wir alle damals. Und der Winter wollte kein Ende nehmen, aber in meiner Erinnerung ist es wieder Spätsommer. Ich habe sie immer Irmchen genannt. Das erinnerte mich an einen Leuchtkäfer, wissen Sie, einer dieser Leuchtkäfer, ein Irmchen.«

»Das habe ich noch nie gehört, ein Irmchen.«

»Nein, das war nur ein Kosename. Flieg, Glühwürmchen, flieg ...« Er sang diese letzten Worte, summte leise eine Melodie. »Flieg, Glühwürmchen ... Sie hieß Irma. Sie kam mit einem der Trecks in die Stadt.«

Und als ich später auf dem Balkon meines Hotelzimmers saß, versuchte ich, sie mir vorzustellen, sein Irmchen, so, wie er mir von ihr erzählt hatte.

»Sie hatte schulterlanges dunkles Haar. Braun. Und sie konnte laufen, mein Gott. Wenn wir am Strand waren, da muss Schnee gewesen sein, und sie immer vorne weg. Ich kam kaum hinterher. Sie war nicht sehr groß, aber ich war damals viel größer als heute, das können

Sie glauben. Manchmal band sie sich zwei Zöpfe, das hat mir gut gefallen. Ihre Zöpfe. Wie nennt man das, die Quasten? Unten an den Zöpfen. Ich nahm sie wie einen Pinsel und strich damit über ihr Gesicht. Kitzelte sie an der Nase, weil ich wollte, dass sie lacht. Ich erinnere mich oft an ihre Nase. Wahrscheinlich klingt das komisch. Aber ich bin ein alter Mann.«

»Nein, das klingt nicht komisch.«

»Sie hatte eine schmale Nase, die war leicht gebogen, ein wenig nach links, wirklich nur ein wenig, wie soll ich das sagen ...«

Ich sah, wie er ganz langsam und vorsichtig seine Hand durch die Luft bewegte, ein Stück vor seinem Gesicht. Die Zigarette, die ich ihm gedreht hatte, hielt er in der anderen Hand, sie war ausgegangen, aber er schien das nicht zu merken, zog auch nicht mehr an der Zigarette, und kurz darauf ließ er sie einfach auf den Boden fallen.

»Sie konnte sehr streng blicken, dann zog sie die Stirn in Falten und rümpfte ihre Nase und kniff die Augen zusammen, aber wenn sie lachte ... Das war selten, aber über Karli musste sie immer lachen. Das war gut. Der war ein Faxenmacher. Immer in der Bahn unterwegs mit seiner viel zu großen Uniform. Die Soldaten, die Flugschüler haben ihn alle gemocht. Haben ihm Schokolade zugesteckt. Die haben wir dann zusammen gegessen. Im Depot oder am Strand. Da muss viel Schnee gewesen sein damals. Und sie konnte laufen, mein Gott. Karli haben wir meistens abgehängt. Am Strand, im Schnee. Da war er böse. Wo er uns doch im-

und dann stolperte er weiter, und ich konnte sein Lachen hören.

»Und weiß du, warum ich mich so genau daran erinnere?«

»Woran denn?«, fragte ich. Wir saßen wieder an der Mole, oder immer noch?, es nieselte, der Himmel war voller Wolken, die trieben zusammengeballt und in wilden Formationen übers Meer, obwohl der Wind hier kaum zu spüren war. Immer wieder riss es die Wolken auseinander, und dann sahen wir den Sonnenuntergang. Nein, der Sonnenuntergang war längst vorbei, aber sein Licht lag noch unter der Dunkelheit. Und gelbe und rote Lichter von Schiffen unter den Wolken, weit draußen, die waren mal hier und mal dort und dann wieder woanders.

»Daran, dass ihre Nase diesen leichten Knick nach links machte ...«

»Weil du ...«

»Weil dort ihr Herz war«, sagte der Alte, »so was spürt man doch und sieht doch, wie das schlägt. Wenn man ... Das klingt sicher komisch für Sie ...«

»Nein, klingt es nicht.«

»... als würde dieser leichte Knick nach links darauf zeigen. Auf ihre linke Brust. Erinnern Sie sich denn jetzt, also in diesem Augenblick, genau an die Nase ihrer Frau? Und wie ihr Herz schlägt ... Spüren Sie das? Und erinnern Sie sich an all diese kleinen Dinge?«

»Nein«, wollte ich sagen, »ich weiß es nicht«, wollte ich sagen, aber ich schwieg.

»Ich muss mich entschuldigen«, sagte der Alte, und

seine Stimme wurde wieder leiser und ruhiger, »ich werde unmöglich und sentimental.«

»Das wäre ich wohl auch«, sagte ich, »nach so vielen Jahren.«

Der alte Mann nickte. Und jetzt erst sah ich, dass er das rostige Feuerzeug in seiner linken Hand hielt. Er ließ die Verschlusskappe runterschnappen und wieder hochschnappen, an und aus, aber es war wohl nass geworden in dem Nieselregen, der vor einigen Minuten eingesetzt hatte.

»Mein Cousin Karli hatte sie mitgebracht«, sagte er, »sie war plötzlich da.« Aber das wusste ich ja schon.

Er war schweigsamer geworden an unserem dritten Abend. Bevor er von ihrer Nase und seinen Gedanken zu ihrer Nase und von seinen Erinnerungen an ihre Nase und ihre Zöpfe erzählt hatte, hatten wir lange still auf unserer Bank gesessen.

Wir hatten die Kragen unserer Jacken hochgeschlagen, das Leder seiner dunkelbraunen Thälmannjacke glänzte vom Regen, aber dann ließ der Regen nach und hörte dann ganz auf.

»Was machen Sie eigentlich hier am Meer?«, fragte er, das Feuerzeug hielt er immer noch in der Hand, und es klang, als würde er ganz langsam wieder auftauchen aus seiner Vergangenheit, von diesen letzten Fahrten seiner Strandbahn.

»Nur ein bisschen Urlaub«, sagte ich.

»Ich habe Ihnen schon viel erzählt, nicht wahr?«

»Ja«, sagte ich, »von einem Leuchtkäfer.«

Und als ich nachts von der Strandbahn träumte, die

Tür zum Balkon war wie immer offen, und bevor ich einschlief, hatte ich die Stimme meiner Frau auf ihrer Mailbox gehört, sie fehlte mir so sehr, fuhren wir alle mit der Strandbahn inmitten der großen Trecks, von denen er mir erzählt hatte, aber sie schienen uns gar nicht zu bemerken, vielleicht, weil wir in die Richtung fuhren, aus der sie kamen, Männer, Frauen, Kinder, so viele Kinder, auf Pferdewagen, Handkarren, zu Fuß, die Strandbahn, die wie eine elektrische Straßenbahn aussah, fuhr ihnen entgegen, und der Alte im Führer-stand drehte an der großen Kurbel, sie stand neben ihm, drückte sich an ihn, hielt sich an seiner Schulter fest, während sie auf die Ströme der Flüchtenden schaute, mit denen sie ja selbst gekommen war, und auch der kleine Karlmann in seiner Schaffneruniform blickte still aus dem Fenster, hinten im Wagen, während die Trecks sich durch den Schnee Richtung der Stadt be-wegten und es immer weiter schneite und schneite, das Meer war grau, und Eisschollen trieben auf dem Wasser. Und die Wagen, auf denen Kinder und alte Frauen saßen, zwischen Holzkommoden und Haus-rat, hinterließen Spuren im Schnee, die sahen aus wie Schienensträng, die von unserem Schienenstrang weg-führten, bis sie wie er vom fallenden Schnee bedeckt wurden, ich saß in der Strandbahn, legte meinen Arm um meine Frau, wollte m en Arm um sie legen, aber der Platz neben mir war le und durch die vereis-ten Scheiben sah ich einen Jun und ein Mädchen den Strand entlangrennen, die sie t Schneebällen bewarfen.

»Und wie sie laufen konnte«, sagte der Alte, »ich kam kaum hinterher, wenn wir am Strand spazieren gingen und sie plötzlich anfing zu marschieren, immer vorne weg, so dass ich rennen musste, um sie wieder einzuholen. Wir fielen in den Schnee, wir lagen im Schnee, wir umarmten uns im Schnee. Und wärmten uns auf im Depot unserer Strandbahn, dort stand ein Kanonenofen. Mein kleiner Karli grinste sich eins, aber ließ uns allein. Einmal schlief ich ein, wir hatten da eine Liege, im Depot, am Ofen, dort ruhten wir manchmal, und einmal schlief ich auf der Liege ein. Und als ich wieder aufwachte, stand sie über mir und sagte: Du siehst aus wie eine Leiche, die krümmen sich auch so. Und ich fragte sie nicht, woher sie das wusste, ich hatte noch nie eine Leiche aus der Nähe gesehen, obwohl die Bomben fielen und die Front immer näher kam. Ich fuhr unsere Strandbahn. Und sie saß immer mit im Wagen. Ich wollte, dass sie bleibt, ich wollte immer bei ihr sein.«

Er schwieg und nickte ein paarmal mit dem Kopf, zitterte er? Er war ein sehr alter Mann, hustend rauchte er eine Zigarette, die ich ihm gedreht hatte.

»Und ihre Eltern«, fragte ich, »oder irgendwelche anderen Verwandten?«

»Sie war ganz allein auf der Welt. Man sagt das so dahin, aber es war so damals. Ganz allein ..., die Welt.«

Und wieder sah ich aus dem Fenster der Strandbahn, da lagen Körper im Schnee, und die Möwen saßen auf ihnen und hackten mit ihren Schnäbeln in das gefrorene Fleisch.

Der Alte saß wie immer hinter der großen Handkurbel im Führerstand, aber außer ihm und mir war diesmal niemand sonst im Wagen. Auf dem Meer trieben Schiffe zwischen den Eisschollen, und Schwärme von Möwen flatterten kreischend um die Schiffe und stießen immer wieder auf die Decks nieder. Wo war Karli, und wo war *sie*? Langsam, ganz langsam ging ich durch den leeren Wagen zum Führerstand und sah über die Schultern des Alten hinweg, dass wir direkt auf eine riesige Flamme zufuhren. War das die Flugschule, von der er mir erzählt hatte? »Halt an«, rief ich, »halt doch um Gottes willen an!« Aber er schien mich nicht zu hören, kurbelte das Handrad, und der Triebwagen der kleinen Strandbahn raste quietschend über die Schienen, und der Schnee stob links und rechts.

Und dann drehte er sich doch zu mir um, sein Gesicht war seltsam grau und rußverschmiert, als wären wir schon inmitten der Flammen gewesen, auf die wir zufuhren, und er bewegte die Lippen, aber ich konnte ihn nicht verstehen, denn ein lautes Brummen wie von Motoren hatte eingesetzt, nein, das waren keine Möwen da draußen, das waren Flugzeug, unzählige Flugzeuge. Und ich neigte meinen Kopf ganz dicht an seinen Mund, so dass seine Lippen fast mein Ohr berührten. »Er ist tot, ich habe ihn getötet.«

»Wen?«, schrie ich gegen den Lärm, und dann verschlangen uns die Flammen, ja, sie verschlangen uns, eine Wand aus Flammen, in der wir verschwanden, und ich fühlte, wie wir alle zerrissen wurden von einer Explosion, und ich fürchtete mich so vor der Dunkelheit und dem Tod, und dann wachte ich auf.

Es war ein klarer, sonniger Tag, als ich auf den Balkon trat, aber der Sommer würde nun bald vorbei sein. Es wurde Zeit, dass ich wieder nach Hause fuhr.

Aber dort wartete niemand auf mich, und ich hatte bis auf weiteres Urlaub. »Ruhen Sie sich aus, fahren Sie ans Meer.«

»Wieso ans Meer? Woher wissen Sie, dass wir ...«

Ich stand auf dem Balkon, hielt mein Handy in der Hand, und mein Blick wanderte über den Strand, an den von Tag zu Tag weniger Badegäste kamen. Letzte Nacht hatte ich nicht die Nummer meiner Frau gewählt, um ihre Stimme auf der Mailbox zu hören.

Das Hotel lag ein Stück oberhalb des Strandes, ich konnte vom Balkon aus die kleine Stadt und den Hafen und die Molen mit den Leuchtfeuern sehen, das Panorama-Eckzimmer kostete mich meine letzten Ersparnisse, aber wir hatten damals nach unserer Hochzeit einige Tage hier verbracht.

Wie viele Jahre war das her? Seit ich an den Abenden bei dem Alten an der Mole saß, war mir die Zeit abhandengekommen.

Ich war müde und zerschlagen von der Nacht und den Träumen und ging trotzdem den ganzen Tag spazieren, lief einige Kilometer am Strand entlang, entfernte mich dabei immer weiter von der Strecke der verschwundenen Strandbahn und ging dann doch wieder zurück, nahm einen der Ausflugsdampfer, die die Touristen durch den großen Strom und den Hafen fuhren, wir kamen dicht an der Vogelinsel vorbei, die eher eine große Düne war, fuhren raus aufs Meer, aber immer dicht an der Landzunge entlang, dort war sie einmal gefahren, seine Strandbahn, irgendwo waren die Flugschule gewesen und das Depot, ich stand an der Reling und schaute auf die Wellen.

Der Dampfer fuhr weiter zur Moorheide, dort gab es einen Pier, ein paar Leute stiegen aus, und der Dampfer fuhr in den Heidegraben ein, einen Kanal, der ein Stück ins Land führte. Das Gasthaus erkannte ich schon von weitem. Es war ein altes Gebäude mit Schilfdach. Hatte er nicht gesagt, dass auch die alte Schänke verschwunden war, zusammen mit der Wartehalle, in der die Urlauber saßen, aber in dem Winter waren sie dort ganz allein gewesen. Der kleine Dampfer legte an, und wir stiegen aus und setzten uns auf die Bänke und Stühle des Freisitzes, aßen und tranken und warteten, bis der Dampfer wieder zurückfahren würde.

»Abfahrt in fünf Minuten und zweiundvierzig Sekunden«, rief Karlmann, den alle nur Karli nannten, er rannte zwischen den Tischen und Bänken des Freisitzes hin und her, wir konnten ihn lachen hören, seine Schaffnermütze saß ihm viel zu tief in der Stirn, und er schob den roten Mützenschirm mit seiner Schaffnerkelle nach oben, als er sich zu mir beugte. »Eine Fahrkarte der Herr, für unsere Sonderfahrt? Sie müssen doch zurück.«

»Zwei«, sagte ich, »für mich und meine Frau.« Irgendwo läutete eine Glocke.

»Nein«, sagte der Alte am Abend, »das ist alles verschwunden, die Heideschänke, die Wartehalle, schon vor langer Zeit, zusammen mit der Bahn.«

»Aber ich bin dort gewesen heute«, sagte ich.

»Es ist alles verschwunden«, sagte der Alte, »so wie *sie* verschwunden ist, damals.«

»Wohin ...«

»Sie ist einfach gegangen. Wahrscheinlich rüber zu den Amerikanern. Keiner wusste was Genaues. Ende Mai, Anfang Juni. Es war ein schöner Mai, plötzlich wurde es Sommer. Wir waren baden gewesen, das erste Mal. Am nächsten Tag war sie weg.«

»Die Russen?«, fragte ich.

»Ich habe auf sie aufgepasst, immer auf sie aufgepasst. Sie hätte nicht gehen dürfen, nach der Sache mit Karli. Nein, sie hätte nicht weggehen dürfen.«

»Was war mit Karli?«, fragte ich. Die Leuchtfeuer auf den Molen und das Blinken des großen Leuchtturms hinter uns erhellten unsere Gesichter, wir saßen nebeneinander auf einer Bank an diesem Abend, in dieser Nacht, ich hatte ein paar Schnapsfläschchen aus der Minibar meines Panorama-Eckzimmers mitgebracht und zwischen uns auf die hölzernen Streben gestellt. Am Morgen hatte ich eins dieser riesigen Kreuzfahrtschiffe auslaufen sehen, die Decks voller winkender Reisender, jetzt war der *große Strom* vor uns reglos, aber immer wieder zogen die Signallichter über die fast schwarze Wasseroberfläche.

»Karli«, sagte er und schwieg dann einige Sekunden, und ich konnte ihn atmen hören, die Flaschen klapperten leise, als er nach ihnen griff, »ich hätte ihn retten können. Aber ich war allein, und ich war siebzehn.« Er hielt eine der Flaschen in der Hand, wollte den Verschluss abdrehen, aber es gelang ihm nicht. Ich nahm sie ihm aus der Hand, öffnete sie und reichte sie ihm wieder, kurz sah es so aus, als wollte er trinken, aber dann warf er die Flasche ins Dunkel.

»Ich hab Irma aus dem umgestürzten Wagen geholt und runter zum Strand getragen. Karli war eingeklemmt. Er hat draußen gelegen und war eingeklemmt, ich … Er hat mich angeblickt, als ich sie aus dem Wagen holte. Ich sehe das heute noch, wie er mich ansieht. Bitte hilf mir. Er hat geweint. Ich hab ihn so gerne gehabt, meinen Cousin Karli. Ich hätte ihn rausziehen müssen, ich hätte es doch versuchen müssen.«

Er blickte mich an. Was hätte ich sagen sollen.

»Aber ich habe *sie* aus dem umgestürzten Triebwagen geholt. Und als ich zurückkam … Er hat geweint, als ich mit ihr zum Strand gegangen bin. Geh nicht weg, hat er gerufen. Aber ich musste sie doch erst wegbringen von dort, bevor ich ihm helfen konnte. Ich war allein. Der ganze Himmel war dunkelrot. Ich wollte ihn holen, aber als ich zurückkam …«

Ich trank den letzten Korn oder Wodka und warf die Flasche ins Dunkel. Ich hörte, wie sie aufs Wasser schlug, ein leises Patschen nur, als würde man einen kleinen Stein ins Meer werfen oder einen Schneeball im Winter.

Wir saßen noch lange nebeneinander und blickten auf den Strom. Er hielt wieder das metallene Feuerzeug in seiner Hand. Hatte er nicht erzählt, dass *sie* es ihm geschenkt hatte? Ein altes Soldatenfeuerzeug. Sie hatte es irgendwo gefunden auf ihrer Flucht, bevor sie ihn und seine Strandbahn fand und dann wie ein Irmchen, wie ein Leuchtkäfer, wieder verschwunden war.

Es nieselte, als ich ein paar Tage später noch einmal zur Westmole ging. Der Alte saß auf einer Bank, und ich setzte mich auf die Bank neben ihm. Er schien mich nicht zu bemerken, aber als ich ... wie lange war das jetzt her? ... das erste Mal zur Mole gekommen war, hatte ich ihn auch nicht gleich gesehen.

»Damals gab es hier weniger Wasser«, sagte der Alte nach einer Weile, ohne mich anzusehen.

»Ich weiß«, sagte ich und stand wieder auf und ging im Nieselregen ins Hotel zurück.

Zwei

Der Vater meines alten Freundes R. saß auf dem Balkon. Er sah sehr klein und dünn aus in dem großen Sessel, den R. und seine Mutter für ihn auf den Balkon geschafft hatten. Eine grüne Decke lag auf seinen Knien, die Tage waren kühl geworden, und der Sessel fühlte sich feucht an, als ich meine Hand aufs Polster der Lehne legte. R.s Vater schaute kurz zu mir hoch und nickte. Er flüsterte was, aber ich konnte nur das Wort »schön« verstehen.

Wir standen neben ihm an der Brüstung und blickten auf die flachen Plattenbauten der Siedlung am Stadtrand, hinter der die großen Gewerbegebiete lagen, und weit weg sahen wir das weiße Band der Autobahn, deren Summen man in den Nächten hören konnte.

R. half seinem Vater aus dem Sessel, und dann stützten wir ihn links und rechts und gingen langsam mit ihm zur Wohnungstür. Er trug einen Bademantel über seinem Trainingsanzug, und ich konnte einen der Schläuche und den Beutel spüren, als ich meinen Arm um ihn legte. Wir brachten ihn zu meinem Auto.

Wir fuhren durch die Stadt, R. saß hinter mir und stützte sich auf die Rückenlehne meines Sitzes und schaute zu seinem Vater, der auf dem Beifahrersitz saß, den Kopf an der Scheibe. Das Glas beschlug, ein nebel-weißer Fleck neben seinem Mund. Er hatte sich so sehr gewünscht, noch einmal durch sein altes Viertel zu fahren, aber jetzt sah es so aus, als würde er schlafen.

Als wir an einem Rummelplatz vorbeikamen, hob er den Kopf und zeigte auf die Karussells und Buden, es war Herbst, und die letzten Schausteller zogen über die Dörfer und in die Stadt. Ich hielt an. R. ging zu einer der Buden und holte seinem Vater einen Becher Bier. Er trank ein paar Schlucke, hustete und stützte sich aufs Auto und zeigte auf das Riesenrad, das am Ende des Platzes die Buden und Karussells überragte. Ich blickte R. an, und der nickte, und sein Vater legte seine Arme um unsere Schultern, und wir liefen sehr langsam durch die schmalen Straßen aus Schießständen und Fressbuden und Fahrgeschäften, bis wir am Riesenrad waren. Es war nicht viel los auf dem Rummel, obwohl es bereits dunkel wurde.

Wir saßen in der schwankenden Gondel, und blickten über den Rummel und die Häuser und das flache Land vor der Stadt. R.s Vater wollte uns etwas sagen, aber wir konnten sein Flüstern nicht verstehen, der Wind rauschte in unseren Ohren, und von unten dudelte die Musik der Buden und Karussells. Doch dann sahen wir, was er meinte. Die Windräder. Von hier oben waren sie gut zu erkennen. Zu Hunderten standen sie in der Ebene vor der Stadt, ein Wald aus Windrädern, und in der beginnenden Dämmerung fingen die roten Warnlichter unter den Rotoren an zu leuchten. R.s Vater war Metall-arbeiter gewesen, und die letzten zwanzig Jahre hatte er mit seinem Schweißgerät in einer großen Halle in den Standröhren der Windkrafträder gelegen und diese verschweißt. Bis die Krankheit kam.

Das Riesenrad hatte aufgehört sich zu drehen, und die Gondeln schaukelten und schwankten, und wir schauten auf das rote Blinken und die langsam im Dunkeln verschwindenden Rotoren, die sehr nah zu sein schienen, und der Vater meines alten Freundes R. hob ganz kurz seine Hand.

Der Spalt

Als er in dieser Nacht durchs Treppenhaus zu seiner Erdgeschosswohnung ging, hatte er sofort das Gefühl, dass
etwas nicht stimmte.

Er blieb wie immer an den Briefkästen stehen und
suchte den Briefkastenschlüssel zwischen den anderen
Schlüsseln seines Bunds, ließ es aber dann und lauschte,
es war still im Haus, und auch draußen auf der Straße
war wenig los um diese Zeit.

Er konnte, vor den Briefkästen stehend, den Eingangs-
bereich seiner Wohnung noch nicht sehen, aber vielleicht hatte er den Luftzug gespürt, dachte er später,
oder er hatte gehört, wie die angelehnte Wohnungstür
im Luftzug ganz leicht immer wieder gegen die Schließ-
leiste stieß.

Er stand vor seiner Wohnung, hatte die Aktentasche
abgestellt und blickte auf die angelehnte Tür, bis das
Treppenhauslicht ausging.

Er machte es wieder an, nahm seine Aktentasche mit
beiden Händen und drückte sie gegen das Holz der Tür,
bis diese sich langsam öffnete. Er blickte in den dunklen
Flur.

Er konnte keine Spuren am Türrahmen erkennen,

kein abgesplittertes Holz, es sah aus, als hätte jemand mit einem Schlüssel seine Wohnung geöffnet. Er trat auf die Schwelle, das leise Knarren, das er so gut kannte, er wohnte seit fast fünfzehn Jahren in dieser Wohnung, seit er bei seiner Mutter ausgezogen war, und er bemerkte sofort, dass seine Cowboystiefel fehlten, als er das Licht im Flur angeschaltet hatte. Sie standen im obersten Fach seines Schuhregals, er hatte sie vor ein paar Jahren bei einem Urlaub in Amerika gekauft, bestes Leder, handgefertigt, mit silbernen Beschlägen am Schaft, aber jetzt waren sie verschwunden.

Er lehnte seine Aktentasche ans Schuhregal, ging zurück ins Treppenhaus, schloss die Haustür zweimal ab und ging vorsichtig, damit seine Schritte nicht zu viel Lärm machten, in den ersten Stock. Dort wohnte niemand, es gab nur eine Wohnung, die direkt über seiner lag, und er schlich weiter nach oben in den zweiten Stock. Die beiden Wohnungstüren schienen intakt zu sein, hinter den vergitterten Türfenstern brannte Licht, er hörte eine Fernsehsendung aus einer der Wohnungen, als die Werbung begann, wurde der Ton schlagartig lauter, und er kehrte um. Als er auf dem letzten Treppenabsatz war, ging das Licht aus, und er sah den hellen Spalt, durch den das Licht seiner Wohnung, seines Flurs, ins dunkle Treppenhaus drang.

Er untersuchte das Schloss. Es ließ sich nicht mehr abschließen. Sein Schlüssel passte zwar noch hinein, und er konnte ihn drehen, aber der Bart des Schlüssels traf auf keinen Widerstand mehr, das Schloss klapperte mit dem Schlüssel drin hin und her.

Er zog die Tür trotzdem zu, und dann begann er, die Zimmer zu untersuchen. Irgendetwas hatte ihn bis jetzt davon abgehalten, als hätte er Angst gehabt, die Räume verändert vorzufinden.

Er öffnete die Küchentür, sein Fahrrad, das dort vorm Küchenregal gestanden hatte, war weg. Er nahm es immer mit in die Wohnung, weil er Angst hatte, dass man es aus dem Keller stehlen könnte. Oft fuhr er mit dem Rad zur Arbeit, die Aktentasche auf dem Gepäckträger, aber die letzten beiden Tage hatte es geregnet, und er war mit dem Bus gefahren.

Dann sah er, dass sein kleines Küchenradio fehlte. Es war ein gutes, kleines Küchenradio gewesen, mit Digitaluhr und Eierkochfunktion, seine Mutter hatte es ihm vor Jahren geschenkt. Grundig, eine gute Firma. Er verstand trotzdem nicht, wie jemand sein Küchenradio stehlen konnte. Was war das Ding denn wert? Es war doch auch schon über zehn Jahre alt, eins der letzten Geschenke seiner Mutter.

Er griff nach einem der Messer im Abwasch, ein großes spitzes Brotmesser, ließ es aber dann, was hätte das auch für einen Zweck gehabt, die Wohnung war leer. Obwohl er noch nicht in alle Zimmer geschaut hatte. Er nahm das Messer. Legte es wieder hin. Er holte sein Handy aus seiner Innentasche, wählte die Eins-Eins-Null, schaltete auf Lautsprecher und drückte den Anruf wieder weg, als das erste langgezogene Tuten des Wählsignals in seiner Küche ertönte. Er spürte, wie trocken sein Mund war, und er nahm ein Glas und füllte es unter dem Wasserhahn.

Langsam ging er in die anderen Zimmer. Auch hier waren sie gewesen. Im Wohnzimmer fehlte seine Stereoanlage. Die Schubfächer seines Schreibtisches waren geöffnet und durchwühlt. Der kleine Flachbildfernseher war verschwunden. Im Schlafzimmer schien nichts zu fehlen, aber sein Bett, das er am Morgen wie immer gemacht hatte, war in Unordnung. Was verdammt nochmal hatten sie in seinem Bett gesucht? Er öffnete die Schublade seines Nachttisches. Die Lampe, die auf der Marmorplatte stand, blendete ihn, und er drehte den grünen Schirm. Sie hatten in seinem Fotoalbum geblättert, das in der Nachttischschublade lag. Es war noch halbgeöffnet, und eine Seite war geknickt, und ein Foto fehlte.

Im Licht der Nachttischlampe sah er, wie er als kleines Kind auf dem Schoß seiner Mutter saß, schwarzweiß, er blätterte weiter, seine letzte Freundin am Strand, wie schön sie war, und während er noch blätterte, schob er mit der anderen Hand die Schublade zu, ließ das Album los und setzte sich aufs Bett. Die Schublade stand noch offen, er sah seinen Babyfuß auf dem Knie seiner Mutter, das Foto fehlte, nur noch die schwarzen Fotoecken klebten zwischen den anderen Fotos, die Schublade hatte sich verkantet, und er drückte gegen das Holz, die Marmortischplatte verrutschte, sie lag nur lose obenauf, er ließ die Schublade los, die sich immer noch nicht ganz schließen ließ, schob die Marmorplatte wieder zurecht und blickte auf das zerwühlte Bett, auf dem er saß. Er stand auf. Er ging ins Bad. Dort waren sie scheinbar nicht gewesen. Alles war an seinem Platz. Er setzte sich auf den geschlossenen Klodeckel. Die Zeitungen auf dem Fensterbrett. Er konnte sich erinnern, etwas über eine Einbruchserie gelesen zu haben. Organisierte Banden. Er saß auf dem Klodeckel und sah sich im Spiegel über dem Waschbecken.

Irgendwann, nach Minuten oder Stunden, stand er auf und legte sich aufs Sofa im Wohnzimmer. Er fror und zog die Decke, die zusammengerollt wie ein Kissen immer am Kopfende lag, über sich. Die Decke roch seltsam süßlich. Ob sie auch auf seinem Sofa gesessen hatten? Dann stand er noch mal auf und schob das Schuhregal vor die Wohnungstür. Seine Aktentasche, die am Schuhregal gelehnt hatte, stand jetzt mitten im Flur. Er betrachtete sie eine Weile von der Wohnzimmertür aus, dann holte er sie und stellte sie neben sich ans Sofa. Er lag lange wach und blickte an die Decke und blickte in die Dunkelheit seiner geschlossenen Augen und lauschte in die Wohnung und lauschte ins Haus, während draußen auf der Straße der Frühverkehr einsetzte.

Am späten Vormittag stand er auf, er hatte kaum geschlafen. In wenigen Stunden musste er auf Arbeit. Draußen war ein schöner Herbsttag, das sah er durch die Lamellen der Jalousie, aber er würde wieder den Bus nehmen müssen. Die Büros des Kurierdienstes, in denen er sich um die Auftragsbearbeitung kümmerte, lagen draußen vor der Stadt in einem Gewerbegebiet. Von der Bus-Endstelle musste er noch zehn, fünfzehn Minuten laufen. Nachts roch er die Herbstfeuer. In den Kleingärten und auf den Grundstücken, die um das Gewerbegebiet herum lagen, verbrannte immer jemand Holz oder Laub um diese Jahreszeit.

»Haben Sie die Polizei gerufen?«

»Ja. Ja.«

»Ich meine wegen der Versicherung.«

»Ja, natürlich.«

»Sonst zahlt Ihnen das keine Versicherung.«

»Es fehlt nichts, ich habe sie überrascht. Sie sind geflohen. Es ist nur die Tür.«

»Ja, die Tür. Die Polizei muss den Schaden aufnehmen, dann können Sie damit zur Versicherung …«

Warum konnte der Mann vom Schlüsseldienst nicht einfach ruhig sein und das Schloss auswechseln? Er stand im Flur seiner Wohnung, hatte alle Zimmertüren geschlossen und beobachtete den Mann vom Schlüsseldienst, der auf der Türschwelle hockte und mit verschiedenen Werkzeugen mal im Schloss, mal im Türrahmen herumhantierte.

»Wenn Sie Glück haben, taucht etwas wieder auf …, aber meistens ist's weg. Würd ich mir keine Hoffnung machen …«

»Es fehlt nichts«, sagte er wieder, aber der Mann vom Schlüsseldienst redete einfach weiter. »Sie sind nicht der Erste, die gehen um hier im Viertel, in der ganzen Stadt. Auswärtige, wenn Sie mich fragen, Kanacken.«

»Ich habe Ihnen doch gesagt, dass … Man hat sie überrascht. Sie sind nicht mal drin gewesen in der Wohnung.«

Am Vormittag, nachdem er aufgestanden war, hatte er eine Weile an der Schlafzimmertür gestanden, hatte

auf sein zerwühltes Bett und den verschobenen Nachttisch mit der immer noch offenstehenden Schublade
geblickt, in der sein Fotoalbum lag, das sie sich angeschaut hatten. Dann hatte er die Tür geschlossen.

Er war ins Bad gegangen und hatte den Klodeckel und
die Klobrille hochgeklappt.

Er pinkelte meist im Stehen, obwohl seine letzte
Freundin ihm das eine Zeitlang abgewöhnt hatte. Der
Grund war einfach, dass er aus anatomischen Gründen
nicht an eine vollständige Entleerung der Blase im Sitzen glaubte. Warum hatte sie sich eigentlich von ihm
getrennt? Die ewige Streiterei um ein Auto, warum er
nicht mit ihr zusammenziehe undsoweiter.

Er stand vorm Klo und blickte auf die blassgelbe
Pfütze im Becken. Jemand hatte nicht gespült. Er ver-
suchte sich zu erinnern, wann er das letzte Mal auf dem
Klo gewesen war.

Er war nach Hause gekommen, die Tür war angelehnt, er hatte seine Wohnung durchsucht, vieles war
verschwunden, und er hatte entdeckt, dass sie sich seine
Fotos angeschaut oder zumindest durchblättert hatten,
er hatte auf dem geschlossenen Klodeckel gesessen, er
hatte sich aufs Sofa gelegt ...

Im Bus hielt er den neuen Schlüssel in seiner Hand
und dachte immer noch darüber nach, ob sie sein Klo
benutzt hatten. Der Urin roch nicht wie seiner. Er hatte
gespült, hatte so lange die Spültaste betätigt, bis kein
Wasser mehr nachfloss.

Und dann saß er wieder im Bus, kurz nach zweiund-
zwanzig Uhr. Die Aktentasche mit seinem Laptop stand

zwischen seinen Füßen. Seine Augen brannten, er hatte die letzten Stunden auf den Bildschirm gestarrt und Aufträge angenommen und Routen ausgedruckt und Rechnungen gestellt und die bearbeiteten Aufträge weitergeleitet. Er schloss die Augen. Die dunkelhäutige Kurierfahrerin hatte wieder mit ihm gescherzt, wollte sie was von ihm?, sie war allein, soweit er wusste, und sie verstanden sich gut, und sie ging oft ganz dicht an ihn ran, wenn sie redeten, so dass er ein paarmal schon überlegt hatte, sie einfach zu küssen, er dachte manchmal an sie, wenn er onanierte, und sie hatte wie immer mit ihm gescherzt, aber er war nicht drauf eingegangen diesmal, hatte auf den Bildschirm gestarrt, auf die Zahlen und Daten.

Als er aufwachte, merkte er, dass er zu weit gefahren war. Es dauerte ein paar Sekunden, bis er sich im Bus verortete, er kam von der Arbeit, er hatte geträumt in diesem kurzen Schlaf zwischen den Haltestellen, dass Polizisten in seiner Wohnung waren, dass sie Raum für Raum durchsuchten. »Nein«, hatte er gerufen, »sie dürfen da nicht rein«, aber sie hatten seine Sachen durchwühlt, hatten seine Fotos durchblättert, sie wollten einfach nicht wieder gehen.

Er stand auf der anderen Straßenseite und blickte auf die dunklen Fenster seiner Erdgeschosswohnung. Er war an der großen Brücke ausgestiegen, unter der die Züge und S-Bahnen fuhren, und war den ganzen Weg bis zu seinem Haus zurückgelaufen.

Er hatte auf der Brücke gestanden, bevor er losging, und auf das verzweigte Netz der Gleise geschaut. Links und rechts neben der Strecke standen Häuser, steil fielen die Mauern zum Bahndamm hin ab, wie Felswände erschienen sie ihm in der Nacht.

Warum er später wieder in Richtung der großen Brücke zurückwanderte, konnte er nicht sagen. Dachte auch nicht darüber nach.

Er blickte seit einigen Minuten auf die Fenster seiner Erdgeschosswohnung, hielt seinen neuen Schlüssel in der Hand. Er drehte sich um. Ging die Straße entlang, weg von seiner Wohnung, weg von seinem Haus. Ein Bus fuhr an ihm vorbei, die Sitzbänke waren leer, nur ganz hinten, an der großen Heckscheibe saß ein Mann, der schien zu schlafen, sein Kopf war auf seine Brust gesunken und bewegte sich ein wenig hin und her im Rhythmus der Fahrt.

Er trank ein Bier in einer Eckkneipe, in der er früher manchmal gewesen war, aber das war bestimmt schon zehn, fünfzehn Jahre her, da war er Anfang zwanzig gewesen, und es wunderte ihn, dass es die Kneipe noch gab. Früher war direkt vor der Kneipe eine Straßenbahnhaltestelle gewesen, aber die Strecke war schon seit einiger Zeit stillgelegt, selbst die Gleise hatten sie mit Asphalt überzogen. Die Kneipe war ziemlich leer, der Kneiper sagte: »Aber nur noch ein Bier, wir schließen«, und er stellte seine Aktentasche auf den Barhocker neben sich und trank sein Bier und ging wieder.

Er dachte an sein Bett, während er neben der stillgelegten Strecke entlanglief, das er zerwühlt vorgefunden hatte, dachte an seine Fotos, die sie angefasst hatten … was hatten sie erwartet zwischen den Seiten und Bildern? Geld? Aktien? Kreditkarten? Oder waren sie überrascht und berührt von den Spuren seines Lebens? Schauten in seine Erinnerungen ... Hatten eine seiner Erinnerungen gestohlen.

Nur selten hatte er vorm Schlafengehen das Album angesehen. Aber er wusste, dass es dort, in der Schublade seines Nachttisches, lag.

Er lief durch die Straße, die parallel zu den Gleisanlagen verlief, unterhalb der großen Brücke, an der er vorhin gestanden hatte, und er hatte das Gefühl, aus jedem Imbiss, aus jeder Spielothek, aus jeder Kneipe, aus jedem erleuchteten Schaufenster würde ein Blitzlicht ihn blenden, würde ihn jemand fotografieren.

Das lag sicher auch am Bier und am Schnaps. Er trank sonst nicht viel, und er vertrug auch nicht viel. Aber dann sah er, dass vor ihm eine Flasche Apfelschorle und ein Kaffee standen. Er stand an einem Imbiss, stützte sich auf die Verkaufstheke, hinter sich hörte er Stimmen. Er hatte nach dem einen Bier in der Eckkneipe an der Straßenbahnhaltestelle, an der keine Straßenbahnen mehr hielten, aufgehört zu trinken.

»Organisierte Banden«, so hatte er es in der Zeitung gelesen, »Kanacken, Auswärtige«, hatte der Mann vom Schlüsseldienst gesagt. Vier schwarze Fotoecken, die kein Foto mehr hielten zwischen all den anderen Fotos.

Er hörte die Stimmen hinter sich, fremde Sprachen, laute Sprachen, Stimmen, Sprachen, die ihm wie ein Krächzen vorkamen, große, dunkle Vögel, die krächzend durch diese große Straße hinter ihm flatterten, aber er drehte sich nicht um und lehnte sich auf die Theke, den

Arm auf seinem Aktenkoffer, während er seinen Kaffee trank und ab und zu an der Apfelschorle nippte.

Er stellte sich vor, dass er seine Aktentasche mit einer Handschelle an seinem Handgelenk befestigt hatte, also ein stählerner Ring um den Griff der Tasche, der andere um seinen Arm.

Wie sonst konnte es sein, dass er seine Aktentasche nicht verlor auf seiner Flucht?

Er rannte. Was war passiert? Er rannte. Und sie waren hinter ihm.

Er war seit Jahren nicht in dieser Straße gewesen. Spielotheken, Wettbüros, Dönerläden, Internet-Cafés, An- und Verkäufe, arabisch aussehende Teestuben mit verschnörkelten Schriftzeichen über dem Eingang ... Zwei dürre Mädchen waren ihm entgegengekommen, als er in die Straße einbog. Dann sah er, dass das eine Mädchen ein dürrer Junge war. Sie sahen bleich aus und blickten ihn mit großen, gierigen Augen an. Junkies, Crystalfreaks, die seinen Aktenkoffer stehlen wollten.

Er war seit Jahren nicht in dieser Straße gewesen, obwohl sie nur einige Bushaltestellen von seiner Wohnung entfernt lag. Früher hatte es hier ein Kino gegeben, hieß das *Wintergarten* oder doch *Lichtspiele »Freundschaft«*?, in dem hatte er mit seiner Mutter Märchenfilme gesehen, als er noch sehr klein war.

Als er an der Brücke aus dem Bus gestiegen war und die Haltestellen, die er zu weit gefahren war, zurücklief, hatte er die große Straße, hinter deren Häusern die Bahngleise verliefen, gekreuzt. Was verdammt nochmal ist hier los, hatte er gedacht.

Lichtexplosionen aus Spielotheken, deren Türen offen standen, eine Grünfläche neben der Straße, auf den Bänken Gestalten, die ihn musterten, er rannte. Warum rannte er?

Und während er rannte, sah er aus den Augenwinkeln ein beleuchtetes Häuschen, am Rand der Straße, neben dem Fußweg, es sah aus wie das Wachhäuschen eines Parkwächters, Wände aus Glas, Gestalten hinter dem Glas, Uniformen, die in die Nacht blickten, der grünweiße Schriftzug POLIZEI oben auf dem Dach des Häuschens.

Wieso war er nicht dorthin geflüchtet, fragte er sich später, als er auf der Treppe in dem alten verfallenen Haus saß. Eine Art Außenposten. Organisierte Banden. »Kanacken«, rief er in das Treppenhaus. Er hatte vorhin an einem der An- und Verkäufe gestanden und geglaubt, sein Fahrrad hinten im Laden zu erkennen. Zwischen anderen Fahrrädern. Er hatte die zwei dürren Junkies im Spiegelbild der Scheibe gesehen, er lief weiter und sie verschwanden wieder, und andere Gestalten tauchten auf und bedrängten ihn ... folgten ihm ...

»Bist du das, mein Junge?«

Er schreckte hoch. Er war wohl einen Moment eigeschlafen. Das Treppenhauslicht brannte, und eine alte Frau stand über ihm. Sie trug eine Art Netz über ihren Haaren und blinzelte ihn durch eine große getönte Brille an. Er hatte nicht gedacht, dass in dem alten verfallenen Haus noch jemand wohnte. Er war bis zu dem Eckhaus gerannt, immer noch hörte er die Schritte hinter sich, die Tür neben einem großen leeren Schaufenster stand

einen winzigen Spalt offen, das erkannte er im Vorbei-
laufen, er stoppte, packte die Klinke und drückte, aber
die Tür ließ sich nicht leicht öffnen, war wohl verzogen
und klemmte, aber er schob eine Hand in den Spalt und
drückte und stieß mit der Schulter gegen das Holz, bis
sich die Tür öffnete, und er trat schnell in den dunklen
Laden und zog sie hinter sich zu.

Das Licht der Straßenlaternen fiel durch die schmutzige Scheibe, und er ging ein paar Schritte in den Raum
hinein, sie durften ihn nicht erkennen von der Straße
aus, und dann fand er eine weitere Tür, auch die war
nicht verschlossen, und er stand in einem großen düs-
teren Treppenhaus.

Er stieß fast gegen die hölzerne Säule, an der der Trep-
penaufgang begann, an der sich das hölzerne Geländer
entlangwand, er konnte die Schnitzereien, die Orna-
mente spüren, als er nach der Säule griff. Dann ging er
langsam nach oben, eine Hand auf dem Geländer, die
alten Treppen ächzten so laut, dass er kurz Angst hatte,
seine Verfolger könnten ihn draußen auf der Straße
hören …

»Du bist es, mein Junge?« Er stand auf, und die Alte,
die gebeugt zwei Treppenstufen über ihm stand, schaute
ihm ins Gesicht, streckte ihre Hand nach ihm aus. »Ich
hab doch gehört, dass unten jemand gekommen ist.« Sie
trug einen schwarzen Mantel, der war vorne offen, und
er erkannte ein graues, fleckiges Nachthemd unter dem
schwarzen Stoff.

Sie berührte mit ihren Fingerspitzen sein Gesicht,
und er wollte zurückweichen, ließ es aber dann und

spürte ihre schartigen Fingernägel auf seiner Haut. Sie roch stark nach Puder, Lavendel oder so etwas in der Richtung, darunter lag der Geruch ihres Körpers, und er dachte kurz daran, wie er in seiner Wohnung den Klodeckel geöffnet hatte und die fremden Spuren sah.

»Endlich kommst du nach Hause.« Sie legte nun beide Hände auf seine Wangen und zog seinen Kopf vorsichtig zu sich ran, als wollte sie sein Gesicht ganz genau betrachten. Er drehte den Kopf weg, weil er ihren Atem spürte.

Später, als er bei ihr am Tisch saß, nannte sie ihn »mein Lukas«. Sie musste weit über achtzig sein, ihr Gesicht war klein und ihr Mund zahnlos, die Zähne lagen in einem Glas auf dem Fensterbrett zwischen Blumentöpfen mit Kakteen. »Ich vergesse viel zu oft, sie zu gießen, aber das macht nichts.«

Sie wohnte ganz oben im vierten Stock, und sie hatten lange gebraucht, bis sie oben gewesen waren, er musste sie stützen.

»Du bist spät gekommen«, sagte sie, und wieder wusste er nicht, was er antworten sollte.

Er hatte noch kein Wort gesprochen zu ihr, aber sie hatte ihn bei der Hand genommen und in ihre Wohnung gezogen. Sie hatte Kaffee gekocht, und er hatte im Flur gestanden und gewartet und nicht gewusst, was er nun machen sollte, und hatte ihre heisere Stimme aus der Küche gehört. »Du hast deine alte Oma wirklich lange warten lassen.« Nun saßen sie am Tisch, hielten ihre dampfenden Tassen, und die Brille der Alten beschlug. Sie schlürfte ihren Kaffee, und er sah sich um. Die Möbel waren alt, aber sicher keine Antiquitäten. Eine große Schrankwand, in deren Vitrine Gläser, Porzellanfiguren und gerahmte Fotos standen. Ein Sofa, auf dem rote Kissen lagen, ein niedriger Tisch vorm Sofa. Zwei Sessel. Irgendwo tickte eine Uhr. Dann sah er die hohe Standuhr in der Ecke neben der Tür. Später ertönte der Gong zur vollen Stunde. Die Uhr vergaß sie anscheinend nicht aufzuziehen. »Ich hatte doch nur noch die Volkssolidarität«, sagte die Alte, »du hast mir doch so gefehlt, mein Lukas.«

»Ich weiß nicht«, sagte er nun endlich, »wie lange ich bleiben kann …«

»Nein«, sagte die Alte und stellte ihre Kaffeetasse so heftig auf der Tischplatte ab, dass der dampfende Kaffee ihr über die Hand lief, aber sie schien das gar nicht zu spüren, »nein, du darfst nicht zurück in dieses schreckliche Land!«

»Gut, gut«, sagte er, um die Alte zu beruhigen, die ihre Tasse umklammerte, so wie sie ihn wahrscheinlich festhalten wollte, damit er nicht zurück in das schreckliche Land ging, wo immer das auch sein mochte, »ich bleibe natürlich erst einmal hier, ich bin doch grad erst gekommen.« Und dann fügte er hinzu, weil sie ihn immer noch mit großen, unruhigen, ängstlichen Augen durch ihre Brille anblickte: »Oma.«

Sie nickte, schob ihre Hand in die Mitte des Tisches, und er legte seine Hand zu ihrer und berührte kurz ihre Fingerspitzen, und sie sagte: »Ich hab nur die Volkssolidarität, sonst bin ich doch ganz allein.«

»Wann kommt sie denn, die Volkssolidarität?«, fragte er. Er kannte dieses Wort noch, *Volkssolidarität*, das war irgendein Verein, der sich um Rentner kümmerte, er erinnerte sich an ein kleines, mehrstöckiges Haus, da war die Volkssolidarität drin gewesen, ein Schild mit einem geschwungenen Schriftzug über der Tür. Er hatte nicht gewusst, dass es den Verein noch gab, das war doch eine Ost-Sache gewesen, aber vielleicht meinte sie einfach irgendeinen Pflegedienst.

»Ich ... ich weiß nicht genau«, sagte sie, »die von der Volkssolidarität kommen oft. Ich kann doch kaum noch selbst einkaufen, ich kann doch nicht immer ... und meine Medizin. Nach jedem Brief habe ich gedacht, jetzt ..., jetzt kommt mein Lukas bald zurück.«

Er spürte, wie er müde wurde, trotz des Kaffees. Es musste weit nach Mitternacht sein. Wie oft hatte die hohe Standuhr schon geschlagen?

Als die Alte aus dem Zimmer ging, um die Briefe zu holen, die Lukas ihr geschrieben hatte, vermisste er seine Aktentasche. Er konnte sich erinnern, dass er sie unten im Laden kurz abgestellt hatte. Sie musste also noch dort unten sein. Aber wenn jemand sie durch das staubige Schaufenster sah? Im Licht des Tages, der ja bald anbrechen musste. Oder hatten *sie* vielleicht sogar gesehen, wie er auf seiner Flucht in den Laden gerannt war? Nein, dann wären sie schon längst in dieses Haus eingedrungen.

Später erzählte sie ihm, dass das ihr Laden gewesen war, früher. Und er wunderte sich, dass sie ihm das erzählte, denn Lukas, ihr Enkel, musste das doch wissen, aber sie erzählte viel, seit er wieder da war, denn sie hatte, wie sie sagte, »so lange geschwiegen«, als sie auf ihn wartete, »mein Lukas gehört doch hierher«. Ein Plattenladen, *Plattentruhe*, die verschnörkelte Schrift war sogar noch zu erkennen über der schmutzigen Schaufensterscheibe.

»Ich habe mich so gefreut über jeden Brief«, sagte sie und legte den Stapel mit Postkarten und Briefumschlägen auf den Tisch. Er schreckte hoch. Da war er wohl kurz weggenickt.

»Und gleichzeitig habe ich Angst gehabt, du ganz allein in diesem schrecklichen Land.«

Er war so müde und wünschte, sie würden in den Sesseln oder auf dem Sofa sitzen und nicht an dem Esstisch auf den harten Stühlen, der Kaffee war alle. Und dann saßen sie plötzlich in den Sesseln, sie hatte eine Decke über ihn gelegt, hatte sie sogar hinter seinen Schultern festgesteckt, so dass nur noch sein Kopf unter der Decke hervorschaute, aber er hatte nichts davon gespürt, und sie hatten doch eben noch den Stapel der Briefe und Postkarten durchblättert, die er ihr geschickt hatte, aus diesem schrecklichen Land.

»Aber ich war doch nicht allein dort«, sagte er, nachdem er sich einige der Karten und Briefe angeschaut hatte, sie gelesen hatte. Aber die Alte war verschwunden. Hatte sie nicht eben noch auf dem Sofa gesessen? Und von ihrer *Plattentruhe* erzählt, seine Briefe auf den Knien …

Und plötzlich hörte er Musik. Irgendetwas Klassisches, er kannte sich da nicht aus.

Ein Klavier klimperte, knisternd, eine alte Platte wahrscheinlich, und dann begann jemand zu singen. Was sang diese Stimme? »Fremd bin ich eingezogen …« Und dann war auch die Alte wieder da. Sie stand hinter ihm, das spürte er, ihre Hände auf der breiten Rückenlehne des Sessels, neben seinen Schultern. Und während sie leise mitsang mit ihrer heiseren Stimme, »fremd zieh ich wieder aus«, setzte sie sich neben ihn auf die Armlehne des Sessels und schlug die Beine übereinander wie eine junge Frau, »der Mai war mir gewogen mit manchem Blumenstrauß«, und ihr graues, fleckiges Nachthemd verrutschte. »Nun ist die Welt so trübe … der Weg gehüllt in Schnee.«

Später erst sah er den Plattenspieler in ihrem großen Schlafzimmer. Das hatte zwei Türen, die eine führte ins Wohnzimmer, die andere auf den Flur. Die Wohnung war überhaupt sehr groß, fünf oder sechs Zimmer, und in einem davon hatte Lukas gewohnt.

Er lag auf dem Bett, auf Lukas' Bett, und schaute sich wieder die Briefe an. Wie viele er ihr geschickt hatte. Postkarten, lange Briefe mit dazugelegten Fotos, er schien wirklich ungefähr im selben Alter zu sein. Mitte dreißig. Lukas vor den Bergen, Lukas am Fluss, Lukas im Jeep, Lukas zusammen mit Einheimischen, Lukas und die Kameraden. »Liebe Oma, mir geht es gut, auch wenn ich oft Heimweh habe.«

In der Wohnung war es jetzt still. »Bring deine alte Oma zu Bett«, hatte sie gesagt, als das letzte Lied verklungen war, nur noch ein Knistern aus den Lautsprechern, dann das Geräusch des hochschnappenden und zurückfahrenden Tonarms, »so wie ich dich früher ins Bett gebracht habe, mein Lukas.«

Er hatte sie ins Schlafzimmer geführt, aber eigentlich

hatte sie ihn geführt, denn er kannte sich nicht aus in dieser großen, fremden Wohnung, und sie hatte sich auf ihn gestützt, sie atmete jetzt schwer, und als sie sich auf das große Bett gelegt hatte, deckte er sie zu, und sie sagte: »Bleib noch etwas hier, mein Lukas, bis ich eingeschlafen bin.«

Sie richtete sich noch einmal auf, nahm das Glas Wasser, das auf dem Nachttisch stand, und dann musste er für sie einige Tabletten aus dem Fach des Nachttischs holen, das mit Tablettenschachteln vollgestopft war, und er brauchte einige Zeit, um die richtigen zu finden, und sie schob sich die Tabletten mit zitternden Händen zwischen die Lippen und trank einen Schluck von dem Wasser. Sie hustete und schluckte und schluckte und musste noch einmal nachspülen und trank, bis das Glas leer war.

»Bleib noch etwas hier sitzen, mein Lukas«, sagte sie, »bis ich eingeschlafen bin.«

»Gerne«, sagte er und setzte sich auf die Bettkante und hörte das Ticken der hohen Standuhr aus dem Wohnzimmer, sah das kleine, in der Erschöpfung scheinbar geschrumpfte Gesicht der Alten auf dem Kopfkissen, die bald anfing, leise zu schnarchen. Als er die Stehlampe ausmachen wollte, sah er auf der Kommode neben dem Bett, wo auch der Plattenspieler stand, ein gerahmtes Foto. Es war etwas größer als die Fotos im Wohnzimmer, die er vorhin schon betrachtet hatte. Er hatte die Alte gesehen, als sie noch jung war, in ihrer *Plattentruhe*, eine Frau und ein Mann, Hochzeit, sehr lange her, ein Weihnachtsbaum, ein Mädchen davor, auf dem Boden sitzend, Geschenke. Und im Schlafzimmer, auf der Kommode neben dem Bett, sah er ein Kind auf den Knien seiner … Großmutter. Lukas auf dem Schoß seiner Oma, ein Kind mit zerzausten Haaren, drei, vier Jahre alt vielleicht. Er erinnerte sich, dass es früher, in seiner Klasse, auch mal ein Oma-Kind gegeben hatte. Was war mit seinen Eltern? Tot, asozial (Trinker möglicherweise), weggegangen … Vielleicht hatten Lukas und er vor vielen Jahren im selben Kino gesessen, *Wintergarten* oder *Lichtspiele der Freundschaft*, sonntagvormittags in der Kindervorstellung.

Er blickte zu der Alten, die aufgehört hatte zu schnarchen und ganz reglos unter der Decke lag. Auf dem Foto war sie vielleicht Ende fünfzig, und sie wirkte dort, auf eine seltsame Weise, alt und jung zugleich, sie schaute sehr streng, während sie mit einer Hand den Jungen hielt.

Kurz dachte er, sie wäre tot, wie sie da so unter der Decke lag, aber dann fing sie wieder an, leise zu schnarchen, und er machte das Licht aus und ging aus dem Zimmer.

»Liebe Oma, du kannst dir nicht vorstellen, wie die Leute hier leben. Viele sind sehr arm. Und die meisten sind wirklich dankbar, dass wir hier sind. Dieses Land ist wunderschön, ich bin froh, dass ich hier bin, wir bauen auf, Oma, aber aus den Bergen kommt der Krieg. Ich will dir das eigentlich nicht schreiben, aber deswegen sind wir ja hier. Mach dir keine Sorgen, wir sind gut geschützt und gut ausgerüstet. Ich denke oft an dich und hoffe, es geht dir gut, und du bleibst gesund. Ich bin bald zurück.«

Und er lag auf dem Bett in Lukas' Zimmer, die Briefe neben sich, er hatte sich bis auf die Unterwäsche ausgezogen und kroch unter die Decke und horchte in die Wohnung und erwartete jeden Augenblick, Schritte auf der Treppe zu hören, Feldwebel Lukas, der zurückkam aus jenem »wunderschönen Land«, wie er es nannte, aus jenem »schrecklichen Land«, so wie die Alte es genannt hatte.

Am nächsten Vormittag ging er für sie einkaufen. Als er aufgestanden war und die Alte im hellen Tageslicht, das durch die geöffneten Fenster fiel, im Wohnzimmer traf, hatte er kurz geglaubt, dass sie nun ihren Irrtum erkennen würde, aber sie hatte ihn nur einen Augenblick etwas verwirrt angeschaut, hatte dann seine Hand genommen und mit ihren beiden alten kleinen Händen gedrückt und gelächelt und leise gesagt: »Guten Morgen, mein Lukas«, als wäre er nie weg gewesen.

Als er zurückkam und eben die Haustür geöffnet hatte, sie hatte ihm die Schlüssel und Geld gegeben, hörte er Stimmen im Treppenhaus. Er ging leise durch die andere Tür in den Plattenladen, hockte sich dort auf den Boden und wartete, bis er Schritte im Treppenhaus hörte, von oben kommend, die Haustür wurde geöffnet, fiel wieder ins Schloss, dann war alles ruhig. Er sah seine Aktentasche an der Wand stehen. Ein paar Sonnenstrahlen drangen durch die schmutzige Scheibe. Er nahm den Einkaufsbeutel und ging zurück ins Treppenhaus.

»Schade«, sagte die Alte, als er die Einkäufe in der Küche auspackte, »du kommst einen Augenblick zu spät, die nette junge Dame von der Volkssolidarität hätte dich gerne kennengelernt. Ich habe ihr schon so viel von dir erzählt.«

»Was hast du ihr denn erzählt?«, fragte er, während er Lebensmittel in den Kühlschrank räumte und auf den Küchentisch legte.

»Dass mein Enkel ein Held ist, ein richtiger Held. Ein Offizier.«

»Ich bin nur Unteroffizier, Oma«, sagte er.

»Das nächste Mal bist du hier, wenn sie kommt. Dann mache ich euch bekannt. Sie ist eine junge, schöne Frau, mein Lukas. Genau im richtigen Alter.«

»Also Oma.«

Sie aßen zusammen im Wohnzimmer. Oma hatte das Kassler geschmort, das er beim Fleischer gekauft hatte. Salzkartoffeln dazu. Hatten die Fenster nicht vorhin offen gestanden?, Staub in diesem Licht. Die Oma hatte ihn gebeten, Wein zu kaufen, und so tranken sie Wein zum Essen.

»Auf deine Heimkehr, mein Lukas!«

Eine Platte spielte. Waren das nicht dieselben Lieder wie in der Nacht zu vor, wie am Morgen? »Fremd bin ich eingezogen …« Dann sprang der Arm hoch und in das Knistern, das nun aus den Lautsprechern drang, mischte sich von irgendwoher ein Klopfen, ein Hämmern, laut und stetig. Erst bekam er Angst, war jemand an der Tür? Aber dann verstand er: Oma machte Schnitzel. Er hörte, wie sie in der Küche mit einem Hammer oder Klopfer das Fleisch weich klopfte.

»Ich bin satt, Oma«, rief er, »danke, Oma.«

»Mein Lukas muss doch was Richtiges essen, immer nur Döner und Döner!«

»Die essen da keinen Döner, Oma!«

Aber seine Oma klopfte einfach weiter.

»Lass gut sein, Oma«, rief er, »das ist schon weich genug!«

»Was sagst du, mein Junge?«

»Das Fleisch ist sicher schon weich genug, Oma!«

»Es soll dir doch auf der Zunge schmelzen, mein Lukas.« Und seine Oma schlug immer weiter auf das Fleisch. »Es muss wie Butter sein, bevor ich es paniere.«

»Schon gut, Oma.«

Wenn er die Augen schloss, spürte er die Sonnenstrahlen auf seinem Gesicht. Wenn er die Augen schloss und dann in das Sonnenlicht blinzelte, das durchs Fenster fiel, sah er Berge, gewaltige Berge vor einem blauen Himmel, sah er Jeeps, in einem saß er selbst, sah er einen Fluss, in dem spiegelten sich die Berge und der Himmel, sah er Feuerwerk in der Nacht, sah er endlose Steppen, sah er eine junge Frau, sie liefen Arm in Arm, er trug eine Art Ausgehuniform und sie hatte ihre Hand unter eine seiner Schulterklappen geschoben, sah er Zelte und Stacheldraht, sah er bärtige Männer in langen Gewändern, sah er dunkle große Vögel über dem Lager, über dem Fluss, sah er Gestalten im Treppenhaus seiner Oma, die drangen ein durch die *Plattentruhe*, die drangen ein durch die Haustür ... »Kanacken«, rief er, dass es in der Wohnung und im Treppenhaus widerhallte.

Als er die Augen öffnete, war das Wohnzimmer dunkel. Alle Türen und Fenster standen offen, aber draußen schien wieder Nacht zu sein. »Oma?«, rief er. Er lief durch die Wohnung, aber er war allein. Er verirrte sich in den Zimmern, nirgendwo funktionierte das Licht, er drückte die Schalter, aber die Lampen blieben dunkel, verwechselte die Türen im Dämmerlicht, fand dann plötzlich seine Aktentasche, die stand neben dem Tisch, und er öffnete sie, ein Apfel, sein Handy, sein Laptop, der Akku des Telefons war leer, er klappte seinen Laptop auf, fuhr ihn hoch und lief im weißen Licht des kleinen Bildschirms weiter durch die Wohnung, schlug die Bettdecke zurück, Abdrücke in den Kissen, er fand eine Abstellkammer, in der stapelten sich alte Schallplatten, die Hüllen verstaubt, er blickte aus einem der weitgeöffneten Fenster, auch die Stadt war dunkel und der Himmel seltsam grau.

Wo waren all die Lichter hin? Aber als er aus einem anderen Fenster der großen Wohnung schaute, sah er das bunte Strömen der Straße, durch die er gestern noch gerannt war. Fast schien es ihm, das fremde Krächzen der Stimmen würde von dort zu ihm hinaufdringen. In der Küche lag nur noch ein Stück blutiges Fleisch auf dem Tisch, daneben der hammerförmige Klopfer. »Oma«, rief er, »wo bist du?«

Wie lange hatte er geschlafen? Durchs Fenster fiel Licht. Es musste schon Tag sein. Er lag auf dem Bett, zwischen all den Briefen. Die Decke hatte er im Schlaf auf den Boden geworfen. Er blickte sich im Zimmer um. Ein Regal mit Flugzeugmodellen und Modellen von Geländewagen. Eine kleine Stereoanlage. Ein Kleiderschrank. Später fand er unter dem Bett die flache Kiste mit der

Uniform und den Orden. Die Briefe hatte er in der Nacht gelesen. Es war wohl ein Unfall gewesen.

Mit dem Jeep. Zumindest schrieben sie das.

Er hörte die Alte draußen in der Wohnung rumoren. Er ging zur Tür und lauschte. Er hörte, wie sie durch den Flur lief, vor der Tür, hinter der er lauschte, blieb sie kurz stehen, dann ging sie weiter. Er konnte hören, wie schwer sie atmete, ein Keuchen fast.

Türen klapperten, ihre Schritte anderswo in der großen Wohnung, dann war sie wieder im Flur. Er hörte ihr heiseres Flüstern, » ... hab ich ihm doch gesagt, geh nicht in dieses schreckliche ..., wie kann man nur so dumm sein ...«, dann verschwand sie in den anderen Zimmern, um wenig später wiederzukommen. Manchmal schweigend und schwer atmend, dann wieder flüsterte sie ununterbrochen mit ihrer heiseren Stimme, »hat er's doch schön gehabt, wie kann man nur so dumm sein, der arme Junge, wenn er nach Hause kommt, dann kann er was erleben ...«, und er fragte sich, wo die weit über Achtzigjährige die Kraft hernahm.

Er legte sich wieder aufs Bett, zwischen die Briefe. Er wusste, sie würde nicht zu ihm hereinkommen.

Er schlief wieder ein, dann wachte er auf, weil er Stimmen in der Wohnung hörte. Das war nicht das Flüstern der Alten vor der Tür, jemand war gekommen. Wieder ging er leise zur Zimmertür. Eine Frau. Junge Stimme. Sie brachte anscheinend Essen oder kochte, das konnte er riechen. Kartoffeln, und irgendetwas, das ihn an Schulspeisung erinnerte. Er hörte, wie sie beruhigend auf die Alte einredete.

»Ja, natürlich wird er Ihnen helfen, wenn er wieder da ist. Ich würde mir keine Sorgen machen. Sie müssen geduldig sein, sicher kommt er bald wieder. Sie wissen doch, die jungen Leute ...«

Er versuchte, durchs Schlüsselloch zu schauen, konnte aber nichts erkennen in dem Flur, nur der Luftzug traf kalt sein Auge. »Ich träume«, hörte er die Alte sehr laut und sehr nah, »jede Nacht träume ich von meinem Jungen. Er ist doch wie mein Sohn, mein Lukas, verstehen Sie, er hat doch sonst niemanden, und ich ...«, und wieder redete die Frau mit der jungen Stimme beruhigend auf sie ein. »Das ist doch gut, dass Sie von ihm träumen, glauben Sie mir, alles wird gut!« Er hörte Schritte, dann war Ruhe, und wenig später verließ die Frau, die das Essen gebracht hatte, die Wohnung.

Er wartete, ein, zwei Minuten, dann machte er so leise wie möglich das Fenster auf und schaute nach unten. Eine blonde Frau im weißen Kittel kam aus dem Haus. Sie ging zu einem Kleintransporter mit der Aufschrift *Volkssolidarität*, der neben dem Fußweg parkte, und kurz bevor sie einstieg, blickte sie zu ihm hoch. Er zuckte zurück, drückte sich an die Wand, wartete wieder, ein, zwei Minuten, dann schloss er das Fenster.

Er hatte Hunger und Durst. Am Kopfende des Bettes stand seine Aktentasche, und er öffnete sie und griff nach dem Apfel, den er jedes Mal mit auf Arbeit nahm und meist erst zu Hause oder am nächsten Tag aß.

Als es Abend wurde, zog er die Uniform an. Sie war ihm ein kleines bisschen zu eng.

Als er seine Hose zusammenfaltete und aufs Bett

legte, fiel sein Schlüsselbund aus der Tasche. Er erinnerte sich, dass er irgendwann die Schlösser seiner Wohnung gewechselt hatte, und legte die Schlüssel auf den Nachttisch.

Er schaute sich die Orden an, die mit in der Kiste gewesen waren. Silbernes Kreuz am schwarz-rot-goldenen Band. Auf einem anderen schwarz-rot-goldenem Band, das eine Art Medaille mit dem Adler hielt, stand in großen schwarzen Buchstaben GEFECHT. Er schob sie in die Tasche seiner Uniformjacke.

Er saß auf der Bettkante, bis es wieder Nacht wurde. Er hörte die Alte in der Wohnung hantieren, wieder Musik und das Knistern der Platte, dann war Ruhe.

Er öffnete vorsichtig die Tür seines Zimmers und trat in den Flur. Er spürte plötzlich, dass er dringend pinkeln musste und versuchte, sich zu erinnern, wo das Bad war.

Er sah, dass die Tür zum Schlafzimmer der Alten nur angelehnt war und ging zum Bad. Die Dielen knarrten, und es schien ihm, dass dieses Knarren immer lauter wurde, je vorsichtiger er durch den Flur schlich. Und als er die Badtür fast erreicht hatte, wurde aus dem Knarren des alten Holzes ein Ächzen, als würden die hölzernen Dielen unter seinen Füßen stöhnen, und ein paarmal hielt er kurz inne, damit dieses Knarren und Ächzen endlich verstummte, blieb stehen und lauschte, aber er hörte nichts hinter der angelehnten Tür, sie schien tief zu schlafen. Nur die Standuhr aus dem Wohnzimmer tickte.

Er stand vorm Waschbecken und würgte. Er hatte den

Klodeckel kurz zuvor hochgeklappt und sofort wieder losgelassen, so dass er auf das Porzellan knallte.

Er wusch sich das Gesicht, das sah sehr bleich aus im Spiegel, über seiner grünen Uniformjacke. Warum machte keiner das verdammte Klo sauber? Wozu kam denn die *Volkssolidarität*? Er wusch sich das Gesicht. Ein langes, graues Haar klebte zwischen seinen Fingern. Er versuchte, es am Waschbeckenrand abzustreifen, aber er kriegte es einfach nicht weg und hielt seine Hand in den Wasserstrahl.

Er legte seine Hand auf das Spiegelglas, sah, wie sich die flachen Hände langsam berührten, dann machte er mit der anderen Hand das Licht aus, der Lichtschalter war neben dem Spiegel. Er stand noch eine Weile im Bad, dann ging er in den Flur und über den Flur in ihr Schlafzimmer.

Er hörte sie schnarchen, als er zu ihrem Bett ging. Er setzte sich auf den Stuhl neben dem Nachttisch.

Ihr Mund stand offen, die Lippen waren eingefallen, verschwanden fast in der dunklen Öffnung ihres schnarchenden Mundes. Auf dem Nachttisch stand das Glas mit ihren Zähnen. Die Schublade war geöffnet, und er sah die weißen Plastikstreifen der Tabletten. »Oma«, flüsterte er und berührte ihr Gesicht. Er beugte sich vor und spürte, wie die Muskeln seiner Arme sich unter den Ärmeln der Uniformjacke verhärteten. Hatte sie kurz die Augen geöffnet und dann gelächelt, als sie ihn sah? Er hatte die Klobürste genommen und das Becken gesäubert, nachdem er im Bad am Spiegel gestanden hatte, wieder und wieder war er mit der Bürste durch das Oval des Porzellans gefahren, hatte die Bürste fest ins Wasser der Öffnung gedrückt, hatte Reinigungsmittel in die Porzellanschüssel geschüttet, hatte geputzt, ging durch alle Räume der Wohnung. Schloss alle Türen. Oma lag unter der Bettdecke, nur ihre Stirn und ihre Haare waren zu erkennen. So weiß.

Er hörte seine Schritte im Treppenhaus. Bevor er die Haustür öffnete, strich er seine Uniform glatt, spürte die Orden in der Seitentasche seiner Uniformjacke und steckte sie an den Stoff, obwohl er nicht wusste, wo genau an seiner Uniform er sie anbringen musste. Dann öffnete er die Tür und trat vor das Haus. Es war wieder und immer noch Nacht, und er ging los, in Richtung der Brücke, in Richtung der großen Vögel, in Richtung der Straße, durch die er irgendwann einmal gekommen war.

Die stillen Trabanten

Das alles ist nun schon ein Weile her. Und dass es jetzt wieder auftaucht und ich mich erinnere an diese langen Nächte, die eigentlich kurz gewesen waren, weil damals ja Sommer war, und an diese hellen langen Tage und an diese eine Nacht, hat nichts damit zu tun, dass das ganze religiöse und politische Drumherum, oder wie immer man das auch nennen will, plötzlich wieder gegenwärtig ist. Was ist schon gegenwärtig? Nichts. Inzwischen befinden wir uns wieder ganz woanders. Und ich weiß, wovon ich spreche, ich kenne mich aus mit Gegenwärtigkeit, denn ich betreibe einen Imbiss, in einem flachen Häuschen mit Vordach, in dem früher mal eine Tankstelle drin war.

Damals wohnte ich in einem der Hochhäuser, neben dem Stadtpark, oben im vierzehnten Stock, und wenn ich aus einem der Fenster im Treppenhaus schaute, wo ich abends manchmal eine rauchte und über die Stadt blickte, konnte ich meinen kleinen Imbiss erkennen, obwohl der mehr als zwei Kilometer entfernt war. Ich hatte die Außenwände der Tankstelle rot gestrichen, mein Kompagnon Mario hatte die Idee gehabt, als wir zusammen den Imbiss aufmachten.

»Wer ist Mario, erzähl mir von Mario.«

»Mario ist ein alter Freund, wir kennen uns seit der Armee.«

»Wann warst du bei der Armee?«

»Ist schon ein paar Jahre her. Wir haben gekocht, auf 'nem Schiff.«

»Auf einem Schiff?«

»Ja, auf 'nem Schiff. Wir waren bei der Marine. Oben an der Küste. Und Mario war ein noch schlechterer Koch als ich.«

»Das glaub ich dir nicht.«

»Ist die Wahrheit, wir haben gekocht und gebraten wie die Irren.«

»Aber du hast die Hände eines Kochs. Und deine *Hamburger Spezial* und dein Kartoffelsalat …«

»Ja, die sind gut. Da hast du recht, die sind wirklich gut. Und der Kartoffelsalat ist ein Rezept von meiner Oma.«

»Und dein alter Freund Mario, wo ist der jetzt?«

»Wollte wieder an die Küste, hatte da so 'ne Idee mit 'nem schwimmenden Imbiss …«

»Ein schwimmender Imbiss?«

»Ja. Irgend so ein Touristending. Hatte immer so verrückte Ideen, der Mario.«

Wir standen am Fenster im Treppenhaus und rauchten und blickten auf die Stadt.

Wir trafen uns fast jeden Abend am Fenster im Treppenhaus, denn sie rauchte heimlich.

Sie wohnte auf derselben Etage, zusammen mit Hamed, ihrem Freund.

Hamed kam mittags manchmal zu meinem Imbiss und kaufte ein Steaksandwich und trank eine Cola oder einen Tee. Er arbeitete in einem riesigen Internet-Café, ein paar Straßen weiter, wo die Araber ihren Bezirk hatten. Obwohl Bezirk ein wenig übertrieben ist. Es war eigentlich nur eine sehr breite und sehr lange Straße, die zum östlichen Stadtrand führte, und auf beiden Seiten dieser Straße reihten sich Dönerbuden und Handyläden und An- und Verkäufe und Ramschläden aneinander, und es gab auch jede Menge Internet-Cafés. Und irgendwo dort war auch das Internet-Café, in dem Hamed arbeitete. Ich hatte ihn noch nie besucht in seinem Laden, war auch keine Ecke, in der ich mich besonders wohl fühlte. Das große Internet-Café gehörte wohl einem Cousin von Hamed, aber das interessierte mich nicht wirklich. Ich wusste auch lange nicht genau, woher Hamed kam. Aus Kuwait? Aus dem Irak? Oder doch aus dem Libanon? Aber das war eigentlich auch nicht so wichtig, obwohl ich mit Mario abends oft am Kartentisch unseres Schiffes gesessen hatte und wir uns die Länder und die Meere anschauten und aus seinem Flachmann mit dem eingravierten KGB-Emblem tranken, den er einem alten russischen Offizier abgekauft hatte, das war Ende der Neunziger gewesen, und der Alte, unser Kap'tän, der eigentlich nur der Chief der Kombüse war, erzählte uns manchmal vom ersten Golfkrieg, als er im Mittelmeer vor den Küsten »des Morgenlandes kreuzte«, wie er es nannte. Alles lange her inzwischen, der erste und der zweite und überhaupt. Aber das sagte ich ja schon.

Das erste Mal kam Hamed in meinen Imbiss, als ich

kurz vor Feierabend mal wieder den Teppich inspizierte. Der Teppich bedeckte den Boden von der Verkaufstheke bis zur Tür und erinnerte mich jeden Tag an meinen alten Freund Mario, denn der hatte die Idee gehabt, einen Teppich in meinem Imbiss, der zu Anfang ja *unser* Imbiss gewesen war, zu verlegen. »Wegen der Gemütlichkeit«, hatte er gesagt, »da fühlen sich die Leute gleich wohl, da fühlen sie sich gleich wie zu Hause, oder noch besser, wie auf 'nem roten Teppich! Und das passt Eins-a zum Anstrich.«

Aber Teppichboden in einem Imbiss bringt nur Ärger. Zwei Plastikstehtische standen vorm Verkaufstresen, und wenn die Leute dort ihre Hamburger oder Bratwürste aßen, kleckerte immer Ketchup, Mayonnaise oder Senf auf den Boden, also auf den Teppich.

Und im Winter schleppten die Leute Schneematsch und Schlamm in meinen Imbiss, und obwohl es sich langsam durchsetzte, dass die Hundebesitzer die Kackhaufen ihrer Hunde in kleine Tüten packten und die Tüten dann in öffentliche Mülleimer warfen, gab es noch jede Menge Kackhaufen auf den Straßen, und all dieser Dreck, mit Schnee oder ohne Schnee, mit Schlamm oder ohne Schlamm, klebte dann an den Schuhen der Leute, und der dunkelrote Teppich wurde immer schmutziger und immer dunkler.

Ich hatte ihn schon ein paarmal auswechseln lassen, und am Ende des Monats kam eine Firma mit einer Teppichreinigungsmaschine, und wahrscheinlich war es nur die Erinnerung an meinen alten Freund Mario, dass ich so lange an dem Blödsinn mit dem Teppich festhielt.

»Fliesen besser«, sagte Hamed, und ich erschrak. Ich hatte mit einem Hamburgerwender auf dem Teppich rumgestochert, der an manchen Stellen schon wieder hart geworden war. Ich drehte mich um und versuchte, den Hamburgerwender hinter meinem Rücken zu verstecken, aber er schien ihn nicht zu sehen und sagte noch einmal: »Fliesen besser.«

Ich schob mir den Hamburgerwender hinter meinen Rücken in meinen Gürtel, drehte mich zu dem späten Gast, wir blickten gemeinsam auf den Teppich, und ich sagte: »Ja, Fliesen wären besser.«

Dann erst fiel mir auf, dass ich ihn aus dem Hochhaus kannte, dass ich ihn dort ein paarmal auf dem Gang oder im Fahrstuhl getroffen hatte, und ich fragte »Vierzehnte Etage?«, und er nickte und sagte: »Vierzehnte Etage«, und dann stellte er sich vor, und ich stellte mich ihm vor, und wir gaben uns die Hand.

»Ich habe dich manchmal gesehen«, sagte er, »wie du früh … ganz früh … hierhergegangen bist.«

»Ja«, sagte ich, »sehr früh. Fast noch Nacht.«

»Eine Zeitlang«, sagte er, »war ich auf Baustelle. Deswegen bin ich auch sehr früh aus dem Haus.«

»Im Sommer«, sagte ich, »gehe ich gerne zu Fuß. Lasse das Auto hier. Ist ein schöner Spaziergang durch die Stadt.«

»Dein Imbiss gut, sehr gut.« Er blickte sich um und nickte anerkennend. »Ich dachte, wir sind Nachbarn und ich …«

»Na ja, fast«, sagte ich.

»Nachbarn«, sagte er noch einmal. Erst später begriff

ich, dass dieses *Nachbarn sein* etwas Wichtiges für ihn war, dass das eine Tradition war, ein alter Brauch, sich zu besuchen und so was in der Art, dort, wo er herkam.

»Und ich sehe, du gehst hier rein, jeden Morgen …«

»Jeden Morgen.« Ich klopfte mit dem Zeigefinger dreimal auf die Theke, wahrscheinlich um sicherzugehen, dass das alles so blieb, mit dem zeitig aufstehen und meinem Imbiss und so weiter.

»Und da ich denke …«

»Kommst du mal vorbei. Willst du was essen, oder einen Kaffee? Geht aufs Haus.«

Ich wollte ihm erst ein Bier anbieten, aber ich hatte seine kleine Gebetskette gesehen, die er zwischen Daumen und Zeigefinger der rechten Hand hielt. Ganz langsam bewegte er die Perlen zwischen seinen Fingern, während er sprach.

»Du hast auch Tee?«

»Na klar«, sagte ich, »Earl Grey.«

Ich hängte das »Geschlossen« Schild an die Tür, es war schon kurz nach acht, und wir tranken eine Tasse Tee zusammen. Ich musste erst hinter in den Lagerraum, um eine neue Packung Teebeutel zu holen, die meisten Leute, die bei mir aßen, tranken Kaffee oder Bier oder Cola, und auch ich war nicht der Schwarztee-Typ. Hamed wollte wissen, wie man so einen Imbiss betreibt, wo ich mein Fleisch und mein Gemüse und mein Grünzeug holte, und ob ich auch was ohne Schwein hätte.

»Na klar«, sagte ich, »ich habe jede Menge Rind hier. O.k., die Hamburger Spezial sind halb und halb.«

»Halb und halb?«

»Na, Rind und Schwein gemischt.«

»Wir Moslems«, sagte er, »du weißt …«

»Ja, ja«, sagte ich, »ich weiß. Kein Problem. Ich habe …
nee, warte mal, die original Thüringer, da ist auch
Schwein drin natürlich.«

»Thüringer«, sagte er, »das sind die berühmten Bratwürste?«

»Kennt man die etwa auch bei euch? Ich meine, dort,
wo du herkommst?«

Und dann erzählte ich ihm, was in so einer Thüringer
Bratwurst so alles drin ist und wie man die herstellt und
wie ich sie schön über der Holzkohle grillte.

»Und du hast nichts ohne Schwein?«

»Doch, doch«, sagte ich, »Steaks, gute Rindersteaks.«
Wir standen vorm Verkaufstresen auf Marios schmudde-
ligem Teppich und tranken unseren Tee. Ich zeigte auf
die große Tafel mit den Angeboten, die über der Kasse
hing. »Schau mal, mein berühmtes Steaksandwich Nine
Eleven.«

»Steaksandwich Nine Eleven?« Er blickte mich an,
neigte den Kopf und setzte seine Brille ab. Er war glattra-
siert, trug eine runde Brille und sah nicht aus wie einer
der Mullahs, von denen man damals schon so viel hörte.
Er blickte vor zu der Tafel mit den Speisen und Preisen,
setzte seine runde Brille auf und wieder ab, dann blickte
er mich an und lächelte.

»Kleiner Spaß«, sagte ich, »Steaksandwich New York,
siehst du ja.« Ich zeigte auf die Tafel. Drei neunzig nahm
ich dafür. Ich hasste diese Neunundneunziger-Preise.

Am liebsten waren mir Fünfziger-Preise, also drei

fünfzig zum Beispiel, oder glatte Preise wie eine Mark, jetzt Euro natürlich, aber ich erinnerte mich oft an einen Bratwurststand in meiner Kindheit, der war neben einem Kino, da kostete die Wurst eine Mark. Aber man musste ja mit der Zeit gehen, und bei drei fünfzig verdiente ich zu wenig, aber mein Kaffee für einen Euro war ein Klassiker. Baustellen gab es noch genug, wird es immer geben, und jeden Morgen und jeden Mittag kamen die Bauarbeiter.

»Steaksandwich Nine Eleven«, er lächelte immer noch und schüttelte den Kopf.

»Du musst mein berühmtes Steaksandwich Nine ... New York probieren.« Ich ging hinter zum Grill. Ich hatte dort noch ein recht frisches Steak auf einer Silberfolie liegen, das eigentlich mein Abendbrot sein sollte. Ich hatte einen Holzkohlegrill und einen Elektrogrill. Mein Imbiss war wirklich winzig, das merkte ich wieder, als ich Hamed das berühmte Steaksandwich zubereitete. Es war eben wirklich eine sehr kleine Tankstelle gewesen, aus der Zeit, in der die gegrillten Würste eine Mark kosteten. Mein Steaksandwich für drei fünfzig war auch nicht wirklich berühmt, die meisten Leute kamen wegen meiner Hamburger Spezial oder dem Kartoffelsalat. Hamed beugte sich über die Verkaufstheke. »Verzeihen Sie«, sagte er, »aber ...«

»Waren wir nicht beim Du«, sagte ich, »und was gibt es denn zu verzeihen?«

Ich schnitt Tomaten und Gurken, denn zu meinem Steaksandwich gehörten die dazu, auch wenn das wirklich berühmte Steaksandwich in New York ohne Gurken und Tomaten funktionierte. Mein alter Freund Mario hatte mir von dem Steaksandwich erzählt. Er war Ende der Neunziger eine Zeitlang in New York gewesen, hatte er zumindest immer behauptet.

»Ich will nur fragen«, sagte er und blickte ein wenig unsicher auf den Grill und auf die Arbeitsplatte, wo ich das Steak und die Tomaten und die Gurken in feine dünne Scheiben schnitt, »ob das Fleisch von Schwein und das Steak ... sie dürfen sich nicht berühren.«

»Nein«, sagte ich und zeigte mit dem Messer auf den Grill, »da hat alles seinen Platz. Die Hamburger liegen da und die Thüringer Würste liegen da ... und die Steaks mache ich meistens hier auf dem Elektrogrill.« Das stimmte zwar nicht, den Elektrogrill nutzte ich nur, wenn ich mal nicht hinterherkam mit der Holzkohle oder wenn ich ein paar Bestellungen vorbereiten musste, aber was spielte das schon für eine Rolle, ob das Steak für mein Steaksandwich ein bisschen was von dem Schweinefett abbekam ...

»Nein, nein, das darfst du so nicht sehen. Hamed ist da sehr genau, wir sind da sehr genau. Wir wollen rein sein.«

»Und du meinst, Gott mag meine Thüringer nicht?« Wir standen am Fenster und rauchten. Ich hatte das kleine Fenster im Treppenhaus wie immer mit dem Vierkantschlüssel aufgemacht, den ich am Schlüsselbund trug. Die Fenster waren alle gesichert, damit keiner rausspringen konnte, und es gab überall Rauchmelder auf den Etagen, nur nicht im Treppenhaus, das war aus Beton, die Wände, die Treppenstufen, und fast immer war es dort leer und still, denn es gab ja die beiden Fahrstühle, aber an den Abenden kamen die Raucher, die nicht mehr in den Wohnungen rauchen durften, weil die Frau oder der Mann es verbot oder weil sie Kinder hatten. Das Klicken der Feuerzeuge, das Klappern der Türen, das Husten, leise Gespräche bewegten sich manchmal abends durchs neonbeleuchtete Treppenhaus, wie der Rauch der Zigaretten.

Eine Zeitlang war ich nach Feierabend, wenn ich von meinem Imbiss kam, die fünfzehn Etagen nach oben gerannt, weil ich dachte, ich müsste was für meine Fitness tun, ich stand ja den ganzen Tag, und weil mein Rückenarzt gesagt hatte, Treppensteigen wäre gut, würde meine Lendenwirbel schön beweglich halten.

Sie rauchte und schob ihr Kopftuch ein kleines Stück nach hinten, so dass ihr ein paar Haarsträhnen auf die Stirn fielen. Sie schloss die Augen, stieß den Rauch aus und hielt den Kopf in den Wind, legte den Kopf zurück, und der Wind bewegte ihre Haarsträhnen. Wir standen an dem offenen Fenster, während es draußen langsam Nacht wurde, aber immer noch war es hell, der Himmel wurde rosa und rot, und dann schien es, er würde wieder heller werden, kurz bevor die Nacht hereinbrach, hellrosa, hellrot, und wir wunderten uns, wie lange das Tageslicht blieb in diesen Nächten.

Sie schob sich das Kopftuch zurück in die Stirn, strich mit beiden Händen über ihr Kopftuch, und einen Moment sah es so aus, als würde sie mit dem Stoff ihre Wangen bedecken.

Sie hatte Aknenarben, die fielen sehr auf, denn ihre

Haut war fast weiß, wie Kreide, würde man sagen, wie weißes Hühnerfilet, würde *ich* sagen, und sie zog ihr Kopftuch über diese kleinen roten Striemen und Narben auf ihren bleichen Wangen. Sie war einige Jahre jünger als Hamed, Anfang, höchstens Mitte zwanzig, und sehr groß und sehr dünn.

»Allah ist groß, und Allah ist gnädig«, sagte sie und beugte sich vor und drückte ihre Zigarette auf dem kleinen Ascher aus, den ich aus Silberfolie geformt hatte, ich hatte immer eine Rolle Silberfolie dabei, wenn wir uns im Treppenhaus trafen, und ich legte meine Kippe neben ihre und knüllte den Ascher zu einer silbernen Kugel, die ich aus dem Fenster werfen wollte. Sie griff nach meinem Arm.

»Nein, stell dir vor, du würdest jemanden treffen damit.«

»Aber da unten ist doch das Vordach, vorm Eingang.«

Sie schüttelte den Kopf und zog meinen Arm mit dem zusammengeknüllten Ascher vom Fenster weg. »Und wenn ein Wind kommt, das kann überallhin geweht werden …«

»Ist doch nur 'ne Kugel aus Silberfolie«, sagte ich und schob sie in die Seitentasche meines Kapuzenshirts, und ihre Hand rutschte über meinen Arm. Das Kapuzenshirt war rot, weinrot, wie mein Imbiss, und ich hatte mir den Namen meines Imbisses draufdrucken lassen. Ich setzte die Kapuze auf und sagte: »Jetzt bedecke ich auch meinen Kopf, damit Gott zufrieden ist.«

»Warum sagst du das? Gott ist gnädig, Gott ist groß.« Sie blickte mich sehr ernst an. Sie schien wirklich ein wenig wütend zu sein. Ich machte oft diese Scherze, wenn wir im Treppenhaus rauchten. Hamed ging am Abend zu seinen Freunden nach Kleinarabien, so nannten wir das Viertel, in dem das Internet-Café war, in dem er arbeitete, aber sie konnte auch dann nicht in der Wohnung rauchen, wenn Hamed nicht da war. Obwohl ein paar von Hameds Freunden rauchten, wenn sie zu Besuch in unserem Hochhaus waren, aber das war was anderes.

»Ja«, sagte ich, »wahrscheinlich ist er sehr gnädig. Und hat nichts dagegen, dass du rauchst.« Ich hielt ihr wieder meine Schachtel hin. Sie nahm sich eine raus, und auch ich zündete mir wieder eine an. Ich würde einen neuen Aschenbecher aus Silberfolie bauen, gleich. Wir setzten uns auf die oberste Treppenstufe, unsere Schritte hallten im Treppenhaus, Geräusche ein paar Stockwerke tiefer, als würde jemand auf unsere Schritte antworten, Türenklappern, nächtliche Raucher, die nicht nach unten vors Haus gehen wollten, obwohl es ja noch hell war in diesen langen kurzen Nächten.

»Im Koran steht nichts von Zigaretten«, sagte sie und nickte und rauchte und hielt ihre Zigarette so fest zwischen Daumen und Zeigefinger, dass der Filter ganz plattgedrückt war, als sie die runtergerauchte Zigarette ein paar Minuten später in den neuen Aschenbecher aus Silberfolie legte, den ich zwischen uns auf den Betonboden gestellt hatte und in dem auch meine Kippe qualmte, die Glut fast am Filter. Ich knüllte den silbernen Aschenbecher wieder zusammen, bevor sie ihre Zigarette, von der nichts im Koran stand, ausdrücken

konnte, und eine sehr kleine und sehr dünne Rauch-
fahne stieg auf aus der silbernen Hülle der silbernen
Kugel. Ich schob die zerknüllten Aschenbecher zu dem
anderen in die Seitentasche meines Kapuzenshirts. Ich
spürte die raue Silberfolie warm auf meiner Hand und
drückte sie fester zusammen. Sie stand auf, und auch
ich stand auf.

»Ich muss früh raus«, sagte ich, »grüß Hamed von
mir.« Wir standen mit dem Rücken zur Tür, die auf
unsere Etage führte, und blickten auf die Treppenstufen, die in die unteren Etagen führten, später in dieser
Nacht ging ich noch eine Runde im Stadtpark spazieren, trank ein Bier, weil ich nicht schlafen konnte, und
zählte die Etagen unseres Hochhauses und versuchte,
das Fenster zu finden, an dem wir vorhin noch gestanden hatten.

»Ich … ich geh dann mal. Grüß Hamed von mir.« Hatte
ich das nicht eben schon gesagt?

Ich wollte ihr die Hand reichen, hatte sie schon halb
gehoben, ließ es aber dann.

Als ich das erste Mal in Hameds Wohnung auf einen
Tee ging, reichte ich ihr die Hand, aber sie trat ein paar
Schritte zurück, senkte den Kopf ein wenig und sagte:
»Entschuldige, aber Allah will nicht …«

»Entschuldige«, sagte ich, »aber ich hatte vergessen,
dass Allah nicht …« Lag ihre Hand vorhin nicht auf meinem Arm? Ich trat einen Schritt zurück, hinter mir die
Tür, die aus dem Treppenhaus in die fünfzehnte Etage
führte. Dann ging ich wieder auf sie zu und hob meine
Hand auf Brusthöhe und dann noch ein Stück höher,

und meine Handfläche berührte fast ihr Gesicht, bevor ich meinen Arm wieder runternahm.

»Nein«, sagte sie, und ihr Gesicht wurde ein wenig rot, und auch ihre Aknenarben waren jetzt deutlich zu sehen, leuchteten fast in ihrem Gesicht. Das Kopftuch war ihr tief in die Stirn gerutscht.

»Nein«, sagte sie noch einmal. Sie wohnte ja mit Hamed auf meiner Etage, nur ein paar Wohnungen entfernt. Sie kam hier aus der Stadt und hatte an nichts geglaubt und hatte jedem die Hand gegeben, bis sie Hamed traf. Ich weiß nicht genau, wo sie sich getroffen haben und wie sie sich kennengelernt hatten. Doch, ich wusste es, Hamed hatte es mir erzählt, aber was sollte ich groß nachdenken über ihre Geschichte. Mein alter Freund Mario, der zurück an die Küste gegangen war, um dort irgendeinen schwimmenden Imbiss aufzumachen, hätte sicher gesagt: »Was willst du denn von der?«

Und ich hätte gesagt: »Nichts, Mario, wie kommst du denn darauf?«

Und als Hamed das erste Mal in meinen Imbiss kam und ich ihm das Nine-Eleven-Steaksandwich zubereitete, hätte ich auch nie gedacht, dass ich ihn kurze Zeit später in seiner Moschee besuchen würde, die irgendwo in unserer Stadt war, die ich noch nie gesehen hatte, ich hatte nicht gewusst, dass es überhaupt eine Moschee gab in unserer Stadt, und als ich dann dort war, weil ich *sie* sehen wollte in der Moschee, weil sie ja mit Hamed in die Moschee ging, jeden Sonntag und manchmal auch unter der Woche …, aber es gerät mir alles durcheinander mit den Zeiten, denn es vergingen schon einige

Wochen und Monate, und ich trank mit Hamed Tee in Hameds Wohnung und rauchte heimlich mit seiner Freundin im Treppenhaus, am Fenster, bevor ich auch nur einen Schritt in die Moschee setzte, aber ich sagte ja schon, dass die Gegenwart nichts ist.

»Um diese Zeit siehst du die Lichter der Trabanten.«

»Du darfst mich nicht berühren, ich darf dich nicht berühren, Allah …«

»Ich weiß, ich weiß, ich will doch nur …«

»Welche Trabanten und welche Lichter meinst du? Den Mond?«

Sie hatte sich auf die Treppenstufen gesetzt.

»Den auch«, sagte ich, »aber ich meine die Häuser, die … es dauert noch ein paar Minuten. Wenn es richtig dunkel ist.«

»Ich muss zu Hamed«, sagte sie und drehte den Kopf zu mir, den sie auf beide Hände gestützt hatte, so dass ihre Hände auf ihren Wangen lagen und ihre Aknenarben verdeckten. »Hamed kommt bald nach Hause.«

»Bleib noch ein paar Minuten«, sagte ich wieder und setzte mich neben sie. »Es ist sehr lange hell im Sommer.«

»Sind die Nächte jetzt länger oder kürzer«, fragte sie und blickte mich an.

»Ich weiß nicht.« Ich schob meine Hände in die Seitentaschen meines Kapuzenshirts.

Keine warmen Silberkugeln. Ich hatte einen kleinen Glasaschenbecher mitgebracht, der auf der Treppenstufe vor uns stand.

»Ich weiß nicht«, sagte ich, »für mich beginnt die

Nacht, wenn ich Feierabend mache, also um acht. Ob es nun hell ist oder dunkel ist.«

»Also sind die Nächte …«, sie zögerte, »sie sind immer gleich?«

»Nein«, sagte ich, »sind sie nicht«, und legte meine Hand auf ihre Schulter, dicht neben ihren Hals, dort, wo sich so eine Art leichter Anstieg erhebt, ein schmaler Hügel, ein Muskel oder so was, der zum Hals führt, ein schmaler leichter Anstieg, ich weiß nicht, wie ich's nennen soll.

Später, im Stadtpark, wo ich jetzt fast jede Nacht spazieren ging, wenn es endlich dunkel geworden war, zählte ich die Etagen unseres Hochhauses, dachte an ihre spitzen Schulterknochen, und am Morgen, als ich ein Stück Schulter auf den Grill meiner Imbissbude legte, Rind, Schwein, was spielt das schon für eine Rolle, fuhr ich mit der flachen Hand durch das immer noch halbgefrorene Fleisch, da war er, dieser Schulterknochen …, strich über ihre kühle Schulter, der Holzkohledampf stieg mir in die Augen, ich war müde und hätte meinen alten Freund Mario gebraucht, der irgendwo an der Küste mit seinem schwimmenden Imbiss pleiteging, wahrscheinlich. Ich dachte an Hamed, ihren Freund, den sie meistens »mein Mann« nannte.

»Ich muss nach Hause, ich muss zu meinem Mann.«

»Woher kommst du?«

»Wie meinst du das, wo ich … Jetzt gerade? Wie meinst du das?« Sie blickte mich an, ihr Kopftuch hatte sie über beide Wangen gezogen, als schämte sie sich für ihre Aknenarben, die ihr Gesicht rot zerfurchten.

»Ich meine ... wer ... Wo kommst du her? Hier in der Stadt? Oder woanders.«

Und wieder saß sie neben mir auf der Treppe, kam zurück von der Tür, durch die sie eben verschwinden wollte.

»Hamed war sehr gut zu mir. Mein Mann ist sehr gut zu mir.«

Ich nickte. »Hamed ist in Ordnung.«

Sie erzählte von ihrer Familie, wo sie herkam, hier in der Stadt.

»Hamed mag dich wirklich sehr«, sagte sie dann und stützte wieder den Kopf auf ihre Handflächen und verbarg ihre roten Narben, während sie auf der Treppe saß. Und ich hielt die Schachtel Zigaretten immer noch in der Hand, als ich in meiner Wohnung stand. »Willst du noch eine?« Die dünne, durchsichtige Folie um die Schachtel war feucht und warm, so lange hielt ich sie schon, und auch meine Handfläche war feucht, und ich warf die Schachtel aufs Sofa, wo sie neben den Zeitungen der letzten Tage und Wochen liegen blieb, die ich dort jeden Morgen las, bevor ich in meinen Imbiss ging. Ich las immer einen Tag hinterher, ich brachte die Zeitung am Abend mit und warf sie auf das Sofa und las sie dann am Morgen. Fast immer wachte ich auf, bevor der Wecker klingelte. Es war aber nur mein Handy, das Klingeln der Weckfunktion, mein alter Lieblingswecker, ein mechanisches Urvieh, das mir meine Oma vor vielen Jahren geschenkt hatte, war jetzt mit meinem alten Freund Mario oben an der Küste, wo er irgendwas mit einem schwimmenden Imbiss probierte. Er hatte meinen Wecker immer sehr gemocht, das Ding hatte uns aus der Koje geholt, bevor das Weckfunktionen und Handys machten, und ich hatte ihm das alte Riesenteil geschenkt, als er zurück an die Küste ging, wo wir die ganze Marine bekocht hatten.

Manchmal verliert man sich ja in der Zeit und braucht ein paar Sekunden, um sich zu verorten. Wahrscheinlich war es Sommer. Ich rauchte und blickte auf die dunklen Trabanten, die kaum noch zu erkennen waren, weil die letzten Lichter in den Fenstern erloschen, weit hinterm Stadtpark.

»Wenn zerborsten ist der Himmel,

wenn zerstreut das Sternengewimmel,

wenn die Meere über die Ufer schwellen …«

»Okay, okay«, sagte ich, »und was soll mir das sagen?«

»Dass der Herr da ist«, sagte Hamed, »dass er uns erlöst. Das geht weiter noch …«

»Noch weiter«, fragte ich, »nach der Erlösung?« Ich wendete zwei Steaks und drehte mich wieder zu Hamed, der am Verkaufstresen lehnte und eine Tasse Earl Grey trank. An dem großen Stehtisch vorm Imbiss standen zwei Bauarbeiter und rauchten und tranken Bier, das ich ihnen vor wenigen Minuten verkauft hatte. Für sie wendete ich auch die Steaks. Feierabendzeit, und wieder wurde es langsam dunkel. War es immer noch Sommer, und die Tage trafen sich mit den Nächten?

»Nein«, sagte Hamed, »die Sure, du verstehst? Die Sure geht weiter noch, die Sure über das … wie sagt man … das Zerspringen, wenn kaputtgeht die …«

»Zerbersten«, sagte ich, »du meinst Zerbersten, nicht

Zerspringen. Die Sure vom Zerbersten. Nummer paar-
undachtzig.«

»Woher du … woher weißt du von der Sure?«

»Ja, ja, da staunst du, was?« Ich drehte mich um und
kümmerte mich um eine Thüringer, die ich für einen
Typen über der Holzkohle zubereitete, der wieder rausgegangen war, um eine zu rauchen, bevor ich ihn ab-
kassieren konnte, und der dann einfach weggegangen
war, obwohl meine Würste gut aussahen, obwohl meine
Thüringer fast Legende waren, im Viertel, in der Stadt.
»Dein neuer morgenländischer Freund ist nicht gut fürs
Geschäft«, hätte mein alter Freund Mario gesagt, den ich
sehr vermisste in dieser Zeit, und wahrscheinlich hatte
er recht, aber andererseits hatte er selbst jede Menge
sonderbare Gestalten angeschleppt, als wir den Imbiss
noch gemeinsam betrieben, bevor er wieder an die Küste
gefahren war, um dort einen schwimmenden Imbiss
oder so was in der Art zu eröffnen. Mario hatte ein paar
Freunde in und bei Kleinarabien, die verkauften Stoff.
Mein alter Freund Mario naschte hin und wieder was
von dem Zeug, das seine Freunde vertickten, aber es war
nie ein Problem gewesen.

»Das keine Menschen«, sagte Hamed, »ohne Gott. Keine
guten Menschen, ihr leugnet das Gericht.«

»Halt du dich da raus, Arab«, sagte mein alter Freund
Mario, »sieh lieber zu, dass du dein gehirngewaschenes
Frauchen …«

»Halt die Klappe, Mario«, sagte ich.

Ich legte die Steaks für die Männer vom Bau, die draußen standen und warteten und rauchten, Feierabend-

zeit, auf zwei Pappteller, schnitt Brötchen auf, platzierte gegrillte Zwiebeln auf den Steaks, schnitt Brötchen auf, rührte in dem Töpfchen mit meinem speziellen Steak-Senf, wendete die Steaks, es ging auch bei mir gegen Feierabend, und die Holzkohle war gut durch, und nur noch ein flaches Häufchen Glut, kaum zu erkennen unter der weiß-grauen Aschehaube, wärmte und grillte das Fleisch, das ich am Morgen vom Großhandel geholt hatte.

»O Mensch, du mühst dich hart um deinen Herren, so sollst du ihm begegnen«, sagte ich und legte die beiden Steakbrötchen, nicht zu verwechseln mit meinem berühmten Steaksandwich, auf zwei Pappteller. Hamed überlegte kurz und nickte, stellte seinen Pappbecher mit Earl Grey auf den Verkaufstresen und sah mich an und bewegte seine Gebetskette zwischen Daumen und Zeigefinger.

»So wird er bald ein leichtes Gericht haben«, sagte ich, versuchte, mich an den genauen Wortlaut zu erinnern, und reichte die beiden Pappteller den beiden Bauarbeitern, die mich hungrig durch die Glasscheibe beobachtet hatten und hereingekommen waren.

»Und er wird frohgemut zu den Seinen zurückkehren«, sagte ich, und die beiden blickten sich noch einmal um, hoben kurz die Hand zum Abschied, Stammkundschaft, und auch ich grüßte, und ich sah, wie sie draußen miteinander redeten, tuschelten, ihre Köpfe zueinanderneigten, als könnte ich sie durch die Scheibe meiner Imbissbude hören, und sie drehten sich kurz noch einmal zu mir um. Lachten sie, grinsten sie?, bevor sie in eine Seitenstraße einbogen.

»Und er wird in ein flammendes Feuer eingehen«, sagte Hamed, während ich den Grill säuberte und die Arbeitsplatte leerräumte. Und ich stimmte ein: »Ich rufe das abendliche Zwielicht zum Zeugen, und die Nacht und was sie verhüllt und den Mond, wenn er voll wird …«

Sollte ich ihm sagen, dass ich es gekauft hatte, dieses Buch, in einem Laden im Zentrum unserer Stadt, weil sie, weil seine Frau …

Sollte ich ihm sagen, dass ich es las, weil ich *sie* verstehen wollte?

»Woher kommst du?«

Und sie erzählte mir ihre Geschichte.

Und Hamed lächelte, er umarmte mich, als ich meine Schürze abband und zu ihm an den Plastikstehtisch trat, auf den er seine Gebetskette gelegt hatte. »Es ist Zeit«, sagte er, »es ist Zeit zu beten. Hast du …«

»Einen Teppich?«, fragte ich.

»Ja, so was in der Art.« Hamed kniete schon auf den Fliesen. Ich hatte den roten Teppichboden, den mir mein alter Freund Mario aufgeschwatzt hatte, am Wochenende zuvor rausgerissen und den ganzen Imbiss fliesen lassen. Hamed hatte mir einen Typen besorgt, ein Araber oder so was in der Art, der das unter der Hand machte. Aber jetzt wollte Hamed beten, und da waren meine Fliesen zu hart, und sein Gott liebte Teppiche.

»'n Teppich … Warte mal.« Ich ging hinter in meine Rumpelkammer und fand tatsächlich noch ein Stück der roten Teppichrolle, mit der ich lange meinen Imbiss ausgekleidet hatte. Wenn Mario wüsste, dass die Reste seines roten Teppichs, von dem er immer so geschwärmt hatte, einem Arab als Gebetsunterlage diente … »Essen auf dem roten Teppich, das ist 'ne prima Werbung, verstehste, essen wie die Filmstars!«

»Wir wolln einen Imbiss aufmachen, Mario.«

»Ja, klar. Der Imbiss mit dem roten Teppich. Rot, verstehste. Eye-Ketchup!«

»Was für'n Ketchup, Mario?«

»Von Eyecatcher, verstehste? Wegen Rot. Unser Imbiss!«

»Ja, 'n Imbiss, Mario.«

»Eyecatcher!«

Und Hamed ließ sich auf dem roten Teppichfetzen nieder, den ich mit einem scharfen Steakmesser von der Rolle getrennt hatte. Und er betete dort auf dem neuen Fliesenboden meiner kleinen Imbissbude, murmelte die fremden Wörter und Sätze seiner fremden Sprache. Ein paar Leute blieben stehen und schauten durch die große Glasscheibe, und ich ging vorsichtig an Hamed vorbei und hängte das *Geschlossen*-Schild an die Tür.

Sich zu verbeugen … all diese religiösen Gedichte konnte sie auswendig, teils in der fremden Sprache Hameds, teils in unserer Sprache, und sie verbeugte sich. Ich stand bei ihr, und sie verbeugte sich, hockte sich auf den Gang unseres Hochhauses, den Kopf nach Mekka oder dort, wo sie diese Stadt vermutete, ihr T-Shirt verrutschte, sie trug immer sehr weite T-Shirts und sehr weite Hosen oder Röcke, obwohl sie so dünn und knochig war, ihr weites T-Shirts verrutschte, während sie ihren Oberkörper auf den Hochhausboden presste, ich wollte mich neben sie hocken, mich neben sie legen, mich hinter sie knien, ja, das auch.

»Was willst du denn von *der*?«, hätte mein alter Freund Mario gefragt.

»Ich weiß nicht«, hätte ich gesagt, »wie das eben manchmal so ist, Mario.« Und Mario nickte und klopfte mir auf die Schulter. »Wie das eben manchmal so ist.«

Ich hatte nie viel auf Religion und so was gegeben. Meine Oma, von der ich den Wecker und das Rezept für den Kartoffelsalat hatte, ging mit mir am Weihnachtsabend in die Kirche, als ich noch ganz klein war, aber das war's auch schon. Und als ich in den Nächten, an den Abenden, in diesem Buch las, dass ich mir wegen ihr gekauft hatte, waren das ferne Welten, so wie *Sindbad der Seefahrer* oder *Ali Baba und die vierzig Räuber* (»Sindbad, Ali Baba? Das sind doch Kindergeschichten!«

»Halt doch die Klappe, Mario, oder komm zurück und hilf mir mit dem Imbiss.«

»Mit *ihr*, meinst du.«

»Nein, da würde ich dich wohl sicher nicht um Hilfe bitten.«

»Ich hab's nie kapiert, diese ganze Religionsscheiße. Ist wie *Herr der Ringe* für mich.«

»Sag ich doch, Sindbad, Ali Baba.«), Märchen, die ich als Kind einmal gelesen hatte oder aus den Kinos oder dem Fernsehen kannte.

»Nein«, sagte sie, »so darfst du das nicht sehen, wir wollen rein sein vor Gott …, er spricht zu uns, jeden Tag.«

»Versteh mich nicht falsch, ich find's doch gut, aber …«

»Hamed möchte, dass du mitkommst. In unsere Moschee.«

»Meinst du, das geht? Kann ich gerne mal machen. Du kommst doch auch mit?«

»Natürlich.«

»Na dann … Aber ich muss dir ganz ehrlich sagen, dass …«

»Das macht nichts.« Sie blickte mich an und schüttelte den Kopf und nickte. Sie hatte etwas Trotziges und Nachsichtiges zugleich, und ihre Aknenarben leuchteten rot in ihrem bleichen Gesicht. Wir saßen auf der Treppe und rauchten. Das Fenster war geöffnet, und draußen wurde es dunkel, und der Wind pfiff durchs Treppenhaus. War es noch Spätsommer, oder war es schon Herbst? Später, als es schneite und ich bis in die Nacht hinein in meinen Imbiss blieb und arbeitete, ich hatte meine Öffnungszeiten verlängert und schenkte Glühwein aus, dachte ich oft darüber nach, hatte ich ihr die stillen Trabanten gezeigt?, diese großen Hochhäuser am Rand der Stadt, deren Lichter in den Nächten langsam erloschen, Wohnung für Wohnung, Fenster für Fenster, und ich sah uns am Fenster stehen und zählte die Stockwerke, wenn ich nach Hause kam und unten vorm Hochhaus meine Feierabendzigarette rauchte, obwohl es kalt war und ich mit meinen kalten Füßen in den Schnee stampfte.

»Wo ist Osten?«

»Ich weiß nicht genau. Dort etwa?«

»Ich muss nach Osten beten …«

»Ich weiß.« Ich berührte ihr Gesicht. Strich vorsichtig

mit den Fingern über die Aknenarben, die ihr Gesicht rot zerfurchten.

Auch Hamed hatte gefragt: »Wo ist Osten«, bevor er sich auf dem roten Fetzen niederließ, den ich vor ihm auf die Fliesen gelegt hatte.

»Ich weiß nicht genau … Dort etwa.«

Und dann, als sie beteten, fiel mir auf, dass sie eigentlich Richtung Norden beteten, mehr so Nordwesten, denn die große Straße, an der mein Imbiss lag, führte Richtung Norden aus der Stadt heraus, und auch der Gang in unserem Hochhaus, in dem wir uns trafen, wies Richtung Nordwesten, mehr noch Westen als die Straße, und hinterm Stadtpark, an dem ich mich orientierte, lagen die Trabanten, erhob sich die Neubausiedlung, die Hochhäuser am Rand der Stadt, hinter denen die Sonne unterging. Abendland.

Ich strich über ihr Gesicht, und sie war ganz still, und dann legte sie ihren Kopf an meine Schulter. Ich nahm sie in den Arm und hielt sie fest, und unsere Zigaretten qualmten in dem gläsernen Ascher vor uns auf der Treppenstufe, der schon seit einer Weile das Silberpapier ersetzte, bis die Glut die Filter berührte und erlosch.

Ich wollte ihre Haare sehen, mit meinen Fingern durch ihre Haare fahren, sie hatte kurze, rotblonde Haare, die nur an den Seiten unter ihrem Kopftuch hervorschauten, manchmal erschienen ein paar Spitzen auf ihrer Stirn.

Meine Hand lag auf ihrem Kopftuch, und sie sagte: »Nein, nein«, und schob meine Hand weg, und ich umarmte sie wieder, hielt sie fest, und das ließ sie geschehen, drückte sich an mich, lag schwer auf und an mir, obwohl sie so dünn und knochig war.

Auch später, viel später, nicht an diesem Abend und auch nicht am nächsten, als sie nackt neben mir lag, auf meinem Bett lag, waren ihre Haar immer noch unter ihrem Kopftuch.

»Beim Kochen trugen wir auch immer eine Haube, weißt du noch.«

»Das ist doch etwas vollkommen anderes, Mario.«

»Na ja, denk mal drüber nach.«

»Über was denn?«

»Über diesen ganzen Kopftuchscheiß. Ich meine, beim Kochen ohne ist unhygienisch. Wer will schon Haare auf seinem Steak. Aber was verdammt nochmal interessiert es Gott …«

»Seit wann glaubst du denn an Gott, Mario?«

»Eben. Und wie ist das beim Sex? Oben ohne, oben mit?«

Ich schaute durch die angelehnte Tür in die Frauenmoschee, Kopftuch an Kopftuch, jetzt knieten sie und verbeugten sich, und unter einem der Kopftücher ihr rotblondes Haar.

Ich versuchte, sie zu erkennen im Pulk der Betenden, sie war vor wenigen Minuten erst in der Nachbarwohnung der Männermoschee verschwunden, hatte sich noch einmal zu mir und Hamed umgedreht und gelächelt. Ihr Lächeln, das sanfte Rot ihrer Aknenarben, die so gut zu sehen waren, wenn sie …

Die Wohnungen, die sie *die Moschee* nannten, lagen im dritten Stock eines halbverfallenen Wohnhauses, westlich der Trabanten, die wir in den Nächten sahen. Ich hatte nicht gewusst, dass Frauen und Männer in getrennten Wohnungen beteten. Und auch nach dem großen Gebet, als sie mich bewirteten, ihren Gast bewirteten, als ich mit ihnen am Boden saß und mit ihnen von der großen Plastikplane aß, tauchte sie nicht wieder auf. Und wieder ging ich nach draußen ins Treppenhaus, um sie zu sehen. Sah die Frauen und die Kinder durch die angelehnte Tür, auch hier war das Beten vorbei und das Essen wurde vorbereitet. Wo war sie? Jemand berührte meine Schulter. Hamed stand hinter mir. »Komm wieder essen, Freund. Du bist unser Gast heute. Gott sieht uns, und Gott liebt uns.« Er legte seinen Arm um mich, und wir gingen zurück in die Männerabteilung der Moschee. Ich verstand diese Trennung, diese Teilung, dachte darüber nach, während ich mit den Arabs am Boden hockte und Reis und Fleisch aß, das wie Hammel schmeckte und einen Tick zu kurz geschmort worden war, und süßen starken Tee trank. Wenn sie irgendwo vor mir oder neben mir gesessen hätte, beim Gebet, beim Essen, aber vor allem beim Gebet, ich hätte, also wenn ich gläubig wäre, kein Auge und kein Ohr für Gott gehabt. Während sie beteten und ihr Pfarrer, also der Imam, sprach und ich kein Wort verstand, hatte ich hinten an der Wand gelehnt, hatte den Kopf gesenkt, wenn sie sich verbeugten, senkte den Kopf auf die Brust, um meinen Respekt zu zeigen, *Herr der Ringe* hin oder her. Ich hatte mein Buch mitgebracht, das ich mir vor einigen Wochen gekauft hatte, weil ich verstehen wollte, an was sie glaubte; ich hatte es auf meinen Knien liegen, und während die Arabs beteten, sah ich, dass die Seiten voller Fettflecke waren, das Gemurmel und die fremden Stimmen um mich, vor mir, ich hatte das Buch auf meiner Arbeitsplatte gelesen, mit fettigen Fingern, während das Fleisch auf meinem Grill brutzelte. Hatte dann zu Hause weitergelesen, und hatte dann im Treppenhaus weitergelesen, während ich auf sie wartete, und wenn ich Schritte hörte auf dem Gang, ihre Schritte?, schob ich das Buch in meinen Hosenbund, unter mein Kapuzenshirt. »Finsternisse, eine über der andern. Wenn er seine Hand ausstreckt, kann er sie kaum sehen; und wem Allah kein Licht gibt – für den ist kein Licht …«

Hatte ich ihr die stillen Trabanten hinterm Stadtpark gezeigt? Deren Lichter erloschen, Fenster für Fenster, Wohnung für Wohnung, wenn die Nacht voranschritt, bis nur noch die Schemen der großen Häuser zu sehen waren, weit hinterm Stadtpark.

»Gott ist zornig«, sagte sie, »Gott hasst mich.« Sie stand vor meiner Wohnungstür, und ich sah sofort, dass sie betrunken war. Ihr Kopftuch war verrutscht, und ihre rotblonden Haare fielen ihr in die Stirn. Ich hatte ihr Haar so noch nie gesehen, und wenn sie nicht betrunken gewesen wäre, ich hätte ihr die rotblonden Strähnen vorsichtig aus der Stirn gestrichen. Ihr Gesicht war sehr weiß, kreidebleich würde man sagen, weiß wie Hühnerfilet würde *ich* sagen, und ihre Aknenarben leuchteten stärker als sonst. »Gott ist zornig«, sagte sie, »er hasst mich.«

»Erzähl keinen Scheiß«, sagte ich, und als ich auf sie zuging und sie nach drinnen bringen wollte, fiel sie mir entgegen. Sie roch sehr stark nach Zigaretten und Kneipe und Alk.

Ich stieß die Tür mit dem Fuß zu und führte sie durch den Flur in mein Wohnzimmer.

Sie versuchte, sich loszureißen, und begann zu weinen und wollte ihren Kopf an die Wand schlagen, aber ich hielt sie an den Schultern und zog sie zum Sofa.

»Alles ist gut«, sagte ich, »ruhig, ruhig. Alles ist gut«, und ich streichelte ihre Schulter und ihren Nacken, der vom Dreieck ihres Kopftuchs bedeckt wurde.

Sie war dort gewesen, wo sie herkam. Wo sie immer noch wäre, wenn sie nicht Hamed getroffen hätte. Ich schob ihr Kopftuch zurecht, strich ihr das Haar aus der Stirn, versuchte, sie aufs Sofa zu legen, aber sie wollte wieder hoch, umarmte mich und redete leise in meine Brust, in meinen Oberkörper. »Ist gut«, sagte ich, »ist alles gut, du musst schlafen. Du musst jetzt schlafen.«

Ich spürte, wie mein T-Shirt feucht wurde. Sie rollte vom Sofa, ich versuchte, sie irgendwie zu halten, und dann lag sie auf dem Boden, und ich legte mich zu ihr.

Ich drückte sie an mich. Ich zog ihre Kleider aus, denn die stanken und waren nass. Die Teppiche an den Wänden der Moschee, Frauenabteilung, Männerabteilung, die Moschee, die eigentlich aus zwei Wohnungen bestand, in einem halbverfallenen Haus. Die angelehnte Tür, durch die ich blickte, auf die Teppiche mit den fremden Schriftzeichen, auf die Kopftücher der Betenden. Und als ich sie dort suchte, ihr rotblondes Haar, durch das ich mit meinen Fingern fuhr, vorsichtig, um sie nicht aufzuwecken.

Ich hatte sie in mein Bett gebracht. Sie war dort gewesen, wo sie herkam. Wo sie immer noch wäre ...

Ich stand vor unserem Hochhaus und zählte die Stockwerke und versuchte, unser Fenster zu finden und stampfte in den Schnee.

Ich arbeitete jetzt länger, ich schenkte Glühwein aus, die Bauarbeiter kamen und gingen und mein selbstgemachter Glühwein war der Renner. Die Fliesen waren großartig, und ich wünschte, mein alter Freund Mario würde mit mir auf diesen Fliesen arbeiten, die mir Hamed besorgt hatte.

Ich träumte manchmal wirr, und in meinen Träumen irrte ich durch die Gänge unseres Hochhauses, und ich kam zu der Wohnung, in der sie mit Hamed wohnte. Die Tür war offen, war nur angelehnt, und ich ging nach drinnen. Wir hatten dort manchmal Tee getrunken, Hamed neben mir, und sie saß auf einem Stuhl hinter uns an der Wand. Wie oft ich mich zu ihr umdrehte. Sie lächelte und hob ihre Hand und tat so, als würde sie eine Zigarette zwischen Daumen und Zeigefinger halten, die sie langsam zu ihren Lippen führte.

Aber die Wohnung war leer. Und ich irrte dort herum, und ich suchte sie. Das Schlafzimmer der beiden sah aus wie mein Schlafzimmer. Und dann sah ich, dass alle Fenster offen waren. Und in meinem Traum packte mich die Angst. Und ich rannte zu einem der offenen Fenster und lehnte mich raus.

Und in diesen wirren Träumen habe ich so eine große Angst, dass ich sie dort unten sehe, wenn ich rausblicke. Mein dunkelroter Imbiss ist weit hinter den Häusern und spielt keine Rolle. Und ich lehne mich aus dem Fenster, voller Angst, dass ich sie dort unten sehe. Wie sie auf dem Vordach liegt, wie sie im Schnee liegt. Jemand schlägt an die Tür. Und dann wache ich auf.

»Ich muss nach Hause, ich muss zu Hamed.«

»Bleib noch. Die Trabanten.«

»Was soll das sein? Der Mond?«

»Auch. Manchmal ist er über ihnen.«

»Müssen wir warten, bis es dunkel wird?«

»Es ist doch fast dunkel.«

»Halt mich fest.«

»Ja.«

Nein, niemand hatte geklopft an meiner Tür. Ich stand vor ihrer Wohnung, die ja auf derselben Etage war, wir waren ja fast Nachbarn, und klingelte, und später klopfte ich nur noch vorsichtig, weil ich das laute *Dingdong* der Klingel, das im Gang zu hallen schien, nicht hören wollte, aber sie öffneten nicht, Hamed nicht, sie nicht. Es wurde Winter, es wurde Frühling, ich arbeitete lange und kam sehr spät nach Hause, irgendwann waren sie verschwunden, waren ausgezogen, hatten das Hochhaus verlassen, und ich stand unten im Schneematsch und zählte die Etagen.

Ich hatte sie zu Hamed gebracht am Morgen dieser Nacht, in der sie betrunken vor meiner Tür gestanden hatte, als sie nackt in meinem Bett lag, und ich fast verrückt wurde, weil ich sie so wollte, obwohl sie so betrunken war. Als ich neben ihr lag.

Ich wusch ihre schmutzigen Sachen und trocknete sie auf der Heizung, während sie in meinem Bett schlief.

Das alles ist nun schon eine Weile her. Und ich stehe jeden Tag früh auf und gehe in meinen Imbiss, fahre mit dem Wagen, den ich dort parke, zum Großmarkt und kaufe ein, werfe den Grill an, schneide Fleisch und Zwiebeln und Gemüse, bereite die Kaffeemaschine vor, beobachte die Autos und die Pendler im Morgenlicht, lange Tage, Sommer und Herbst, im Abendlicht, ich liebe die langen dunklen Winterabende, die so zeitig beginnen, der Geruch nach Glühwein und Thüringer Rostbratwurst, die letzten Gäste …

»Du wartest immer noch auf sie, hab ich recht?«

»Nein, hast du nicht, Mario.«

»Du denkst, sie kommt irgendwann mal durch die Tür.«

»Nein, denke ich nicht.«

»Na, komm schon, ein ganz kleines bisschen …«

»Mario!«

»Nur so ein ganz, ganz kleines bisschen! Nicht jeden Tag, aber so hin und wieder … oft, stimmt's?«

»Lass mich in Ruhe, Mario, was sollte ich denn von *der* …«

»Na, na, na, jetzt aber nicht schummeln. Du wartest? Du wartest doch.«

»Na ja, wie es eben manchmal so ist, Mario.«

»Sag ich doch. Wie es eben manchmal so ist.«

Und dass ich an sie denke, an unsere Abende im Treppenhaus denke, an das Tageslicht, das so lange blieb, ans Verlöschen der Lichter in den Trabanten, an meinen Blick durch die angelehnte Tür der Frauenabteilung der Moschee, und an diese eine Nacht, hat nichts damit zu tun, dass das ganze Religiöse, oder wie immer man das auch nennen will, plötzlich wieder gegenwärtig ist. Was ist schon gegenwärtig? Gegenwärtigkeit ist eine Legende und ein vollkommen falscher Begriff, wir befinden uns immer wieder woanders, und ich weiß, wovon ich spreche, denn ich betreibe einen Imbiss in einem flachen Häuschen mit Vordach, in dem früher mal eine Tankstelle drin war.

Unterm Eis

Ich traf ihn das erste Mal in Wien auf dem Flughafen. Das war in einem Winter gewesen, Anfang der zweitausender Jahre.

Ich kam damals vom Balkan zurück, oder besser gesagt: aus Ländern des längst zerfallenen Jugoslawiens, wo ich für eine Eisenbahngesellschaft arbeitete, wir flickten die alten Strecken zusammen, aber ich flickte nicht persönlich an den Gleisen, ich hatte mit der Planung der ganzen Sache zu tun. Aber auch nicht mit der großen Planung, das machten andere, ich koordinierte die Arbeiter und die Arbeitsabläufe und stand oft an den vor Jahren zerstörten Strecken und Bahnhöfen.

Er fiel mir sofort auf, als ich ihn das erste Mal sah, in Wien auf dem Flughafen. Ein kleiner Mann, vielleicht eins sechzig groß. Er trug einen etwas abgewetzten Wildledermantel mit Pelzkragen und eine karierte Schiebermütze, die dunkel glänzte von dem geschmolzenen Schnee, denn es schneite seit Tagen ununterbrochen, aber irgendwie nobel, teuer und very British aussah. Später, da saßen wir schon in dieser kleinen Spielbude und warteten und spielten Automatenpoker, weil der Flug immer mehr Verspätung hatte, erzählte er mir, dass er diese Mütze in England gekauft hätte, »feinste Schurwolle, handvernäht, nur beste Ware«, in Newmarket, einer Stadt nur für Pferde, wie er es nannte, »Tausende englische Vollblüter«, erzählte mir auch von seiner alten Mütze (*Schiebermütze*, ein seltsames Wort, trugen solche flachen Schirmmützen früher Schieber, also Schwarzmarkthändler?), die er über dreißig Jahre getragen hatte, »da war ich sechzehn, ein Geschenk nach meinem ersten Sieg, das war in Gotha, da ist die Rennbahn auf einem Berg, Thüringen und die Wälder und eine alte Tribüne aus der Kaiserzeit, das Pferd hieß *Wildrose*, wir gewannen mit anderthalb Längen, das weiß ich noch wie heute«.

Er hatte am Schalter vor mir gestanden und versucht, sich mit einem schnarrenden Schweizer zu verständigen, als ich hörte, dass er nach Dresden wollte, in derselben Maschine wie ich, obwohl ich weiter nach Leipzig flog. Sein weiches Sächsisch fiel mir sofort auf inmitten der Lautsprecheransagen und des Stimmengewirrs um mich herum, und ich sprach ihn an und sagte ihm, dass es dauern könne wegen des Schnees und der Stürme, ich hätte da schon was gehört, und er nickte, blickte mir ins Gesicht und sagte, lispelte es zwischen seinen etwas schiefen Vorderzähnen: »Dann können wir doch ein bisschen zusammen warten, nachher.«

Es war einer von diesen Flügen, die kurz zwischenlanden vor ihrem Endziel, Leute rein, Leute raus, und dann wieder abheben. in der Nacht ist das immer irgendwie seltsam, die Leute steigen aus und verschwinden im Halbdunkel der Flughafenbusse, eine Müdigkeit liegt über allem, wir rollten wieder, hoben langsam wieder ab ... Ich bin auch später oft diese Linie geflogen, Wien – Dresden – Leipzig, bin meist viel zu zeitig auf dem Flughafen gewesen und habe allein in der Spielbude gesessen, Automatenpoker gespielt und ihm eine SMS geschickt, auf die er meist erst nach Wochen antwortete, aber ein paarmal hat er mich sofort auf meinem Handy angerufen und wollte wissen, wie mein Spiel stand. Bube, Dame, König ... und als das As kam und auch noch die Zehn, sprang er von einem dieser Barhocker, die vor den Automaten stehen, und rief:»Ich hab's doch gewusst.«

Er rieb sich die Hände, schob seine Mütze in den Nacken und schaute den Automaten herausfordernd an, und ich konnte gar nicht anders, musste mich mit ihm freuen und klopfte ihm auf die Schulter.

»Normalerweise«, sagte er und setzte sich wieder auf seinen Barhocker und schien sich fast zu schämen für seinen kurzen Ausbruch, »normalerweise wette ich nicht auf die Elektronik, aber manchmal ...«, er stockte, nippte an dem Plastikbecher mit Kaffee, der gratis aufs Haus, also auf die Spielbude, ging und den uns die Spielbudenbedienung gebracht hatte, er nippte an seinem Kaffee und reichte mir die Hand, »manchmal ..., Frank, ich bin Frank übrigens.«

Später kamen wir beide mächtig ins Verlieren, und er erzählte mir von den Pferden.

Er war Jockey gewesen, schon ein paar Jahre her, und eigentlich wollte er über Zürich nach St. Moritz, um sich dort die Rennen anzuschauen, aber er hatte seinen Flug verpasst, die Schneestürme hatten die Flughäfen lahmgelegt. Er erzählte mir von den Winterrennen auf dem zugefrorenen See, dem großen St. Moritzersee.

»Seit der Wende will ich da hin. Und für dieses Jahr hatte ich gespart. Und jetzt klappt's nicht. Die Pferde dampfen, wenn sie durch den Schnee und übers Eis galoppieren, so etwas Schönes hast du noch nicht gesehen, ich guck mir das jedes Jahr an, also beim Buchmacher.«

»Beim Buchmacher?«, fragte ich.

»Im Wettbüro, an unserer Rennbahn, wo sie alle Pferderennen übertragen. Die sind eingehüllt vom Dampf wie kleine Lokomotiven, also die Pferde. Und wie sie laufen, diese langen dunklen Körper in diesem Weiß … und drumherum die Berge, die Alpen«, er bewegte seine Hände und den Kaffeebecher vor sich in der Luft, als würde er die Linien der Berge am Horizont nachziehen, »und ein Schimmel war dabei in einem Rennen, mit dem habe ich groß abgeräumt, also beim Buchmacher, und das sieht aus, verstehst du, dieser Schimmel, der sieht aus, wunderschön, ich habe die Schimmel immer geliebt, auf diesem weißen Rücken zu sitzen …, obwohl es Leute gibt, die mögen keine Schimmel, die sagen: Ich wette nie einen Schimmel. Ich kannte einmal einen Schimmel, den habe ich ein paarmal geritten, der hieß Chromat, weil wie mit Chrom überzogen, ein wunderschönes Pferd war das …«, immer wenn er »Pferd« sagte, stockte er kurz, »ein wunderschönes …«, und zögerte, er hatte ja sein ganzes Leben mit den Pferden verbracht, wie ich später erfuhr, » … und dieser Schimmel, zwischen all den anderen braunen und schwarzen … Körpern«, und sehr leise, fast zärtlich sprach er das aus, die *Körper*, und blickte auf die Spielkarten, die vor ihm auf dem Bildschirm flimmerten, »und dort, in St. Moritz, schien es, als würde der Jockey schweben. Verstehst du, ohne Pferd, in der Luft, mitten im Pulk der anderen, schweben ...« Er nickte ein paarmal, und so wie er's mir erzählt hatte, konnte ich's mir gut vorstellen, die leisen Melodien der Automaten hörte ich kaum noch. Auf der Strecke in der Nähe der albanischen Berge, wo wir vor wenigen Tagen noch gearbeitet hatten, war auch Schnee gefallen, und wir räumten die Gleise frei und hüllten uns in dicke Mäntel, und als er mir von St. Moritz erzählte, glaubte ich fast, das Donnern der Hufe auf diesem vereisten See zu hören, Schnee auf den Bergen, ein Rennen auf einem zugefrorenen See, und die kleinen Wolken, die die Pferde schnaubend ausstießen, und der Dampf, der von ihren verschwitzten Leibern aufstieg und der sich mit dem Schnee mischte, den ihre Hufe aufwirbelten.

Er blickte immer noch schweigend auf den Bildschirm vor sich, als würde er da seinen schwebenden Reiter sehen, nur wenn man genau hinschaute, konnte man den weißen Schimmel im Wirbel des Schnees erkennen ...

Ich drückte ein paar Tasten, warf Geld nach und sah aus den Augenwinkeln, wie er sich umständlich eine Zigarette aus einer Blechschachtel nahm und sie anzündete.

»Ist da denn gar keine Gefahr, dass sie einbrechen?«, fragte ich.

Er stieß den Rauch aus und winkte ab. »Das Eis ist sehr

dick. Minus zehn, minus fünfzehn. Richtig kalt. Und so schnell donnern sie darüber, Sekundenbruchteile nur das Gewicht auf einer Stelle. Nicht mal 'ne Minute für tausend Meter. Und spezielle Eisen haben sie unter den Hufen, da kommen sie gar nicht ins Rutschen. Kann gar nichts passieren, ist auch nie was passiert seit …«, er fuchtelte mit der Zigarette vor meinem Gesicht hin und her, so dass die Asche auf die vielen bunten Tasten unter dem Bildschirm fiel, »fast hundert Jahre, würd' ich sagen, müssen's inzwischen sein. Nein, eigentlich ist es unmöglich. Da kann keiner einbrechen.«

Ich wollte ihn fragen, woher er das so genau weiß, wenn er doch nie in St. Moritz gewesen ist, aber er war ja selbst geritten, als Jockey, das hatte er mir vorhin erzählt, und die Jockeys sind alle ziemlich klein, so wie er, das war fast alles, was ich wusste über Jockeys und die Rennen, obwohl ich in Leipzig ein paarmal auf der Bahn gewesen war.

Und ich erzählte ihm, wie mein Vater mit mir zu Zonenzeiten in Leipzig zu den Rennen gegangen war, als ich ein Kind war, und dann erzählte ich vom Balkan, oder besser gesagt: von den zerstörten Ländern des alten Jugoslawiens, wo wir die kaputten Strecken wieder flickten, und er nickte und sagte: »Ja, die Welt ist aus den Fugen, überall«, und dann daddelten wir schweigend noch ein paar Runden an dem Pokerautomaten, und dann ging ich kurz zum Schalter, aber der Flug war noch längst nicht bereit, das Schneetreiben draußen war wohl dichter geworden.

Die Spielbude lag etwas versteckt zwischen den Cafés

und Fressläden, Melange und Sachertorte, in denen nur noch ein paar Leute saßen, ein Drehkreuz hinterm Eingang, kaum Licht, nur das bunte Blinken der Automaten, und auch hier saßen nur wenige Leute und warfen Geld in das Blinken, und ich brauchte etwas, als ich das Drehkreuz passiert hatte, ein Mann im schwarzen Anzug stand neben dem Drehkreuz und nickte mir zu, bis ich unsere Ecke wiederfand, in der er immer noch saß und auf den Bildschirm starrte, vollkommen reglos und zusammengesunken, so dass er noch kleiner wirkte, ein Zwerg in einer leuchtenden Höhle, dabei hatte er kurz zuvor noch so lebendig gewirkt, fast erfreut, als ich ihn angesprochen hatte, vorhin an den Schaltern.

»Nur ein paar Jahre«, sagte er, da saßen wir schon fast eine Stunde, und es kam mir inzwischen vor, als würden wir uns schon lange kennen, die Vertrautheit der Spielbuden, des Wartens und der Winternächte, Balkan – Wien – Dresden – Leipzig und das Eis auf dem großen See, »ich meine, verstehst du, nur ein paar Jahre früher hätte ich da sein müssen, also auf der Welt, vielleicht zehn Jahre oder ein bisschen mehr, am besten so dein Alter, dann hätte ich reiten können, in St. Moritz, auf einem See, das war immer mein Traum.«

Ich hätte ihn auf Ende vierzig, Anfang fünfzig geschätzt, aber manchmal, wenn er von den Pferden erzählte, die Namen wie Zauberformeln, dann wirkte er viel jünger, und er war ja auch nicht viel größer als ein Kind.

»Heute, was für Möglichkeiten hätte ich heute … Es ist ja nicht nur St. Moritz, Paris-Longchamp, was für eine

Bahn, so etwas kannst du dir gar nicht vorstellen, die besten Pferde der Welt, oder Ascot, Royal Ascot, alles mit Würde, da spürst du die Tradition. The Queen, und die herrlichen Pferde der Queen. Und diese riesigen Tribünen, kein Vergleich zu Leipzig, Dresden oder den Passendorfer Wiesen in Halle, und wunderbar in Schuss das Ganze. Und die Gelder, also die Preis- und Startgelder, die's da gibt, kein Vergleich, kein Vergleich, und Zehntausende neben der Bahn und auf den Tribünen, die dir zujubeln … Nur ein paar Jahre, verstehst du.« Er nippte an seinem Kaffee, dann setzte er seine Mütze ab und strich sich durch die grauen Haare. Ich sah, dass seine Stirn mit Schweiß bedeckt war. Er legte seine Mütze (später erklärte er mir, dass er das Wort *Schiebermütze* nicht mochte, ein Schieber war ein Vorarbeiter, er bevorzugte die Bezeichnung *Sportmütze*, er hatte ja sein ganzes Leben lang im Pferdesport gearbeitet) auf den Bildschirm und schob die karierte Sportmütze gedankenverloren über den flimmernden Pokerkarten hin und her.

»Wo genau in Österreich ist St. Moritz?«, fragte ich.

»Nein«, sagte er und lächelte so, dass ich seine schiefen Vorderzähne sehen konnte, »das ist drüben in der Schweiz. Aber ich habe es nur bis Wien geschafft. Meine Frau wollte immer nach Wien. K.u.K., Kaffeehäuser, Sachertorte, der Prater … Ist irgendwie nie was draus geworden. Und nun hänge ich hier fest. Kein St. Moritz, wieder mal.«

Er setzte seine Mütze auf und drückte ein paar Tasten und wechselte drei Karten, die ihm nichts brachten, wir waren beide ganz schön im Minus inzwischen.

Ich weiß nicht, warum wir nicht zur Kontrolle gingen und auf dem Flugsteig warteten, mindestens zwei Stunden hatten sie zwar gesagt, aber sicher waren die meisten Passagiere schon oben und warteten und blickten durch die Glasfront der Flugsteige auf den Schneesturm, Eisblumen auf dem Glas, aber wir saßen in dieser kleinen schummrigen Spielbude, und hier glitzerten nur die Automaten und spielten ab und an ihre Melodien. Der Prater war geschlossen um diese Jahreszeit.

»Jetzt aber«, sagte er, weil er vier Dreien hatte, und kurz war seine Begeisterung von vorhin zurück, »jetzt aber muss es rappeln in der Kiste!« Ein Vierer brachte dreißig Mark, Frank hatte schon jede Menge Münzen nachgeworfen, aber jetzt schien es sich endlich zu lohnen. Aber dann fragt dich der Automat, ob du verdoppeln willst, zumindest die Chance nutzen. Rote Karte oder schwarze Karte, fünfzig-fünfzig, keine schlechte Quote. Frank drückte Rot. Verdoppelte auf Sechzig. »Ich würde sagen, er gibt mir noch mal rot.« Hundertzwanzig. Er war ganz ruhig jetzt, obwohl er sich vorhin, bei seinem ersten Gewinn, so gefreut hatte. »Aber nach St. Moritz wollte meine Frau nie mit mir. Also auf die Bahn. Den zugefrorenen See. Du und deine Gäule, hat sie immer gesagt, es reicht ja, dass das deine Arbeit ist … Können wir nicht Urlaub machen wie normale Menschen.« Er machte seine Frau nach und wackelte mit dem Kopf dabei, und ich musste lachen.

»Wahrscheinlich hatte sie recht«, sagte er dann, »aber die Welt der Pferde …, das ist mehr als Arbeit.« Er starrte auf den Bildschirm, überlegte, zweimal Rot, jetzt wieder Rot?, oder Schwarz? Dann griff er plötzlich in die Seitentasche seines Mantels, zog ein großes Handy heraus, schaute eine Weile auf das Display, als würde ihm jemand einen Tipp geben per SMS, dann schaltete er es aus und steckte es in seinen Mantel. Vielleicht wollte er nicht gestört werden.

»Und als du selbst dabei warst«, fragte ich, »also auf den Pferden, hast du da auch gewettet?«

»Hin und wieder«, sagte er, »ab und an, natürlich. Informationen, verstehst du, ich war immer nah dran an den Informationen. Wir haben die Pferde ja auch im Training geritten, da wusstest du schon, wie sie drauf waren. Einmal bin ich in Berlin, im Derby war das, Zweiter geworden, Hoppegarten, und das war knapp, richtig knapp, war ein Fotofinish, Zielfotoentscheid, wir waren gleichauf. Da war keine Handbreit dazwischen. Nicht mal kurzer Kopf, nein, Nasenlänge. Ich denke heute noch, dass das mein Ding war. Ganz egal, was die auf den Fotos gesehen haben. Ich hatte eine Menge Geld auf uns gesetzt, meine Frau hat es schimpfend zum Wettschalter gebracht. *Mondstein.*«

»Mondstein?«

»Ja. So hieß das Pferd. Ich denke heute noch, dass die einfach nicht wollten, dass ich ...«

»Wie oft hast du gewonnen in deiner Karriere?«, fragte ich und erinnerte mich, wie mein Vater mich mit auf die Bahn genommen hatte, als ich ein Kind war. Er hatte keine große Ahnung von der Materie, ihn faszinierten die Typen, die dort rumhingen, Zocker, Pferdeverrückte und jede Menge Volk wie auf einem Rummelplatz, dann die kleinen Jockeys, die er mir oft gezeigt hatte, wie sie vor dem Rennen an der Hecke standen in ihren bunten Trikots, einige rauchten Zigaretten, und vielleicht war der junge Frankie ja dabei gewesen.

»Es gab bessere als mich. Es gab schlechtere als mich. Einmal habe ich in Warschau gewonnen, bei einem Vorlauf zur berühmten Wielka Warszawska. *Tautropfen*. Das war meine beste Saison. Fast fünfzehn Jahre her. Hab dann aufgehört, musste schwer zu Boden. Mein Pferd ist in ein Loch getreten, das kommt vor manchmal … War mein letzter Ritt. *Wildrose*. Das weiß ich noch wie heute. Eine schöne Stute. Wir mussten sie mit dem Bolzen erlösen.«

Er drückte eine Taste, wählte eine Karte, Rot oder Schwarz, fünfzig-fünfzig, hieß nicht das Pferd, auf dem er vor vielen Jahren sein erstes Rennen gewonnen hatte, *Wildrose*?, die Karte fiel, er verdoppelte seinen Gewinn auf hundertsechzig. Er nickte und blickte mich an, als würde er sagen wollen »Ganz einfach, nicht wahr?«, und ich sagte:»Komm, lass dich auszahlen, mach die Büchse leer«, aber er wollte noch einmal verdoppeln. Er starrte auf den Bildschirm. Rot oder schwarz?

»Wenn eine so starke Sehne reißt«, sagte er, während er noch überlegte, »das spürst du, bevor du zu Boden gehst. Und du weißt, das war's, also für das Pferd, und versuchst, dich gut abzurollen, damit du nicht unter den Körper gerätst.«

»Hast du dir mal was gebrochen?«, fragte ich, weil er keine Anstalten machte, eine der Tasten zu drücken,

Rot oder Schwarz, einhundertsechzig. Waren das Euro oder Mark gewesen? Aber wir waren doch in Wien, hatten die da nicht Schilling bis Anfang der zweitausender Jahre?

»Ob ich mir mal was gebrochen habe?« Der kleine Mann lachte und nahm die Hand von den Tasten. »Ich habe irgendwann aufgehört zu zählen. Schlüsselbeine, Arme, Schultern, Beine, Rippen, alles durch, alles schon mal durch gewesen. Außer dem Hals.«

Er lachte wieder, aber diesmal sehr leise, das war eins von diesen bitteren Lachen, die ich später noch oft sah und hörte bei ihm.

»Da habe ich mehr Glück gehabt als ein paar Kollegen. Ansonsten alles durch, mehrfach durch. Und auf den Röntgenbildern … unsere Skelette sehen aus wie Bäume.«

Und er entschied sich wieder für Rot, und ich sah, wie seine Hand zitterte. Ganz leicht nur, zumindest denke ich das in der Erinnerung. Dreihundertzwanzig. Wieder jubelte er nicht und blieb ruhig auf seinem Stuhl sitzen, als wäre das alles keine große Sache für ihn. »Na komm«, sagte ich, »mach die Büchse leer, lass dich auszahlen.«

»Es gab da ein altes Ritual«, sagte er, »wenn ein Pferd auf der Bahn starb, wenn sie es erschießen mussten. Wir gingen hin und …, aber ich glaube, das macht heute keiner mehr.«

Aber er erzählte mir nicht, was genau das für ein Ritual gewesen war, denn die dreihundertzwanzig waren weg. Er hatte Schwarz versucht, aber die verdammte

Büchse gab ihm eine rote Karte. Oder war es umgekehrt gewesen?

»Tja«, sagte er und hob beide Hände, »Geld kommt, Geld geht.« Aber als wir dann Richtung Flugsteig gingen, die Gänge waren leer, und wir trafen nur ein paar müde Reinigungskräfte, die ihre Wagen an uns vorbeischoben, sagte er doch, dass das »ein schönes Geld« für ihn gewesen wäre und strich bedauernd über die pelzbesetzten Aufschläge seines alten Wildledermantels.

»Aber eigentlich ist es ganz gut so«, sagte er wenig später, während wir weiter durch die leeren Glashallen und Gänge des Flughafens liefen, »denn das«, er wies mit dem Daumen über seine Schulter, als wäre dort, hinter ihm, die Spielbude, in der wir so lange zusammengesessen hatten, »Automaten, Computer und was weiß ich noch alles, ist doch das Ende der Mondsteine.« Er lächelte.

Und später saßen wir noch eine Weile an der Bar oben bei den Flugsteigen, es schneite kaum noch, und wir sahen durch die Glasfront, wie sie draußen im Licht der Scheinwerfer die Startbahnen räumten und die Flugzeuge enteisten. Als ich ihm einen Cognac zu seinem Kaffee ausgeben wollte, lehnte er ab. »Danke, bin seit zehn Jahren raus.« Er hatte seine Mütze neben seine Kaffeetasse auf den Tresen gelegt und tippte auf den karierten Stoff.

»Wenn sie sagen, Frankie, fahr nach Newmarket auf die große Auktion und besorg uns ein gutes Pferd, da muss ich klar sein. Früher haben wir damit die Angst besiegt.«

Er nahm mein Cognacglas, hielt es vor sein Gesicht und blickte durch die bernsteinfarbene Flüssigkeit, dann stellte er es wieder auf den Tresen.

Ich wollte ihn fragen, wer ihn denn nach Newmarket schickte, auf die große Auktion, ließ es aber dann, was spielte das auch für eine Rolle, er konnte in die Stadt der Pferde fliegen, und das war, so schien es mir, für ihn das Wichtigste. *Tautropfen, Wildrose* und kein Rot oder Schwarz.

Als er in Dresden ausstieg, winkte er noch mal, lief über die Rollbahn, den Körper etwas zur Seite geneigt auf dem glatten Boden, fast sah es so aus, als würde er humpeln, es schneite kaum noch, und ich sah ihn im Dunkeln verschwinden, saß drinnen im Flugzeug hinter der Scheibe, hatte ja seine Telefonnummer, ein sehr kleiner Mann mit karierter Mütze und abgewetztem Mantel.

Als ich in St. Moritz aus dem Zug stieg, war es bereits Nacht. Ich stellte meine Reisetasche in den Schnee, wickelte mir den Schal um den Hals und setzte meine Tschapka auf, die mir der Stationsvorsteher in einer kleinen serbischen Stadt geschenkt hatte, die wir wieder ans Streckennetz angliederten. Er wohnte seit Jahren in dem Bahnhof, obwohl keine Züge mehr fuhren, auf dem Tisch in seinem Dienstraum, durch dessen Scheibe er die runtergekommenen Gleisanlagen überblicken konnte, stapelten sich die alten Fahrpläne. Der Winter war plötzlich da, und wir unterbrachen die Arbeiten und planten weiter und verwalteten die Gelder und warteten auf den Frühling.

Als der Zug abfuhr, sah ich den See. Vereist und mit Schnee bedeckt lag er unterhalb des Bahnhofs im Kessel der Berge, die schroff in den Nachthimmel stießen, oder waren das Wolken?, unter denen der See zu leuchten schien, ein riesiger weißer flacher Mond.

Dann sah ich die Zelte und Stände, eine Stahlrohrtribüne und Absperrgitter unten auf dem See, weit weg das alles und kaum zu erkennen, dunkle Schatten auf dem weißen Grund.

Ich drehte mich um, nahm meine Tasche und ging Richtung Bahnhofsgebäude, hinter dem der Berg anstieg, die Lichter von Häusern und Hotels an den Hängen. Ich holte mein Telefon aus meiner Manteltasche und schaute mir die Wegbeschreibung zum Hotel an, die ich mir aus dem Internet heruntergeladen hatte. Als ich Frank damals in Wien auf dem Flughafen traf, hatten unsere Handys noch ausziehbare Antennen und riesige Tasten gehabt, aber kein Internet. Ich trat ins Licht der Bahnhofshalle und zog meine Handschuhe aus.

Das Hotel, in dem Frank und ich unsere Zimmer reserviert hatten, lag nur ein paar hundert Meter vom Bahnhof entfernt. Wir hatten die Reise im Sommer des vergangenen Jahres geplant, da hatte er mich in Belgrad besucht, weil er dort einen Wallach, den er irgendeinem serbischen Pferdemann verkauft hatte, hinbrachte. »Diesmal muss es klappen«, hatte er gesagt, »St. Moritz. Ich hab ein bisschen was zur Seite gelegt.«

Und das war gut, denn das Hotel war schweineteuer, obwohl wir es Monate vorher gebucht hatten.

Ich ging einen Pfad den Berg hinauf, links und rechts leuchteten Laternen, der Weg war vom Schnee geräumt worden, aber es hatte wieder ein wenig geschneit, und auch jetzt krümelten einige Flocken auf meinen Mantel, und schon kurze Zeit später wirbelten immer mehr Schneeflocken im gelben Licht der Laternen, und je höher ich kam auf diesem Pfad, um so dichter wurde die Schneedecke vor mir, ich blieb kurz stehen und blickte mich um, die hell erleuchteten Fenster der Häuser und Hotels neben mir auf den Hängen, aber kein Mensch zu sehen. Ich ging weiter Richtung Hotel, sah auf das Display meines Handys.

Wir hatten uns ein paarmal gesehen in den letzten Jahren, er reiste viel, so wie ich.

Er war mal hier und dort Stallmeister oder Futtermeister, Dresden, Leipzig, Halle, hatte ein Jahr in einem Rennstall in Dortmund gearbeitet, »aber der Ruhrpott war nichts für mich«, kaufte und verkaufte hin und wieder ein Pferd. Von Newmarket, der Stadt der Pferde, aus der er seine elegante Sportmütze mitgebracht hatte, sprach er nur noch selten.

»Bist du immer noch in der weißen Stadt?«, hatte er am Telefon gefragt und dann, obwohl mir das ja vollkommen klar war, angefügt: »Ich bin's, Frank, Frankie.«

»Wir wollen endlich auf den weißen kalten See«, sagte er dann später, in Belgrad, der weißen Stadt, wo ich seit Monaten an den Strecken arbeitete, die dort Ende der Neunziger zerstört worden waren, er sprach ein wenig Russisch und Polnisch, viele Jockeys kamen aus dem Ostblock, nach der Wende, »beloje vino, da, da, da, beloje

Schnaps, so nannten sie unseren guten Korn, aber für mich war ja Schluss mit der Trinkerei damals.«

Als er in Belgrad aus dem Pferdetransporter stieg, fiel mir auf, dass er leicht gebeugt ging, als hätte er Schmerzen. Aber er war ja mehr als fünfzehn Stunden unterwegs gewesen mit dem Pferd, und schon als ich ihn das erste Mal traf, in Wien auf dem Flughafen, war er ein wenig gehumpelt, »unsere Skelette sehen aus wie Bäume«.

Er hielt sich die linke Seite, kurz unterhalb der Brust, wiegte dann ein wenig den Oberkörper hin und her und begrüßte mich überschwänglich, wie das so seine Art war.

»No, Mister Krause has not checked in yet.«

Ich verstand nicht, warum sie Englisch mit mir sprach, und fragte noch einmal, natürlich auf Deutsch, ob er eine Nachricht für mich hinterlassen hätte, und wieder sagte die ältere Dame hinter der Rezeption: »No, Mister Krause did not leave a message«, und ich sagte: »Sie können Deutsch sprechen«, und sie sagte: »I just speak Schwyzerdütsch, I just understand a little bit of your Deutsch.«

Unser Hotel lag im Schatten eines riesigen Hotelkomplexes, der wie ein Schloss auf dem Berg aufragte und den ich schon vom Bahnhof aus gesehen hatte.

Ich sagte: »I go to the bar«, nahm meinen Zimmerschlüssel und ging zu dem Tresen, der den Empfangsraum zur Wand hin abschloss, und hatte das Gefühl, dass mich die Dame an der Rezeption gewaltig verarschte mit ihrem seltsamen Englisch.

Aber das ganze Theater passte irgendwie zu Frankie, und ich erwartete noch eine ganze Weile, dass er plötzlich irgendwoher auftauchte, the man from Newmarket. Aber dort, in der Stadt der Pferde, war er schon lange nicht mehr gewesen.

»Was ist das für ein Pferd, was du hierhergebracht hast?«, fragte ich ihn und zeigte auf seinen Transporter. Wir hatten uns in der Nähe des alten Hippodroms getroffen, die Stallungen befanden sich unterhalb einer Hochstraße, die ins Stadtzentrum führte. Das Zentrum der weißen Stadt lag oben auf einem Berg, und unten in der Ebene lag das Hippodrom, die Pferderennbahn.

»Nicht mehr gut genug für unsere Welt, aber für diese!«

»Wie meinst du das, Frankie?«

»War eigentlich schon hinüber. Sehnenschaden. Hab ihn wieder aufgepäppelt. Ist nur kleines Geld, was die mir hier zahlen, aber immerhin.«

»Und er war die ganze Zeit da hinten drin?« Ich zeigte auf seinen Pferdetransporter.

»Nein. In Österreich habe ich ihn kurz mal rausgeholt und über eine Wiese geführt. So was wie 'ne Alm. Da wär er mir fast ausgebüxt, der Bursche.« Er ging näher an den Transporter ran und strich über das Metall, als wäre es das Fell des Pferdes. Ein Wiehern von drinnen. »Siehst du, mein Junge, jetzt sind wir da. Du weißt, dass wir da sind.«

Ich saß an der Bar und trank Rotwein, aber Frankie kam nicht. Ich schaute noch mal auf die SMS, die er mir am Morgen geschickt hatte. »Mach dir keine Sorgen, wenn es später wird, Anschluss in Zürich knapp. Wir sehen uns auf jeden Fall beim Frühstück oder beim Rennen, mache mich auf den Weg zum Flughafen. Grüße, Frankie.«

Ich wollte ihn anrufen, ließ es aber dann und schaute auf meinem Handy, wann die letzten Züge von Zürich nach St. Moritz fuhren. Es gab jede Menge Verbindungen, und manche kamen erst am Morgen in der kleinen Stadt in den Bergen an.

»You want to have another drink?«, fragte die ältere Dame, die mir von der Rezeption zur Bar gefolgt war und dort jetzt hinterm Tresen stand.

»Ja, gerne«, sagte ich, und sie goss mir noch einen Rotwein ein. Sie verkorkte die Flasche und stellte die Flasche unter den Tresen, es war ein ganz guter Rotwein und er kostete eine Stange Geld, und wenn Frank kam, konnte er froh sein, dass er nicht mehr trank.

Er hatte mir oft erzählt von der Trinkerei der Jockeys. »Ist heute anders. Und natürlich haben wir nicht alle getrunken, nein. Das Schlimmste war der verdammte Hunger. Wir machten ja Gewicht, mussten ununterbrochen Gewicht machen. Ich konnte dreiundfünfzig Kilo reiten. Manchmal sogar zweiundfünfzig. Aber bei mir kamen irgendwann auch die Nerven dazu.«

Wir hatten uns nach dem Rennen in Leipzig in der *Alten Waage* getroffen, einer Kneipe im Innenraum, die Bahn, über die die Pferde galoppiert waren, führte in einem großen geschwungenen Bogen um uns herum. Er redete leise, als wollte er nicht, dass die anderen ihn hörten. Von seinen Nerven hörten. An den Tischen in der

Alten Waage saßen Trainer, Jockeys, Zocker, Mitarbeiter der Rennbahn, und die meisten hatten ihn gegrüßt, als wir reingekommen waren. Er hatte seine karierte New-Market-Mütze abgesetzt und vor uns auf den Tisch gelegt. Über seine Nerven redete er dann doch nicht mehr. Aber über seine Tochter. Während der Rennen hatten wir auf der Tribüne gestanden, auf der anderen Seite der Bahn, direkt auf Höhe des Zielspiegels, oft hatte er die Menge der Besucher um uns und unter uns gemustert, auch während der Rennen, als würde er jemanden suchen.

Er war seit Jahren von seiner Frau geschieden, und seine Tochter sah er nur selten.

»Sie ist wieder nicht gekommen«, sagte er in der *Alten Waage*, »dabei hab ich ihr eine Tribünenkarte geschickt.« Er hatte seine Hand auf seine karierte Sportmütze gelegt und schob die Mütze auf dem Tisch hin und her.

»This is a nice *Mitli* for the head«, sagte die ältere Dame und strich durch das schwarzglänzende Fell meiner Tschapka, die neben meinem Weinglas auf dem Tresen lag.

»Ja«, sagte ich, »ist Nerz. Ein Geschenk«, und sie nickte, und dann ging sie wieder vor zur Rezeption, sie hatte wohl schon gehört, dass ein später Gast den Berg hinaufkam, bevor ich überhaupt mitkriegte, dass jemand das Hotel betrat. Ich stand auf. Aber es war nur ein dicker, ziemlich großer Typ mit einem Rollkoffer, und kein Frankie.

»Die Nerven«, sagte Frankie, »wenn es dich einmal

richtig gelegt hat … und was heißt *einmal*, was will man da machen.«

»Eure Skelette sehen aus wie Bäume«, sagte ich und beobachtete, wie Frankie zusammen mit einigen Stallburschen den Wallach aus dem Transporter führte. Das Pferd schlug mit den Hinterbeinen mächtig aus, und später erklärte mir Frankie, dass das eigentlich nur beim Verladen der Pferde passierte. »Wenn sie da reinmüssen, ja, natürlich, wer will schon in so eine Konservenbüchse. Aber wir wollten ihn ja rausholen, in seine neue Heimat.«

Aber dem Wallach, den Frankie nach Belgrad, zum Hippodrom gebracht hatte, schien die neue Heimat nicht zu gefallen, er sperrte sich gewaltig, als er schon auf der ausgeklappten Planke stand und nur noch wenige Schritte fehlten. Der neue Besitzer stand neben mir, ein Typ mit grauem Anzug und Ledermantel, er rauchte eine Zigarette nach der anderen und kommentierte das ganze auf Serbisch.

Das Pferd zitterte, stand auf der Planke, die vom Wagen auf den Boden führte, aber als Frank zu ihm rantrat, wurde es ganz ruhig. Die Stallburschen ließen die Leinen, die zum Kopf des Pferdes führten, los und locker, und Frankie ging ganz nah ran an den großen Körper, an den langen Hals, der nass war vom Schweiß, legte seine Hand auf dieses schweißnasse Fell und redete beruhigend auf ihn ein.

Der Rotwein hatte mich müde gemacht, und ich war auf mein Zimmer gegangen. Vom Fenster aus konnte ich den See sehen. Die Berge waren dunkel und die Gipfel schartig, und kein Mond war am Himmel, und alles war schwarz und weiß.

Und in der Nacht, der Morgen graute bereits, ging ich mit Frankie auf den großen See. »Als meine Tochter noch klein war«, sagt er, während wir über das Eis stapften, »habe ich ihr immer das Märchen mit dem Pferdekopf vorgelesen. Kennst du das?«

»Ich kann mich nicht erinnern«, sagte ich. Neben uns donnerten Pferde über Eis, und der Schnee, den sie aufwirbelten, hüllte uns ein wie ein Nebel. »Weh, Windchen, weh«, sagte er, und ich hörte ihn lachen aus dem Nebel heraus.

»Was?«

»Oh, Falada, der du da hangest …«

»Ist das aus dem Märchen, Frankie?«

»Ja.« Wieder donnerten Pferde an uns vorbei, liefen die Rennen schon?, und hüllten uns in Wolken aus Schnee. Ich spürte, wie das Eis bebte. »Sie schlagen den Kopf des Pferdes Falada ab und nageln ihn an eine Tür, und dort spricht es dann alle möglichen Weissagungen zur unglücklichen Königstochter.«

»Das klingt seltsam, Frankie, das klingt traurig.« Aber wieder hörte ich ihn aus dem Nebel lachen, »oh Königstochter, die du da gangest«, er schien weit weg zu sein, keine Pferde mehr auf dem See zu sehen, wo waren die Pferde hin, die eben noch an uns vorbeigaloppiert waren?

»Frankie«, rief ich, »wo bist du?« Ich spürte etwas, unter mir. Das Eis vibrierte direkt unter meinen Füßen, nicht so, wie es donnerte und bebte, als die Pferde vorhin an uns vorbeigaloppierten, und als ich nach unten blickte, war all der Schnee verschwunden, und das Eis war wie Glas, und unter dem Glas sah ich die langen Leiber, ganz langsam sanken sie …

Ich öffnete die Augen, und jemand flüstert in meinem Zimmer, »Weh, Windchen, weh«, und ich hatte Angst, dass ich einen Kopf an der Tür sah, aber als ich Licht machte, war alles leer.

Ich trank einen Schluck Wasser und ging zum Fenster. Hinter den Bergen wurde es bereits hell, und die Schatten der Berge lagen dunkel auf dem Schnee des Sees, und die Schatten der zerklüfteten Spitzen schienen auf die Bahn zu weisen, auf die bunten Zelte, die Absperrungen, eine Stahlrohrtribüne … Später, als die Rennen schon liefen, stand ich vor der Tribüne, am Absperrgitter, hinter dem die schneebedeckte Rennstrecke übers Eis führte, hörte die Stimme des Rennkommentators »*Feuerblick* vor *Meerwind*, jetzt sind sie dichtauf, *Feuerblick* und *Meerwind*«, neben mir standen die Leute und stützten sich auf den Zaun und fieberten mit und applaudierten den beiden Pferden, die sich ein ganzes Stück von den übrigen abgesetzt hatten, feuerten sie an, als sie dicht an dicht nebeneinander Richtung Ziel galoppierten, aber kurz sah es so aus, als sie vor der Tribüne auf die Zielgerade einbogen, als würde nur ein Pferd dort an der Spitze des Feldes galoppieren, denn *Meerwind* war ein Schimmel, einer von diesen fast weißen Schimmeln, und im aufgewirbelten Schnee war er kaum zu sehen, schien es, als würde *Meerwinds* Jockey schweben, so wie es Frank mir damals in Wien erzählt hatte. »Wir haben's geschafft,

Frankie«, sagte ich, »St. Moritz«, und war mir nicht sicher, ob er mich hörte in dem Lärm, und dann gingen wir zu einem der Zelte, um uns aufzuwärmen und vielleicht was Warmes zu trinken. Ob nun *Meerwind* oder *Feuerblick* gewonnen hatte, interessierte mich nicht, ich hatte auch nicht gewettet. Im nächsten Rennen lief ein *Abendstern*, und auf den setzte ich ein paar Franken.

»Wie hieß dieses Pferd gleich noch mal, das du im letzten Sommer nach Belgrad gebracht hast?«

»*Abendfrieden*«, sagte Frank und führte das Pferd in die Box. Die Stallungen waren ziemlich runtergekommen, so wie das ganze Hippodrom.

»Seinen Abendfrieden wird er hier aber wohl nicht finden«, sagte ich.

»Er ist ein Rennpferd«, sagte Frank, »was soll er anderes machen …«

»In Rente gehen«, sagte ich, aber Frank antwortete nicht darauf, schloss die Boxentür und ging raus auf den Hof zwischen den verfallenen Stallgebäuden, über denen die große Hochstraße aus Beton entlangführte, und setzte sich auf eine Bank an einer der Mauern. Ein alter, kleiner Mann. Ich schaute noch einmal auf *Abendfrieden*, der jetzt an der Futterkrippe stand und fraß, die Hinterläufe blau bandagiert, der den ganzen Weg von Deutschland in die weiße Stadt gekommen war, um hier in drittklassigen Rennen zu laufen, dann ging ich raus zu Frank.

»Irgendwann«, sagte ich und setzte mich neben ihn, »werden die das hier alles wegreißen und ein Einkaufszentrum bauen oder neue Hochstraßen.«

»Vielleicht«, sagte Frank, »aber Pferderennen wird es immer geben, irgendwo.«

»Solange du ihnen Pferde bringst«, sagte ich und schloss die Augen und spürte die Sonne, die über die Hochstraße fiel, auf meinem Gesicht und lehnte meinen Kopf an die Mauer des alten, verfallenen Stallgebäudes. Von irgendwo hörte ich das helle, metallene Klingen eines Hammers, wahrscheinlich wurde ein Pferd beschlagen, und ich erinnerte mich, wie ich mit Frank vor einigen Jahren, kurz nach unserer ersten Begegnung in Wien musste das gewesen sein, auf einer Bank vor einem Stallgebäude saß, das ähnlich heruntergekommen und verfallen war wie die Stallungen am Hippodrom der weißen Stadt, Leipzig oder Halle, er erzählte mir von seiner Arbeit als Stallmeister, die Pferde wurden weniger von Jahr zu Jahr, eine Erinnerung in einer Erinnerung, und dort, auf der Bank vor der schiefen Wand, von der der Putz bröckelte, und während der Hammer immer weiter auf das Eisen schlug, verstand ich seine Träume von Newmarket, der Stadt der Pferde, von Paris-Longchamp, von einem vereisten See in den Schweizer Bergen, auf dem die Pferde galoppierten.

»Wahrscheinlich ist seine Zeit vorbei«, sagte Frank und holte eine von seinen Selbstgedrehten aus der Blechschachtel, die er schon damals in Wien bei sich gehabt hatte, »wahrscheinlich ist er durch. Aber für die Rennen hier sollte es reichen. Ich hab ihn wieder aufgepäppelt, die Sehne. Was soll ich machen, kleines Geld, die Zeiten sind schwierig.«

»*Abendfrieden*«, sagte ich, »ein schöner Name.«

»Wir hatten sogar mal einen *Friedensbringer*, das war Anfang der Neunziger.«

»Lange her«, sagte ich, und er nickte und lehnte seinen Kopf an die Mauer, die angenehm warm war von der Sonne, die hinter der Hochstraße versank, und ich dachte an die kaputten Strecken, die wir nun schon seit Jahren flickten. Und wieder erzählte er, mit geschlossenen Augen, den Kopf an der Wand, von *Tautropfen* und *Wildrose* und *Mondstein* und seinem Zielfoto im großen Preis der Dreijährigen, als er ein junger Jockey war, und an das sich keiner erinnern konnte, den ich danach fragte.

Ich beobachtete die Jockeys, wie sie nach dem Rennen in einem Zelt verschwanden, wie sie dann wieder auftauchten, bevor das nächste Rennen begann, ihre nassen Schutzbrillen hatten sie auf die Stirn geschoben, ihr Atem dampfte, der Atem der Pferde dampfte, der Himmel war klar und blau über dem See, es hatte am Morgen aufgehört zu schneien.

Wir flanierten zwischen den Zelten und Ständen, es gab einen großen Tresen aus Eis, an dem konnte man Champagner trinken oder Glühwein, wir aßen etwas, tranken etwas, in einige Zelte durften nur die Reichen, deren VIP-Karten über ihren Pelzmänteln baumelten, »Schau mal die nubische Prinzessin da, Frankie«, aber er hatte nur Augen für die Pferde auf dem großen, weißen See.

Im siebten Rennen ging ein Pferd zu Boden, und wir sahen, wie der Jockey versuchte, sich im Schnee abzurollen, »Pass auf, Frankie«, wollte ich rufen, aber er kam an der Absperrung, auf der anderen Seite der Zuschauer, wieder auf die Beine, und auch das Pferd kam wieder hoch und trottete dem Pulk der anderen Pferde in Richtung Ziel hinterher, *Abendfrieden, Abendstern*, das linke Hinterbein zog es etwas nach oben, so dass es nicht mehr den Boden berührte, als wäre da etwas kaputtgegangen, »die Sehne vielleicht«, sagte Frankie, und als wir im Hippodrom der weißen Stadt die Rennen verfolgten, war er plötzlich gegangen.

»Warte doch, Frankie, wo willst du denn hin?«

Er hatte wieder angefangen zu humpeln und presste seine Hand auf seine linke Seite.

»Nein«, sagte er und humpelte Richtung Ausgang, »ich hätte ihn nicht mitbringen sollen.«

»Wer kann das denn wissen«, sagte ich, als ich direkt hinterm ihm war, »Falada, der du da hangest ...«

»Was?« Er drehte sich um. Die Pferde kamen neben ihm vom Geläuf zurück, schweißbedeckt und tänzelnd und schnaubend, er stand dicht am Zaun, und ganz kurz, im Abendlicht über dem Hippodrom, sah es so aus, als würde er neben ihnen laufen, mit ihnen laufen. Zum Absattelplatz.

Ich klappte die Ohrenklappen meiner Tschapka nach unten. Es war kalt geworden am Abend. Ich ging zum Hotel zurück, und unter meinen Füßen zitterte die Oberfläche des Sees und das Eis knirschte, und ich konnte spüren, wie es langsam, ganz langsam brach.

Als ich am nächsten Tag in Leipzig landete, nahm ich mir ein Taxi und fuhr zu ihm.

Ich hatte ihn ein paarmal angerufen aus St. Moritz, aber er war nicht rangegangen.

Eine alte Frau kam mir entgegen, als ich die Klingel suchte, »F. Krause«, und ich ging an ihr vorbei nach drinnen. Ich wartete, bis sie weg war, horchte in das stille Treppenhaus, dann stieg ich die Treppe nach oben.

Seine Wohnungstür war einen Spalt offen, und ich wunderte mich später immer wieder, warum keiner bei ihm reingeschaut hatte, durch diese geöffnete Tür, die ja fast drei Tage offen gestanden hatte.

Ich wartete eine Weile vor seiner Wohnung. Rief ihn dann doch an, bevor ich die Tür aufstieß, und hörte das Summen seines Telefons in der Wohnung, vor mir.

Er lag hinter der Tür. Sein Körper war seltsam verdreht, und Frank wirkte, zusammengekrümmt auf dem Boden, noch viel kleiner als er sowieso schon war. Seine Mütze hatte er auf dem Kopf, sie war etwas verrutscht, und sein Haar sah sehr weiß aus über dem gelben Gesicht.

Ich erinnerte mich an meinen Traum, aus dem ich im Hotelzimmer aufgeschreckt war. Er trieb zwischen den Pferden, klein und nackt und zusammengekrümmt im Wasser, unter dem Eis.

Ich stand eine Weile auf der Türschwelle, blickte ihn an, wie er da so lag, er hatte seinen Wildledermantel, den er damals in Wien auf dem Flughafen getragen hatte, vom Haken der Flurgarderobe gerissen, und der abgewetzte Mantel lag vor ihm auf dem Boden und er hatte seinen Kopf auf den pelzbesetzten Kragen gelegt. Unterhalb seines geöffneten Mundes war etwas Blut.

Dunkel und fast schwarz auf den Holzdielen des Flurs. Eins seiner Augen starrte mich an. Magendurchbruch, erzählten sie mir später.

Er musste noch versucht haben, zur Tür zu kommen, hatte mit den Fingerspitzen die Klinke erreicht, aber keine Kraft mehr gehabt, um Hilfe zu rufen. Auf einer kleinen Kommode stand seine Reisetasche.

»Frank«, sagte ich und setzte mich neben ihn und schloss die Augen, »oh Falada, der du da gangest.«

Und dann kamen sie, so war das in den alten Zeiten, das fast vergessene Ritual, das es vielleicht nie gegeben hatte, wenn ein Pferd starb, sie brauchten eine Weile, zu Fuß über die ganze Bahn, bildeten einen Kreis um das Pferd, die Jockeys des Rennens.

Sie neigen ihre Oberkörper, verbeugen sich, ziehen ihre Kappen, drücken sie an die Brust und verharren so einige Sekunden.

Drei

In Wolfen erwartete mich mein Fotograf. Er stand vor dem halbzerstörten Bahnhofsgebäude, mit dem Rücken zu mir, und machte Fotos. Das Klicken seiner Kamera war gut zu hören auf dem leeren Bahnsteig. Der Fotograf drehte sich zu mir, und wieder klickte die Blende seiner Kamera in rascher Folge, und ich hob abwehrend die Hand vor mein Gesicht.

In Wolfen wurden Wolfsmenschen gesehen, und wir liefen durchs Bahnhofsgebäude Richtung Stadt. Wir kamen an Baumaschinen und Gerüsten vorbei, aber die Arbeiter schienen schon Feierabend zu haben. Aus den Kleingartenkolonien stieg Rauch auf, es roch nach verbranntem Laub.

Ein alter Mann, der auf einer Parkbank saß, erzählte uns von den Tagebauen in der großen Ebene rund um die Stadt, riesige Krater, in denen sich einst Förderbagger wie Lindwürmer in die Braunkohle fraßen.

Ich war an vielen Seen vorbeigekommen auf meinem Weg in die Stadt, vielleicht ruhten sie noch dort, auf dem Grund.

In Wolfen wurden Wolfsmenschen gesehen, aber als wir nach Wolfen-Nord kamen, warteten wir vergeblich auf unseren Kontaktmann. Er sollte uns ein Haus zeigen, in der *Straße der Chemiearbeiter*, in dem ein Mann seine Frau gefoltert hatte, über Tage, bis er als Wolfsmensch aus dem Fenster sprang und in einem nahen Gehölz verschwand.

Wir liefen ein paarmal durch die *Straße der Chemiearbeiter*, aber die meisten der Plattenbauten standen leer. Mein Fotograf machte Foto um Foto von den verfallenden Plattenbauten, der Betonfraß raute die Fassaden auf.

In der Redaktion hatten sie die Theorie, dass das Erscheinen der Wolfsmenschen etwas mit den immer noch kontaminierten Böden zu tun hatte, die Schlote der längst verschwundenen Fabriken hatten jahrzehntelang Flammen gespien. Andere sprachen von den Zwangsarbeitern, die hier gestorben waren und keine Ruhe fanden und die Einwohner heimsuchten. Ein Kind, das allein vor einer Hauswand stand und mit einem Ball spielte, den es immer wieder gegen die Wand warf, erzählte uns etwas von einer Kristall-Grenze, aber wir verstanden nicht, und als wir das Kind immer wieder fragten, rannte es weg. Wenig später fuhr ein alter Volkswagen langsam an uns vorbei, ein paar junge Männer musterten uns feindselig durch die Scheiben, und als mein Fotograf seine Kamera hob, legte ich meine Hand auf seinen Arm.

Wir liefen zum Wolfener Busch, einem Wäldchen am Stadtrand. Wir überquerten die Fuhne, ein sumpfiges Flüsschen, das sich durch die Ebene schlängelte.

Wir verliefen uns in dem Mischwald, der uns so klein

vorgekommen war, als wir uns ihm näherten, manchmal glaubten wir, Stimmen zwischen den Büschen und Bäumen zu hören. In einer Senke entdeckten wir einen Plastikbeutel mit Knochen und Fleischabfällen. Fliegen schwirrten um den Beutel und bedeckten die Linse der Kamera, und wir brachen durchs Unterholz und suchten den Weg zurück in die Stadt. In Wolfen wurden Wolfsmenschen gesehen.

Die Entfernung

Der Mann lachte.

Wie er das erkennen konnte, haben sie ihn später immer wieder gefragt. Aber der Mann hatte gelacht. Ganz deutlich hatte er es gesehen, es war ein klarer Abend gewesen, und in dieser kurzen Zeit bevor die Dunkelheit plötzlich da ist, hatte er mit der 261 die alte Grenze passiert.

Am späten Nachmittag hatte er den Blockzug in M. übernommen. Er hatte ein paar Tage Urlaub gehabt, seine letzten Fahrten waren nach D. gewesen, Blockzüge voller Autos aus der gläsernen Manufaktur.

Er fuhr gerne von M. aus. Als Kind hatte er hier oft an der Strecke oder auf den Brücken gestanden, unter denen die Gleise hindurchführten, die alten Dampflokomotiven beobachtet, die damals noch hin und wieder eingesetzt wurden, hatte gewartet bis es Abend wurde und Scheinwerfer den Güterbahnhof beleuchteten, hatte die großen Kräne gesehen, die auf Schienen hin- und herfuhren und die Züge mit Containern bestückten, die Geräusche des Güterbahnhofs durchdrangen die Nächte, dieses Quietschen und Rattern, das Kreischen von Metall auf Metall, seine Großmutter hatte in der Nähe des Bahnhofs gewohnt, die Gleise und Bahnanlagen verliefen direkt hinter den Häusern, wie durch eine Schlucht fuhren die Güterzüge, braune, oben offene Waggons voller Schüttgut, über das Netze gespannt waren, graue gewölbte Kesselwagen mit der Aufschrift LEUNAWERKE, er hatte von den Leunawerken gehört in der Schule, eine Fabrik wie eine Stadt, Flammen über den Schornsteinen und die Nächte taghell.

Als er die 261 mit dem Blockzug durch die Vororte der Stadt M. fuhr, hatte er das Haus seiner Großmutter oben auf der Böschung gesehen. Sie stand am Fenster im zweiten Stock und winkte ihm zu. »Darf ich zur Brücke, Großmutter?«

»Aber komm wieder, bevor es dunkel wird.«

Der Blockzug war nicht besonders lang, er versuchte, sich an die Daten zu erinnern, hatte doch alles unterschrieben vor anderthalb Stunden, mit wie viel Achsen war er unterwegs? Er hatte gut geschlafen, seine Frau hatte ihn am Vormittag zum Zug nach M. gebracht, das hatte sie schon lange nicht mehr gemacht, aber es war ein schöner Herbsttag, Oktobermilde. Sie waren durch die Innenstadt geschlendert, hatten Eis gegessen, auf einer Bank bei den Springbrunnen in der Herbstsonne gesessen. Auch der Abend war klar, er beschleunigte langsam auf einhundert, schaute kurz auf die Uhr, er war auf die Minute pünktlich im Fahrplan, er war die Strecke oft gefahren, bald schon würden sie die alte Grenze passieren, nichts mehr zu sehen, aber komisch, man spürte es irgendwie, die Grenze, die Entfernung, den Unterschied. Obwohl ihn seit Jahren die meisten Fahrten auf die andere Seite der Grenze führten. Die Bahnsteige der Bahnhöfe sahen anders aus, die Menschen, die dort standen, sahen anders aus … Obwohl die Grenze seit fünfundzwanzig Jahren keine Grenze mehr war. »Großmutter, bringst du mir was mit von dort drüben?«

»Was willst du denn haben?«

»Eine kleine Lokomotive, Großmutter.«

Jedes Mal, bevor er losfuhr zu Beginn seiner Schicht, wischte er mit einem Brillenputztuch oder einem Hygienefeuchttuch über die Armaturen des Führerstandes, über die Hebel und das Rad und die Anzeigen. Ganz vorsichtig glitt er mit dem Tuch über den Kunststoff, über das Glas, umfasste mit dem Tuch die Rundungen des Drehrades und der kleinen Schalterköpfe. Meistens war der Führerstand sauber, aber es schien ihm, nachdem er sein Ritual mit den Brillenputztüchern oder Feuchttüchern abgehalten hatte, dass er diese Lok schon immer gefahren hatte, dass es seine Lok war, sein Führerstand, sein Raum, immer gewesen war. Die Kollegen, die ihn mit seinen Tüchern sahen, lachten oft darüber, aber er war ein guter Triebwagenfahrer, tipptopp TF, sagten die Kollegen, immer pünktlich, immer bereit, zusätzliche Schichten zu übernehmen, und krank war er seit der Lehre nicht mehr gewesen.

Die Sonne war untergegangen im Rot des Horizontes, aber es war immer noch hell genug, dass er die Landschaft und die Strecke vor sich erkennen konnte. Kurz zuvor waren sie durch den ehemaligen Grenzbahnhof gekommen, dort war keine Langsamfahrstelle, aber er konnte trotzdem erkennen, dass der Bahnsteig vor dem alten Bahnhofsgebäude wie immer leer war.

Das Land war flach, sie fuhren Richtung Nordwesten, in einer langgezogenen Kurve kurz vor einer Kleingartenanlage, die sich links und rechts der Gleise hinzog, konnte er, wenn die Sicht gut war, Berge erkennen, sehr weit weg. Das mussten die Ausläufer des Harzes sein. Er war diese Strecke schon so oft gefahren, dass er diesmal nicht schaute, ob er das ferne Relief der Berge, die eher wie eine Hügelkette am Horizont aussahen, in der beginnenden Dämmerung erkennen konnte.

Er griff nach seiner Thermoskanne, kontrollierte die Anzeigen, in wenigen Kilometern, am Stadtrand von B., würde er die Geschwindigkeit etwas reduzieren. Er liebte die Nachtfahrten. Das war der Vorteil am Güterverkehr. Sie fuhren oft abends und in der Nacht. Er hatte auch Personenzüge gesteuert als TF, aber er liebte die menschenleeren Wagen, Achse um Achse und Hunderte Meter, die Güter in den Wagen, die Tonnen der Güter, die Tonnen des Stahls, und er ganz allein im Führerstand.

Der Kaffee verbrühte ihm die Haut, aber er spürte es nicht. Es war nur die Winzigkeit einer Sekunde, vielleicht weniger als das, er sah den Mann lachen, obwohl er sicher noch hundert Meter entfernt war, die langgezogene Kurve, die er mit knapp hundertzehn durchfuhr, wo kam der her?, der Mann stand kerzengerade und blickte ihn an, nicht neben der Strecke, oder vielleicht doch, nein, dort waren die Kleingärten im roten Licht der Abenddämmerung, er konnte sich nicht erinnern, den Bremsvorgang ausgelöst zu haben, und er atmete nicht, kein Ein- und kein Ausatmen, Quietschen, das Kreischen der Bremsen, das er hörte und dann wieder nicht hörte, und dann war der lachende Mann tot.

Er spürte es, und er spürte alles. Noch immer bewegten sie sich. Eine Hand lag auf dem Schalter der E-Bremse, eine Hand lag auf dem Rad. Er sah, dass er es auf Position Null gebracht hatte. Nein, er hatte natürlich zuerst die Wagenzugbremse betätigt, die schaltete die E-Bremse automatisch zu. Alle Bremsen bremsen. Position Null, Wagenzugbremse, E-Bremse, Zusatzbremse.

Er blickte über die Kleingärten, erkannte, dass die meisten verfallen waren. Verwilderte Gärten. Er stand auf, die Hände immer noch auf dem Drehrad und dem Schalter. Die Thermoskanne lag auf dem Boden und der Kaffee dampfte. Die Hand auf dem Rad war rot. Er setzte sich wieder in die Stille.

Sein Handy klingelte. »Nein, nein, es geht mir gut.« Sonnenuntergang oder Sonnenaufgang. Seine Frau am Apparat. Wieder Abend, dort war doch Westen.

»Ja, doch, es geht mir gut, die Kollegen kümmern sich um mich, mach dir keine Sorgen.« Er legte auf. »Ich ruf dich morgen noch mal an. Mach dir keine Sorgen.«

Er hatte die Stadt verlassen, um nicht mit dem Mann sprechen zu müssen, der für die TF zuständig war, wenn so etwas passierte. Betreuung. Doktor. Und er saß immer noch im Hotelzimmer.

Der Kaffee, den er sich aufs Zimmer hatte bringen lassen, war kalt geworden. Er legte seine linke Hand auf die rechte. Sein Handy neben der Kaffeetasse.

Er hatte die Tür geöffnet und eine Weile in der geöffneten Tür gestanden. Was für ein schöner Sonnenuntergang. Kleine, gebeugte Obstbäume. »Schienensuizid«, hatte er am Diensttelefon gesagt und den Ort durchgegeben. Kleine verkrüppelte Obstbäume in der Dämmerung. Kurz vor der Stadt B., irgendwo hinter der alten Grenze. Er hätte den Blockzug mit der 261 von dort weiter nach Nordwesten und dann nach Westen zum Zielbahnhof geführt. Er wusste, dass er nach draußen musste. Er nahm die Taschenlampe. Er musste mit beiden Händen nach ihr greifen. Er war nun innerhalb der Statistik. Es war äußerst selten, dass jemand vor einem Güterzug stand. Er kannte genug Kollegen aus dem Personenverkehr, die … Betreuung, Doktor, Statistik, Schienensuizid. Der Mann hatte gelacht, hatte ihn direkt angelacht. Er blickte auf die roten Wolken, Westen, Osten. Sein Handy klingelte. Vorsichtig griff er nach der Kaffeetasse.

Er war mit dem Auto erst nach M. gefahren, bevor er dann weiter Richtung B. fuhr. Mit dem Auto hatte er noch nie die alte Grenze passiert. »Nein, alles ist gut. Alles wird gut. Ja, du weißt doch, die Firma kümmert sich, die Bahn kümmert sich.«

Er fuhr selten lange Strecken mit dem Auto. Er hatte den Führerschein vor über zwanzig Jahren gemacht, noch während der Lehre. Er fuhr meist mit der S-Bahn oder mit dem Zug zur Schicht. Nur manchmal in der Stadt nahm er das Auto, um nicht ganz aus der Übung zu kommen. »Der TF fährt natürlich mit dem Zug«, sagte seine Frau oft im Scherz. Aber das war es nicht. Er kannte genug Kollegen, die mit dem Auto kamen.

Er liebte den großen Bahnhof seiner Stadt. Hier hatte er seine Lehre begonnen vor über zwanzig Jahren. Er konnte ausruhen in den Zügen, sich entspannen und Ruhe, Kraft und vielleicht ein bisschen Schlaf vor der Schicht finden.

Er hielt am Haus seiner Großmutter. Ein Mittag im November.

Er stand an dem niedrigen Geländer, hinter dem die Böschung steil abfiel zu den Gleisen. Er saß im Führerstand seiner 261 und blickte hoch zu dem Haus, die Schienen verzweigten sich, die Weichen waren gestellt, die Strecke war frei. Langsam fuhr er und spürte die Kesselwagen hinter seiner Lok, wie viele Achsen?, damit hatte es doch begonnen, dass er in plötzlicher Unkonzentriertheit die Fakten nicht sofort parat hatte … »Aber komm zurück, bevor es dunkel wird.«

»Aber du kannst mich doch sehen, Großmutter, wenn du aus dem Fenster guckst, du kannst doch bis zur Brücke gucken. Winkst du mir?«

Er ging ein Stück die Straße entlang, das Haus seiner Großmutter im Rücken. Eine Mauer trennte den Fußweg von den Gleisanlagen. Alle paar Meter war die Mauer von einem Mosaik aus Löchern unterbrochen, so dass man die vorbeifahrenden Züge sehen konnte. Wenn er als Kind zu seiner Großmutter fuhr, wusste er, dass er fast da war, wenn diese »Löchermauer«, so wie er sie nannte, neben dem Zug auftauchte.

Er stand vor der Mauer und blickte durch eines der

Löcher. Als Kind musste er sich auf die Zehenspitzen stellen. Die Fenster eines Personenzuges. Ganz nah und wie Spiegel. Das Rattern der Achsen auf den Gleisen. Er drehte sich um und ging zum Haus seiner Großmutter.

Runterspucken, bis der Mund trocken war. Immer wieder von der Brücke runterspucken. Manchmal, wenn es regnete oder wenn es Winter war und der Frost auf den Leitungen saß, flammten kleine Blitze auf am Kontakt mit den Stromabnehmern der Lokomotiven. Und rote Dieselloks schleppten blitzlos Güterzüge unter der Brücke hindurch über die Gleise.

Er drehte sich um, blickte wieder zum Haus seiner Großmutter. Der Winter war noch fern, nein, niemand stand am Fenster und winkte, und er würde auch nicht winken.

Quietschen unter der Brücke, Rumpeln unter der Brücke. »Bringst du mir etwas mit von dort drüben, Großmutter?«

Er hatte eine Weile gebraucht, um den Streckenabschnitt zu finden.

Flaches Land, die Ausläufer des Harzgebirges, die er manchmal zu sehen glaubte vom Führerstand aus, sah er jetzt nicht.

Ein paarmal hatte er sich verirrt, war erst über Landstraßen und dann über schlammige Feldwege gefahren. Hatte mit seinem Handy und mit einer Landkarte den Ort gesucht.

Die Kleingärten lagen direkt vor ihm. Er musste irgendwo zwischen der Stadt H. und der Stadt B. sein. Wo genau, war nicht so klar bei Tempo einhundert bis einhundertzwanzig, von den Gleisen aus gesehen. Wie lang der Schienenbremsweg war ..., das wusste er ja, aus der Theorie, man hatte über *so etwas* gesprochen, wie viele Jahre war das her. Blickkontakt.

Ein Signalmast, einige Kilometer entfernt, Richtung der Stadt B., hatte ihm den Weg gewiesen.

Er war jetzt neben dem Gleis, wo der lachende Mann gestanden hatte. Die Kleingartenkolonie war wirklich verfallen und leer. Die Gartenzäune neigten sich zur Erde, waren halbversunken im Erdreich. Eingestürzte Lauben, wucherndes Gras, vom Regen niedergedrückt. Nein, hier war es noch nicht gewesen. Er schritt über die Schwellen. Er war hier, weil der Mann ihn angesehen hatte. Er glaubte, etwas zu hören, und sprang von den Gleisen. Ein Bein traf den Schotter, die Steinchen bewegten sich, als er Halt suchte, sein anderes Bein traf auf feuchte Erde, und er rutschte weg. Er rutschte, und seine Hände packten den Schienenstrang. Er war hier, weil er das Gesicht des Mannes gesehen hatte. Er schaute auf die Uhr, die Richtung Handrücken gerutscht war, er richtete sich auf und stolperte und fiel gegen einen der Gartenzäune. Und er lag unterhalb der kleinen Böschung, Rücken und Hinterkopf an dem Holzzaun, als der Vierzehn-Zwanziger, von M. kommend, vorbeirauschte, der Wind zerrte an seiner Jacke.

Die Strecke war schon längst und seit Wochen wieder frei.

Dann sah er, dass es kein Schlamm war, in dem seine Hand steckte, sondern fauliges Obst, zermatschte Äpfel,

200

Birnen, ein grauer Brei, von rotbraunen Schlieren durchzogen.

»Du musst mir helfen.«

»Wie soll ich dir denn helfen?«

»Ich brauche Informationen.«

»Der lachende Mann? Ich darf und kann dir da nichts sagen.«

»Ich will wissen, wie er heißt.«

»Warum?«

»Sein Gesicht …, ach, vergiss es.«

Er blickte dem Zug hinterher, zog die Hygienetücher aus der Innentasche seiner Jacke und säuberte seine Hand, versuchte, dabei nicht auf die zähflüssige Masse zu blicken, seine Augen tränten, und er sah verschwommen das Glühen der Rücklichter in der langgezogenen Kurve. Er richtete sich auf und stieg wieder auf die Böschung. Nichts zu sehen auf den Gleisen. Was hatte er auch erwartet? Aber manchmal vergaßen sie etwas. Manchmal fand man Jahre später ein Stück Knochen oder eine Uhr.

Er irrte durch die verwilderten Gärten, während es langsam dunkel wurde. Der Himmel voller Wolken, nichts als Felder um die Gärten, und eine dünne Linie aus Abendrot über dem Horizont.

Und immer wieder schaute er auf das Display seines Handys, wo der Name des Mannes stand. Er hatte seinen Kollegen so lange gedrängt, bis er den Namen per SMS schickte. Und den Namen kannte er.

Er hatte die Stelle gefunden, genau hier musste es gewesen sein, genau hier hatte der Mann gestanden. Die kleinen, gebeugten Obstbäume hinter dem Zaun. Die Herbstschreie der Krähen über den Gärten. Die Hände auf dem Schalter und dem Rad. Eine Hand verbrüht. Tonnen aus Stahl und Gütern in Kesselwagen hinter ihm. Der Strahl seiner Taschenlampe auf den Achsen. Und zwischen den Achsen der Mann.

Er stand auf dem Spielplatz, der leer war in der beginnenden Herbstkühle, lehnte sich ans Klettergerüst und beobachtete das Haus. Er war noch nie zuvor in dieser Stadt weit im Westen des Landes gewesen, in der Nähe einer anderen Grenze. War das Holland auf der anderen Seite? Er war sich nicht mehr sicher. Er war oft hier durchgefahren.

Das Haus war eines von diesen schönen Gründerzeithäusern, vier Stockwerke, die Fassade stuckverziert, hohe Fenster, steinerne Säulen links und rechts neben der Eingangstür, aber der Putz war ergraut, die Dachziegel waren ergraut, aber das Haus war in Würde gealtert, war nicht halbverfallen wie das seiner Großmutter in der Stadt M., dort regnete es rein in den oberen Etagen, und an der Rückwand zum Hof war der Putz fast ganz abgefallen.

Er hatte auf der Klingel geschaut, der Name stand auf dem Schild, er wohnte im zweiten Stock.

Weiße Gardinen hingen dort in den Fenstern, ließen ein Dreieck in der Mitte des Fensters frei, aber er konnte nichts erkennen im Inneren der Wohnung.

Später, am Abend, er saß inzwischen auf einer Bank am Rand des Spielplatzes, sah er Licht in der Wohnung. Ein Kind stand am Fenster. Kurze, dunkle Haare, vielleicht zehn Jahre alt, vielleicht jünger, ob Junge oder Mädchen, konnte er nicht erkennen, das Kind zog die Gardinen zu, stand einen Augenblick noch im Fenster, die zugezogenen Gardinen im Rücken, und blickte ihn an.

Als er am nächsten Tag, kurz nach vier Uhr nachmittags, die Treppe hochstieg, sah er das Gesicht noch immer vor sich. Er hatte ein Zimmer in einem Hotel in der Nähe des Bahnhofs, obwohl er mit dem Auto seiner Frau in diese Stadt gefahren war.

Er hatte sich einen Stadtplan gekauft, denn sein Handy hatte er ausgeschaltet.

»Komm, wir gehen zusammen, du hast doch denselben Weg.«

Er buchstabierte langsam den Namen des Jungen, der auf einem schmalen Stück Pappe stand, das hinter ein winziges Fenster aus durchsichtigem Plastik geschoben war. Auf allen Schulranzen standen die Namen der Kinder. »Wir können doch zusammen spielen.«

Aber der Junge rannte einfach weg, obwohl er im Nachbarhaus in der Neubausiedlung wohnte. Er hatte kurze dunkle Haare, sein Schulranzen federte auf seinem Rücken hin und her und schlug ihm gegen den Hinterkopf, er hatte die Riemen wohl zu weit gestellt.

Er klingelte an der Wohnungstür. Er hatte einen kleinen Strauß Rosen gekauft, er hatte den Blumenhändler gebeten, eine schwarze Schleife am Gebinde zu befestigen.

Er klingelte noch einmal. Er hatte vorm Haus gewartet, bis jemand kam, er wollte nichts an der Gegensprechanlage erklären, aber es hatte eine ganze Weile gedauert, bis ein Paketdienst kam und irgendwo klingelte, er war hinter dem Mann mit dem Paket ins Haus gegangen, hatte »Danke« gesagt und mit seinem Schlüsselbund geklimpert.

Die Tür öffnete sich. Die Frau schaute ihn an. Sie sagte nichts. Er hörte den Paketboten im Haus. Sie schaute ihn an, beide Hände auf dem dunklen Holz der Tür. Er hob den Blumenstrauß.

Er saß auf der Kante des braunen Ledersessels, trank den Kaffee und blickte sich um. Sie stand mit dem Rücken zum Schrank, die Arme vor der Brust verschränkt, die Blumen hatte sie auf den Couchtisch gelegt.

In der Schrankwand ein paar Fotos, bunte schwere Bleikristallgläser, daneben ein Bücherregal, er neigte den Kopf, versuchte, einige Titel auf den Buchrücken zu erkennen.

»Und Sie sind also ein Schulfreund von … meinem Mann.«

»Ja, ein Schulfreund.« Er stellte die Kaffeetasse auf den Couchtisch neben die Blumen.

Er hatte sie um eine Tasse Kaffee gebeten, »Hätten Sie vielleicht einen Kaffee für mich, ich habe schlecht geschlafen«, dann fand er das irgendwie unpassend, aber sie hatten schweigend im Flur gestanden, als sie ihn nach einer Weile hereingebeten hatte, und er hatte den ganzen Weg über vom Hotel zu dem Haus an einen heißen Kaffee gedacht, war an einigen Imbissbuden vorbeigekommen, aber er wusste, dass er nicht stehen bleiben durfte. Sie hatte genickt und war sofort in die Küche gegangen.

Und er hatte nicht wirklich schlecht geschlafen, er schlief sehr tief seit jener Nacht. Er wollte erwachen aus den Träumen, die er träumte, seit jener Nacht, aber es gelang ihm nicht. Er saß im Führerstand seiner 261, er warf die Thermoskanne mit Kaffee gegen das Glas vor sich, denn direkt hinter dem Glas war das Gesicht des Mannes, der Kopf saß auf einem viel zu kleinem Körper, und das Gesicht und der Kopf zerflossen in einen Brei aus fauligem Obst, als die Scheibe zersprang.

»Wir haben oft zusammen gespielt.«

»In seiner Heimatstadt? Er hat nie viel darüber erzählt.« Sie ging zum Sofa und setzte sich. Er nahm den Kaffeepott mit beiden Händen, trank in kleinen Schlucken und beobachtete sie über die Tasse hinweg. Eine schöne Frau, höchstens Anfang vierzig, dunkelblonde Haare, an manchen Stellen leuchteten sie sehr hell im Licht des Nachmittags, das durchs Fenster in das Zimmer fiel, als würden sie dort weiß werden, das Haar ihres Mannes war fast schwarz gewesen. Sie kam von hier, das hörte er an der Art, wie sie sprach.

»Woher wissen Sie, dass er ... Er hat nie von Ihnen erzählt.«

»Ein gemeinsamer Freund hat es mir gesagt.« Er wusste, dass sie nicht nach diesem gemeinsamen Freund fragen würde. Er stellte die leere Kaffeetasse vorsichtig auf die Glasplatte des Couchtisches, neben den Strauß, neben ihre Hand, die sie irgendwann auf die Rosen gelegt hatte. Auf dem Kaffeepott war das Gesicht von

John Wayne, aus irgendeinem Schwarzweißfilm, das erkannte er jetzt erst.

»Er ... er liebte Western«, sagte seine Frau.

»Ah, ja.« Er nahm die Tasse noch einmal und drehte sie mit beiden Händen in der Luft.

Don't say it's a fine morning or I'll shoot ya konnte er lesen.

»Ich muss dann gehen. Es tut mir leid, dass ich gekommen bin. Ich meine ...« Er schwieg.

Was wollte er hier? Er schaute zum Fenster, die Gardinen ließen ein Dreieck frei, eine hohe Zimmerdecke mit Mustern aus Stuck, er sah den Nachmittag durch dieses Dreieck, sah Krähen auf Hausdächern, sah den leeren Spielplatz, auf dem er gestern noch gestanden hatte, sah den Abend hinter den Häusern, sah die fremde Stadt. Nichts stimmte mehr. Er wollte nach dem Kind fragen, ließ es aber dann. Er stand auf.

»Warten Sie ... bitte. Ich hatte gehofft, dass Sie mir etwas erzählen könnten ...«

»Ich habe Ihren Mann seit Jahren nicht mehr gesehen. Wir waren Kinder.«

Sie stand vor ihm und nahm die Tasse mit dem John-Wayne-Bild aus seinen Händen und stellte sie wieder auf den Tisch.

»Bitte, setzen Sie sich doch. Wie ... wie war er als Kind.« Er konnte ihren Atem spüren, er roch Zigaretten.

Und er erzählte von seinem Schulfreund, der gar nicht richtig sein Schulfreund gewesen war, er ging in die Parallelklasse, so nannte man das damals, er wollte sie nach ihrem Kind fragen, aber er erzählte von einem anderen Kind, das er kaum kannte. »Wir waren ein paarmal zusammen angeln.«

»Angeln?« Sie lächelte.

»Da war ein großer See, am Rand der Stadt. Da fuhr eine kleine Eisenbahn um den See, eine Pioniereisenbahn. Mit der sind wir oft gefahren.«

»Eine Pioniereisenbahn?«

»Ja, von den Pionieren betrieben. Eine kleine Dampfeisenbahn. Pioniere ... damals, die Grenze. Das hat er Ihnen doch bestimmt erzählt.«

»Ja«, sagte sie leise, »die Eisenbahn.«

»Es tut mir leid«, sagte er, »ich ... habe das nicht bedacht.«

»Nein schon gut. Eine Eisenbahn für Kinder.« Sie lächelte. »Er war immer wie ein großes Kind gewesen, bis er ...«

Sie stand auf und ging zum Fenster, drehte ihm den Rücken zu. »Ich hatte gehofft, Sie könnten mir sagen, warum er plötzlich nicht mehr zurückgekommen ist.«

Er blickte auf die hellgrüne Blumenvase, in der die Rosen standen, die schwarze Schleife lag neben der Vase. Wie lange saß er jetzt schon hier? Nein, das war kein Hellgrün, eher ein Blau. Er blinzelte. Seine Augen tränten. Die offenen Wagen der Pioniereisenbahn, sein Kopf im Fahrtwind, das Lachen der anderen Schüler, der Junge, der weggerannt war, als er ihn ansprach, saß im Wagen vor ihm, der durchdringende, hohe Signalton der Dampfpfeife ... weißer Wasserdampf mischte sich

mit dem schweren dunklen Rauch des Kohlenfeuers ...
»Verschwunden?«, fragte er.

»Er war immer lange in seinem Keller ... aber das war es nicht.«

Sie stand am Fenster, und er konnte erkennen, wie die Scheibe vor ihrem Gesicht beschlug. »Er ... ist einfach gegangen. Ist nicht mehr zur Arbeit. Können Sie mir sagen, wo er war? Zwei Wochen.«

»Nein.«

»Eine andere Frau? Davor hatte ich nie Angst. Und dann geht er doch nicht zu den Gleisen. So weit weg.«

»Vielleicht war er verzweifelt?«

»Nein. Nein, es ging uns doch gut. Und warum dort, warum so weit weg?«

»Es tut mir leid.«

»Nein, nein, es ist schon gut. Ich verstehe es einfach nicht. Und er war so fröhlich, als er ging.«

»Er hat gelacht.«

Sie drehte sich zu ihm, und kurz schien es ihm, sie würde alles wissen, alles sehen, die Nacht, seine 261, er selbst im Führerstand der 261, zwei Kinder, die nur ein paar Mal miteinander gesprochen hatten. »Komm, wir gehen zusammen, du hast doch denselben Weg.«

Im Hotel träumte er von dem Keller. Er hatte eine von den Tabletten genommen, die der Arzt ihm verschrieben hatte gegen *Schlafstörungen*. Der Arzt hatte von einem traumlosen Schlaf gesprochen, er träumte ja auch nicht wirklich, er war nur wieder dort.

Er stand in dem Hobbykeller, eine Platte mit einer

Eisenbahn, keine elektrische Eisenbahn, eine Aufzieheisenbahn auf Plastikschienen, eine ähnliche hatte er als Kind gehabt. Um die Eisenbahn herum standen Holzhäuschen, eine richtige Westernstadt, ein Saloon, eine Bank, weiter weg ein ganzes Fort mit Palisaden und einem Tor, die kleinen hölzernen Flügel waren geöffnet, und zwischen den Torpfosten stand ein Mann mit einem Gewehr. Und jetzt erkannte er, dass auf der ganzen Holzplatte, die auf zwei einfachen Böcken ruhte, zwischen den Häusern, an der Eisenbahn, kleine Gummicowboys standen. Er hatte genau diese Figuren als Kind gehabt und mit ihnen gespielt, fast jeder hatte diese Cowboys und Indianer aus Gummi.

Die Indianer griffen an. Sie bewegten sich durch eine Art Pappmaché-Hügellandschaft, grüne Hügel, die sich hinter dem Fort erstreckten. Sein Schulfreund, der nicht wirklich sein Schulfreund gewesen war, musste viel Zeit hier unten verbracht haben. »Er war immer lange in seinem Keller … aber das war es nicht.« Er griff nach einer der Figuren, sie ließ sich anheben, sie waren nicht festgeklebt, wie er zuerst angenommen hatte.

Er sah, wie die Eisenbahn, die er aufgezogen hatte, durch die Stadt fuhr, am Fort entlangfuhr, sechs Waggons, acht Achsen Personenverkehr, hinten vier Achsen Güterverkehr, immer im Kreis, der Schlüssel drehte sich an der Seite der Lokomotive, und er versank in diesem weichen Sessel, hörte das erschöpfte Aufziehwerk, hörte es uhrwerkgleich immer langsamer und leiser werden, bis die Lok stand …

Das Licht der Deckenlampe wurde manchmal schwächer, flackerte, wurde heller, und er sah, dass in den Regalen an den Wänden keine Kartons, sondern Aktenordner standen …, und er wollte aufstehen, in die Ordner schauen, was hatte der Mann dort gesammelt?

Eine scheinbar willkürliche Sammlung von Zeitungsseiten, Doppelseiten, einzelne Seiten. Titelseiten, Kleinanzeigen, Politik und Lokales, Sport, angestrichen und eingekringelt war so manches. Er las und blätterte. Ein seltsames Gemisch war das, was er las. Irrsinn der Welt, der Untergang irgendeines Landes, auf einer anderen, anscheinend mit einem Cuttermesser abgetrennten Seite, ein Prozess gegen einen Mann, der Geld unterschlagen hatte, ein doppelter Lottogewinner, und dann plötzlich, eingekringelt mit einem blauen Stift im Lokalteil, die Eröffnung eines Großmarktes vor den Toren dieser Stadt, in der er nun saß, hier im Keller saß. Die Zeitungsseiten waren aus den letzten Jahren, eine Doppelseite war knapp vier Wochen alt. Er hatte also vor vier Wochen hier gesessen, die Zeitung gelesen, diese Doppelseite aussortiert, hatte auf seine kleine Westernlandschaft geblickt. *Zu leise Sirenen, Stadt muss Warnsystem aufrüsten.* Er hatte eine kleine blaue Linie gezogen, neben diesen Artikel, der eher eine Art Notiz war im Lokalteil. Was ergab das alles für einen Sinn? Als er den Ordner zurückstellte, fiel eine Visitenkarte heraus. *Bürovermietung.* Daneben eine Telefonnummer. Er sah, dass die Werkzeuge neben ihm auf dem Tisch Locher und Tacker waren. Ein knallendes Geräusch, ein Krachen, mit der flachen Hand den Locher betätigt, mit der flachen Hand den Tacker betätigt, BAMM, BAMM,

BAMM, der Raum dröhnte, geklammert, getackert, gelocht, BAMM, BAMM, BAMM. Alte Streckenwärter, die mit Hämmern an die eisernen Räder schlugen.

»Hallo?«, rief er in die Stille des Kellers. Das Licht ging aus. Und als er wieder »Hallo, komm doch hierher« rief, weil er sah, wie der lachende Mann vor ihm wegrannte, rannte der Mann noch schneller, rannte das Kind noch schneller, entlang der schmalen Gleise der Pioniereisenbahn, ein Zug dampfte durch die Nacht, das Stampfen der Maschine, Dampf stieg aus dem kleinen Schornstein, offene Wagen hinter der Lok, ein Mann saß riesig zwischen den Kindern, die ihm nicht mal bis zur Schulter reichten, das Schrillen der Dampfpfeife, nein, das waren die Bremsen, Kreischen der Bremsen, das tief in ihn drang, langsamer werdende Bewegung, nicht enden wollende Bewegung …

Der erste Schnee war gefallen. Er hatte seine Frau angerufen. Sie hatte geweint.

»Komm doch nach Hause, bitte.«

»Ja. Ja, schon bald.«

Zum Gewerbegebiet West fuhr eine Buslinie, erst glaubte er, er hätte irgendwo früher aussteigen müssen, denn die Stadt schien hier zu enden, schneebedeckte Felder und Brachen, ein paar Kleingartenanlagen, aber dann tauchten wieder Großmärkte auf, Baumärkte, flache Bürogebäude, Verladehöfe, auf denen Lastwagen vor langen Rampen standen.

Der Fluss war ein Stück weit weg, aber er konnte die Verladekräne des Binnenhafens erkennen, dort gab es Güterbahnhöfe, das wusste er. Eine große Straße, durch die der Bus fuhr, führte um das Gewerbegebiet West herum, kleinere Straßen und Wege führten ins Innere, mündeten in die Innenhöfe von Bürogebäuden, endeten in riesigen Hallen, an denen ZU-VERMIETEN-Schilder hingen, bei Speditionsgebäuden, Lagerräumen, Großmärkten, Lebensmittelmärkten, Baumärkten, dann Gebäudekomplexe, die übereinadergestapelten Wohncontainern ähnelten.

Er irrte durch den Schneematsch, der Himmel war klar, und die Sonne schien, die ganze Nacht zuvor hatte es geschneit. Irgendwann war das Kind, das später der Mann sein würde, der auf den Schienen stand, nicht mehr da. Ein Umzug der Eltern, eine neue Schule, er konnte sich nicht erinnern, sie hatten ja nur ein paarmal miteinander gesprochen.

Spuren aus schmutzigem Schneematsch waren überall auf dem Boden des Raums. Ein Tisch. Ein Stuhl davor. Sonst nichts. Er setzte sich. Die Sonne blendete ihn, und er stützte die Ellenbogen auf die Tischplatte und legte den Kopf auf die geöffneten Handflächen. Der Vermieter würde bald wiederkommen. Er spürte, dass Wolken vor die Sonne zogen, und hob den Kopf. Er blickte über das Gewerbegebiet West, sah den Bus, mit dem er gekommen war, keine Menschen unterwegs, wohin war der Vermieter vorhin gegangen?, hatte er nicht etwas gesagt, als er ihn gebeten hatte, ihn für ein paar Minuten allein zu lassen, er müsse seine Entscheidung bezüglich einer Einmietung überdenken …
»Ein Freund von mir hat hier vor vier Wochen einen

Büroraum angemietet, ich würde den vielleicht übernehmen ...«

Er saß auf dem Stuhl seines Klassenkameraden, der
nicht sein Schulfreund gewesen war. Was hatte er hier
in diesem Raum gemacht? Zwischen den weißen Wänden und der Wand aus Glas. Als er aufstehen wollte, sah
er, dass etwas an den Rand der Tischplatte gekritzelt
war. Kaum erkennbar, Bleistift, schon leicht verwischt.
Er glaubte, seinen Namen zu erkennen.

Er stand im Licht der tiefstehenden Sonne, war es nicht
erst Mittag?, und er drehte sich zu dem Gebäude aus
Bürocontainern, Schatten wanderten über den Asphalt
vor ihm, große, zerknitterte Zeitungsseiten wehten über
den Boden, er hörte Sirenen irgendwo in der Ferne, und
in dieses Geräusch, das mal ab- und mal wieder anklang,
mischte sich der Signalton einer Lok, der Signalton seiner 261, der immer höher und schriller wurde, als käme
er aus der Signalpfeife einer Dampflokomotive.

Der Junge stand hinter der Löchermauer, den Kopf direkt in einer der Öffnungen. Er wartete nun schon eine
ganze Weile, doch dann hörte er sie. Zischend und weißen Dampf ausstoßend, stampfte sie die Strecke entlang.
Er drückte seinen Kopf noch weiter durch die Öffnung,
die tiefstehende Sonne blendete ihn, er sah die glänzenden Räder, die rotierenden Pleuelstangen. Er lachte.

Die Rückkehr der Argonauten

Sie kamen aus einem Reich der Schatten, das sich über Jahrzehnte auf den Hinterhöfen des Kohlenviertels gebildet hatte und sich dort bewegte, kleine Fabriken mit runden rußgeschwärzten Schornsteinen, auf denen die Tauben saßen, wenn kein Rauch aus den Schornsteinen stieg, Werkstätten, Kohlenhändler, verfallene Häuser, auf deren Dächern kleine Birkenwälder wuchsen, leere, verfallende Fabriken, Toreinfahrten zur Straße und zum Licht, das aber dort draußen ebenfalls nur trübe war; Schatten lagen über diesen Hinterhöfen, auf denen ich sie vor vielen Jahren getroffen hatte, und als ich jetzt zu ihnen zurückkehrte, schien die Sonne, und nichts passte mehr zusammen.

Ich war am Hauptbahnhof ausgestiegen, hatte meine Reisetasche in ein Schließfach gestellt, obwohl ich ja am Abend zu meiner Mutter wollte, mein altes Bett hatte sie schon frisch bezogen, »Ich habe dir dein Bett gebaut«, ich hatte im Zug mit ihr telefoniert, aber jetzt schaltete ich das Telefon aus, steckte das Stück Papier mit den Zahlen in die Innentasche meines Mantels und ging zur Ostseite, zum östlichen Seitenausgang des großen Bahnhofs.

Man bekam keinen Schlüssel mehr, man musste keinen Schlüssel mehr aus der metallenen Tür ziehen, nur ein kleiner Zettel summte aus einem Schlitz, eine Wand voller Tresore, in denen Reisetaschen lagen.

Die Bahnhofshalle war erfüllt vom Klack-Klack-Klack der Rollkoffer, hinter mir rollten und eilten die Wochenendreisenden zu den Zügen …

Hatten sie jemals das Kohlenviertel verlassen? Hin und wieder hatten sie ihren Halbbruder besucht, den sie ihren Achtelbruder nannten, weil er ihnen überhaupt nicht ähnlich sah, und der irgendwo bei Köln wohnte, ich hatte ihn ein paarmal gesehen, als er seine Achtelbrüder und seine Mutter im Kohlenviertel besuchte, ein kleines, dünnes, bebrilltes Männchen, dessen Kopf auf einem dünnen Hals immer hin und her zu wippen schien, ich erinnerte mich, dass H. sogar einige Monate bei seinem Achtelbruder gearbeitet hatte, der betrieb damals eine Möbelspedition in Köln, und H. hatte hier in unserer Stadt oft als Möbelträger gearbeitet, war ein guter Möbelträger, der alle Tricks kannte, die Umschnallgurte benutzte, aus den Beinen arbeitete, um seinen Rücken zu schonen, und wusste, wie man Schrank um Schrank, immer mehr und mehr Möbel auf geheimnisvolle Weise auf der viel zu kleinen Ladefläche des Lkw verstaute; die meisten Leute denken, dass es nur um Kraft geht.

Kraft hatten sie, H. und sein kleiner Bruder K., der knapp zwei Jahre jünger war und als Maurer arbeitete, eine Maurerlehre machte, als ich sie kennenlernte.

Wir dachten damals, H. würde in der großen Stadt

im Westen bleiben, aber dann, nach ein paar Monaten, war er wieder da. »Was soll ich in Köln?«, hatte er gesagt, »Möbel schleppen kann ich auch hier.«

Hatten sie jemals das Kohlenviertel verlassen?

Ich hatte H. vor Jahren einmal auf dem Bahnhof getroffen. Daran musste ich denken, als ich vorhin vor der kleinen metallenen Tür gestanden hatte, hinter der meine Reisetasche lag, und über den Schließmechanismus tastete, aber nur ein Stück Papier schob sich summend aus einem Spalt, ein Zettel, auf dem ein Zahlencode stand.

Ich konnte mich nicht erinnern, woher ich kam oder wohin ich wollte oder ob ich, wie so oft, nur über den Bahnhof spaziert war und die Reisenden beobachtete, H. trug seine Uniform und seinen Armeerucksack, er war auf dem Weg zu seinem Zug, der ihn zur Kaserne bringen würde, ich weiß nicht mehr, wo er stationiert war, ein Jahr war es nur, mich hatten sie ausgemustert.

»He, Kamerad!«, rief er, als er mich sah, und dann lachte er, dass sein Lachen und seine Stimme unter den Rundbögen über den Bahnsteigen hallten, Tauben flatterten auf, »Hehh-merad«, wenig später saßen wir in der Kneipe neben der Treppe, die von den Bahnsteigen runter in die Schalterhalle führte, und tranken Bier und einige braune Schnäpse, bis sein Zug abgefahren war.

Dann fuhren wir mit seinem Auto, das er in einer Seitenstraße geparkt hatte, ein alter, verbeulter winziger Renault 5 ohne TÜV, der voller Duftbäume hing, durch den Abend und die Nacht, planlos von hier nach da, die

Fenster runtergekurbelt, »Lass uns zu M. fahren, lass uns nach Hause fahren«, und als wir dann fast bei M. waren, der auch im Kohlenviertel wohnte, mussten wir noch mal zurück, weil H. seinen Armeerucksack, in dem all sein Zeug und seine Papiere waren, in der Kneipe vergessen hatte. Der Rucksack war weg, wir fanden ihn schließlich unter einer Bank auf einem der vielen Bahnsteige, er war leer, aber H. winkte ab und lachte, »Lass uns zu M. fahren, der Himmel ist klar heut Nacht«.

Mein alter Schulfreund M., der mir die beiden Brüder vorgestellt hatte, M. der Sternenfreund mit dem großen Fernrohr, das auf einem Stativ oben auf dem Dach stand neben einer kümmerlichen Birke, M., der mich ins Reich der Schatten geleitet hatte, diese Hinterhöfe des Kohlenviertels, in denen seltsame Menschen hausten, Sagengestalten gleich, Märchengnome, Riesen, verwunschene Frauen, ins Reich der Schatten und der Albträume …, aber wenn wir dort waren, wenn wir mit ihnen tranken, wurden wir selbst Teil dieser dunklen Märchen …

Wir saßen bei M. und tranken, dann stiegen wir aufs Dach zu seinem Fernglas und betrachteten die Sterne. M. kannte alle Sternbilder. Wir rannten über den Hinterhof, um K. zu wecken, der schon schlief, weil er am Morgen auf den Bau musste, aber der drehte sich nur um, »Lasst mich in Ruhe, ihr Irren«, und so tranken wir alleine weiter, M., H. und ich.

Kastor und Pollux. Die Unzertrennlichen, die einst mit den Argonauten auszogen. Im Sternbild der Zwillinge. Sterblich der eine, unsterblich der andere, so erklärte es uns M. damals, lallend. »Wer sind die Argonauten?«, fragte H.

»Verrückte, die etwas suchten, vor Tausenden von Jahren.« M. hielt sich am Stativ seines Fernrohrs fest, presste sein Auge so fest ans Okular, dass ich Angst hatte, es würde sich in seine Augenhöhle hineindrücken, so schaute er weit ins All hinein, zu den Sternbildern, zu Kastor und Pollux. Erzählte er uns die ganze Geschichte von den Argonauten in dieser Nacht?

Am Morgen kamen die Feldjäger, um H. zu holen. Alle im Kohlenviertel hassten die Feldjäger. Die ja eine Art Bullen waren. Als sie H., der noch immer halbbetrunken war, über den Hinterhof abführten, beugten sich die alten Mütterchen aus den Fenstern und beschimpften die zwei Feldjäger in ihren hellen Uniformen mit den Pistolen an den Gürteln, eine Alte schüttete eine Schüssel Kartoffelschalen auf sie, nein, eher vor sie, und sie liefen mit H. über die Kartoffelschalen, über die auch ich später lief, ein Flickenteppich aus Kartoffelschalen, ich lief zur Toreinfahrt, zur Straße, aber die Feldjäger und H. waren schon fort.

Ich blinzelte in die Mittagssonne und ließ den Bahnhof hinter mir und lief sehr langsam durch die verwinkelten Straßen Richtung Osten, Richtung Kohlenviertel.

Ich saß in »Inges Eck«, wo wir früher oft gesessen hatten. Ich wollte noch etwas trinken, bevor ich bei K. klingelte, der jetzt wieder bei seiner Mutter wohnte.

»Inges Eck« war kleiner geworden, war geschrumpft.

Ich hatte erst gedacht, dass es nur meine Erinnerungen waren, die mich täuschten, ein endloser Schankraum voller Menschen, die tranken und deren Stimmen den Raum noch größer machten, eine Kuppel aus Stimmen und Geräuschen, immer weiter und höher wurde der Raum, Nebelschwaden über den Tischen, gerötete Gesichter, die sich, wie durch optische Linsen verzerrt, im Nebel bewegten, hochgekrempelte Hemdsärmel, unter denen sonderbare Tätowierungen sichtbar wurden, Gläser in allen Größen auf den Tischen, Spielkarten, die wie in Zeitlupe durch die Luft schwebten, ein Geruch nach Bier und Schweiß und Fett, Inge kochte damals noch selbst, und es gab rund um die Uhr warme Küche, ein Geruch, der sich mit dem Nebel der Kippen mischte, und draußen qualmten die Schornsteine der Häuser, die Kohlenhändler machten gute Geschäfte, bis die alten Häuser saniert oder abgerissen wurden, die Kachelöfen langsam verschwanden, die Kohlenhändler langsam verschwanden, das Kohlenviertel langsam verschwand.

»Inges Eck« war geschrumpft, eine neue Wand verlief quer durch den Schankraum, auch die große Küche, aus der Inge immer die Tabletts mit Essen gebracht hatte, war nicht mehr da, auf einer Tafel hinterm Tresen konnte ich erkennen, dass es nur noch Bockwurst mit Brötchen gab. Und nur ein paar Leute saßen an den wenigen verbliebenen Tischen, hier und dort verlor sich dünn der Rauch einer Zigarette im Raum … Was war hinter dieser Wand? Ein Lagerraum, eine Wohnung? Ein Ladengeschäft? Ich stand auf und ging nach draußen, um mir das Haus genau anzuschauen, um das Rätsel um den geschrumpften Raum zu lösen, als ich mich kurz vor der Tür noch einmal umdrehte, sah ich, dass ein Soldat am Tresen saß, schon die ganze Zeit dort gesessen haben musste. Uniform, das Barett zusammengeknüllt vor ihm neben seinem Bier, neben einem kleinen braunen Schnaps. Kurz blickte er mich an, ich nickte ihm zu, er hob sein Schnapsglas und trank.

Draußen war es kühl, die Sonne ging hinter den Häusern unter. Das Schild »Inges Eck« leuchtete noch nicht, auch später, als es dunkel wurde, leuchtete es nicht. Ich blickte an der Hauswand nach oben. Vor Jahren hatten sie den ganzen Straßenzug saniert. Aber der Putz begann schon wieder grau zu werden, blätterte ab an manchen Stellen, verwitterte bereits, Feuchte drang aus dem Grund ins Mauerwerk, wuchsen nicht sogar einige kleine Birken auf dem Dach?, ich legte den Kopf noch weiter zurück, blauer klarer Spätsommerhimmel, das Haus ergraute langsam wieder, verwitterte, als würde es sich unwohl fühlen unter all dem neuen Putz, die Häuser waren immer grau und schwarz fast gewesen im Kohlenviertel und wurden wieder grau, auch wenn die Kohlenhändler verschwunden waren.

Der Vater der beiden Brüder H. und K. war ein Kohlenhändler gewesen, reich und einflussreich waren die Kohlenhändler damals, als Abertausende Kachelöfen in den Himmel qualmten ... Als er starb, hustete er, als würde er all den Staub der Jahre ausstoßen wollen, Kohlenstaub, bergeweise Kohlenstaub, den sie in die Säcke gefüllt hatten und mit abwogen, Staub, der sich mischte mit dem Rauch der Kamine, der Fabriken, der Zigaretten, Staub, den er aushustete, als er starb, H., der ihn zurückholen wollte, H.s Hände auf seiner Brust.

»Wo warst du damals?«, würde mich sein kleiner Bruder später fragen, Stunde der Argonauten, »wo warst du nur damals.«

Am Haus stehend, vor »Inges Eck« stehend, den Kopf immer noch im Nacken, dass mir der Nacken bereits schmerzte, sah ich die Gerüste vor den Fassaden, die Gerüste, die in die Höhe wuchsen, sich um die Häuser wanden, die Birkenwälder auf den Dächern wurden abgeholzt, wir stehen auf den Planken der Gerüste, H. und ich, wir arbeiten auf dem Bau, wenn wir Geld brauchen und wenn H. keine Umzüge an Land zieht, sein kleiner Bruder, der Maurer, besorgt uns Jobs, wir sind Bauhelfer, Hilfsmaurer, Schachtarbeiter, Entkerner, Abrissbrigade … wir husten Staub, roter Ziegelstaub klebt in unseren Taschentüchern, als würden wir aus der Nase bluten, wir tragen einen Mundschutz wie Ärzte im OP, wir nennen den Mundschutz »Schnuffi«, und die riesigen Hämmer, mit denen wir Kamine und ganze Wände einreißen, nennen wir »Bello«, treppauf, treppab schleppen wir Zementsäcke, Gipskartonplatten, wir halten Presslufthämmer in den Händen, unsere Körper vibrieren, wir schreien in den Lärm hinein, der alte graue Putz springt von den Ziegeln, von den Fassaden, von den Hauswänden, donnert innen am Gerüst nach unten auf die Straße, auf den Fußweg, Staub steigt auf, wir stehen auf den Dächern des Kohlenviertels, wir tragen gelbe Helme, auch die staubbedeckt, wir sehen das Fernrohr von M., das immer noch auf dem Stativ neben der kümmerlichen Birke steht, so weit sind sie noch nicht gekommen, obwohl M. nicht mehr da ist ... nein, er stand doch dort oben, als H. und ich auf den Dächern arbeiteten, den Dächern des Kohlenviertels und den Dächern der Stadt, er winkte und beobachtete uns durch sein Sternenrohr, die Zeiten mischen sich, es ist kalt geworden, kein Licht in »Inges Eck«, wann ist M. verschwunden?, wann ist H. verschwunden?, wann bin ich verschwunden?, der Tod ging um in unseren Häusern, auf unseren Hinterhöfen.

»Gibst du mir einen aus?«, fragte der Soldat. Er war nicht mehr da, als ich die Tür zu »Inges Eck« wieder öffnete, war ich so lange weg gewesen, draußen gewesen?, aber dann sah ich das zerknüllte Barett neben einem leeren Schnapsglas.

»Gibst du mir einen aus?«, fragte er noch mal, als er aus der kleinen Nische an der Wand trat, wo es zu den Klos ging, immer noch zu den Klos ging, trotz des Raumverlustes, und ich sagte: »Was willst du denn haben, Soldat?« Ich blickte ihn an, er war bestimmt zehn Jahre Jahre jünger als ich, schwer zu sagen, aber seine Augen sahen alt und müde aus.

»Dasselbe, was du trinkst.«

Ich schaute auf die Flaschen in den Regalen hinter der Theke, nur wenige Sorten Schnaps und Likör, wie früher, Klarer, Brauner, Kastor und Pollux, H. hatte lieber Braunen getrunken als Klaren, er lacht und prostet mir zu, eine endlose Kette kleiner Gläser voll mit dem braunen Schnaps bewegt sich matt funkelnd im Zwielicht der Kneipe um seinen Kopf herum ..., der Kneiper war irgendwo im Schankraum bei den wenigen Trinkern, Inge war schon vor Jahren verschwunden, hatte den Laden verkauft, als ich noch in der Stadt gelebt hatte.

Ich drehte mich um und rief »Zwei Bier, zwei Braune« in den Raum. »Komme«, rief der Kneiper von irgendwoher. Der Soldat zerdrückte sein Barett mit beiden Händen, während der Kneiper die Getränke fertigmachte.

Ich sah den Soldaten an, aber er schien durch die Wände hindurchzublicken … H. war fast immer im Knast gewesen, während er gedient hatte, hatte dort durch die Wände geblickt, weil er seinen Vorgesetzten eine reingedonnert hatte mit seiner Möbelträger-Kohlenhändler-Faust und weil er nach den Wochenenden oft die Züge verpasste.

»Zwei Bier, zwei Spaßmacher.« Der Kneiper stellte unsere Getränke auf den Tresen. Der Soldat zog die Gläser zu sich ran, hob das Schnapsglas, und ich wartete, dass er irgendwas sagen würde, auf irgendetwas trinken würde, aber wir tranken schweigend. Kein Trinkspruch.

»Wo hast du gedient?«, fragte der Soldat und stellte sein leeres Schnapsglas langsam auf die Theke.

»Ich hab nicht gedient«, sagte ich, »ausgemustert.«

Er nickte. »Ist vielleicht das Beste. Gibst du mir noch einen aus?«

»Kommt der Sold unpünktlich?«

»Nein.« Jetzt blickte er mich an, ich kannte diesen Blick, kannte ihn aus den Kneipen des Kohlenviertels, kurz bevor der Wahnsinn losbrach, H.s kleiner Bruder K.

hatte oft diesen Blick gehabt, die Pupillen wurden immer kleiner, wurden dann wieder größer, als würden die Augen zornig aus- und einatmen, »Schon gut, Soldat, warum auch nicht«, ein weißes Leuchten, und hinter diesem Leuchten wartete der Irrsinn, wartete der Krieg, wartete der erste Schlag, K. schlug sein Glas irgendeinem Typen ins Gesicht, der ihn seit Minuten nervte, Blut lief über die Haut, jemand schlug nach K., sein Bruder tauchte auf und schlug in irgendein Gesicht, Glas zersplitterte, jemand brüllte, jemand lachte, ich blieb sitzen, und eine seltsame Ruhe war in mir, ich spürte die Gesetzmäßigkeiten, das Funktionieren uralter Rituale, alt und älter als das Kohlenviertel, es war ein Reich der Schatten, die Mauern lösten sich auf, und ich konnte in die Wohnungen schauen, sah die alten Mütterchen still an den Tischen sitzen, sah die Trinker zitternd in ihren Betten liegen, sah M. über ein Buch gebeugt, die alten Sagen und die Sterne, wann war er verschwunden, und warum war er verschwunden?, und ich sah H., wie er mit seiner Freundin tanzte, ganz allein zwischen Tischen und Stühlen, die Körper dicht an dicht, sein Kopf auf ihrer Schulter, irgendein Schlager aus den Neunzigern dudelte, war das hier gewesen in »Inges Eck« oder in einer der anderen Kneipen des Kohlenviertels?

Und wieder trank der Soldat. »War staubig *da drüben*, was?«, sagte ich, und er nickte. »Ist es immer noch«, und stellte das kleine Glas langsam neben das leere unserer ersten Runde. Der Kneiper wollte es wegräumen, hatte schon danach gegriffen, aber der Soldat sagte: »Lass stehen, es sieht schön aus so.«

Und wieder trank der Soldat, drei leere kleine Gläser standen vor ihm, drei leere kleine Gläser standen vor mir. Ich drehte mich kurz und rief »Ich zahl dann« in den Raum. Der Kneiper saß wieder an einem der Tische bei einem der wenigen Gäste und trank. Grün leuchte sein kleines Glas, Pfeffi, das tranken die alten Trinker, wenn der Magen die scharfen Schnäpse nicht mehr abkonnte.

»Du bist wohl nicht von hier, Soldat«, sagte der Soldat, »ich habe dich noch nie gesehen in …« Er stockte und fuhr mit dem Zeigefinger durch die Luft, zog einen Halbkreis um sein Gesicht, er zeichnete das Kohlenviertel in den Raum wie ein einhändiger Dirigent.

»Ich bin lange weggewesen«, sagte ich, »ich habe hier viel Zeit verbracht, früher, hatte gute Freunde hier.« Ich berührte die drei leeren Gläser, die ich dicht zusammengeschoben hatte.

Der Soldat nickte. Er holte eine zerdrückte Schachtel Zigaretten aus der Innentasche seiner feldgrünen Jacke, zog eine krumme Zigarette raus, die er vorsichtig geradestrich und sie ein paarmal auf die Theke klopfte, bevor er sie sich zwischen die Lippen schob, dann legte er die Schachtel neben sein zerknülltes Barett. Er schaute jetzt wieder an die Wand hinter der Theke, schien mich nicht mehr zu beachten. Aber als ich gezahlt hatte und zur Tür ging, sagte er, und seine Stimme klang seltsam dumpf, weil er sich nicht umdrehte zur Tür, sondern zur Wand sprach, die seine Worte durch den kleiner gewordenen Raum in »Inges Eck« zu mir brachte, »Komm bald mal wieder, Soldat, ich bin immer hier«.

Ich schreckte hoch. Es war dunkel und kalt. Ich saß in dem kleinen Park, gegenüber von M.s Haus, der eigentlich nur eine Rasenfläche mit einem Spielplatz ist. Ich schaute auf meine Uhr. Erst sechs. Ich hatte von dem Soldaten geträumt. Er holte keine zerdrückte Schachtel Zigaretten aus seiner Uniformjacke, sondern eine stabile, feste, und im Traum schien sie mir wunderschön zu sein, weiß, ein weißes Leuchten mit einem roten Dreieck, was für ein herrliches Rot, ich wollte es berühren, das Weiß und das Rot in meinem Traum. Der Hinweis auf den Tod war in irgendeiner fremden Sprache auf die Schachtel gedruckt, so dass man es nicht lesen konnte. Und der Soldat sagte: »Wie schön sie die Gifte machen, nicht wahr?« Erst im Traum erkannte ich, dass er einen Orden an seiner Uniformjacke trug.

Die Fenster in M.s Haus waren dunkel, wahrscheinlich wohnte keiner mehr dort, sie hatten es nicht saniert, und ein Stück weiter die Straße runter hatten sie einige Häuser abgerissen, ich konnte die Brachen in der Dunkelheit erkennen und ein Stück hinter den Brachflächen die große Straße, die aus der Stadt führte, Lichter, die sich dort bewegten, rot und gelb, dort war die Welt der schnellen Lichter, die Welt der Ströme und der Netze. Ob das Fernrohr mit dem Stativ noch oben auf dem Dach stand? M. der Sternenfreund, der alle Sternbilder kannte und uns Geschichten erzählte, wenn wir mit ihm auf dem Dach saßen. Kastor und Pollux und die Argonauten. »Geh weg«, sagte er zu mir, »versuch was Neues irgendwo. Du bist doch ein kluger Junge.«

»He, he«, sagte ich, »wir sind gleichalt! Und was soll aus *dir* werden?«

Er lächelte und schob sich seine Brille zurecht. »Ich? Mir geht's doch gut hier.«

Die Bank, auf der ich saß, fühlte sich feucht und kalt an. Ich stand auf. K.s Mutter wohnte ein paar Häuser weiter. An der Tür von M. blieb ich stehen. Die Namen an den Klingeln waren kaum noch zu lesen. Ich legte die Innenfläche meiner Hand auf die Knöpfe, wollte sie alle drücken, ließ es aber dann, stand einfach nur da, stand eine Weile so in dem dunklen Türbogen, ein Fuß auf der steinernen Schwelle, die flache Hand auf den Klingelknöpfen.

Sie öffnete die Tür, sie erkannte mich nicht gleich, dann umarmte sie mich. Sie wäre fast gestürzt dabei, denn sie stütze sich auf einen Stock, den sie einfach losließ, als sie mich umarmte. »Komm rein.«

Ich bückte mich, hob den Stock auf und reichte ihn ihr. Sie humpelte vor mir durch die Wohnung.

»K. ist nicht da«, sagte sie, als wir uns im Wohnzimmer hingesetzt hatten, sie auf die große Couch, ich auf einen der Sessel. Der Ascher auf dem Couchtisch war voller Kippen, eine qualmte noch. Eine offene Dose Bier und ein halbvolles Glas standen neben dem Ascher.

»Wenn du ein Bier willst, im Kühlschrank.«

»Ja, danke.« Ich stand noch einmal auf. Ich hatte fast vergessen, nach all den Jahren, dass ich ein Freund der Familie war. Auf dem Weg zur Küche kam ich an der Schrankwand vorbei. In der Vitrine, zwischen Gläsern und Porzellanfiguren, lag ein schwarz glänzendes Brikett, auf dem ein goldgerahmtes Foto stand. Sie und ihr Mann. Der Kohlenhändler, der Kohlenfahrer, der König der Kohle, der König des Kohlenviertels, der Vater von Kastor und Pollux. Er hielt seine Frau, die jetzt hustend hinter mir saß, im Arm, beide lachten. Links und rechts neben dem Brikett Fotos ihrer Söhne. Hinter dem Brikett lehnte ein Foto eines Gräberfeldes. Das musste irgendwo draußen vor der Stadt sein. Ich ging über den Flur Richtung Küche.

Dort war die Tür zu K.s Zimmer, in dem die Brüder früher zusammen gewohnt hatten, bis sie auszogen und dann wieder einzogen und dann wieder auszogen. Wo war K.?

Ich hatte Angst vor dem, was seine Mutter mir erzählen würde. Ich hockte eine Weile im Licht des geöffneten Kühlschranks, dann nahm ich mir ein Bier raus und ging zurück ins Wohnzimmer.

»Er hat immer gesagt, dass du irgendwann kommen würdest.« Sie hatte die Krücke neben sich ans Sofa gelehnt, rauchte und trank in kleinen Schlucken aus dem Glas.

Ich wollte sie fragen, ob sie H. meinte oder seinen Bruder. Aber ich öffnete nur die Dose Bier, etwas Schaum lief auf meine Hand.

»Er ist im Krankenhaus«, sagte sie. Und wieder wusste ich nicht genau, welchen der Brüder sie meinte. H.s Zeit im Krankenhaus war zwar schon lange vorbei, aber sie lebte in einem Reich der Schatten.

»Was ... ist mit K.?«, fragte ich. Und wieder hatte ich

Angst vor dem, was seine, ihre Mutter sagen würde. War H. dabei, seinen Bruder nachzuholen? Kastor und Pollux, die Unzertrennlichen, so wie es manchmal die alten Frauen mit ihren alten Männern machten oder umgekehrt …

Ich versuchte, mich zu erinnern … Was hatte ich verspürt, als ich erst von H.s, dann von M.s Verschwinden erfuhr? Ich bin nicht in die Stadt gekommen, damals.

Es war eine alte Welt, die langsam verschwand und deren Bewohner mit ihr verschwanden. Das Kohlenviertel mit all seinen seltsamen Menschen, Sagen- und Märchengestalten gleich … Berühmte Trinker, die immer dünner und klappriger wurden wie dieser Phineus, von dem M. uns erzählt hatte, ein magerer Greis auf einer Insel, von den Göttern gestraft, und die am Ende nur noch Pfeffi trinken konnten und die sich im Suff schlimme Dinge antaten, Kohlenhändler, die mit nichts mehr handeln konnten, weil die Öfen nicht mehr brannten, verblichene Tätowierungen auf alter Haut, alte Mütterchen, die auf verblichenen Kissen lehnten, den ganzen Tag aus dem Fenster schauten, Kinder, die wie ihre Väter in den Kneipen lebten und nachts in den Hinterhöfen saßen, auf den Bordsteinen saßen und tranken, auszogen und wieder einzogen, der Tod ging um auf unseren Hinterhöfen, in unseren Häusern.

»Was ist mit K.?«, fragte ich wieder, weil sie nicht geantwortet hatte, mich vielleicht nicht gehört hatte. Oder hatte sie geantwortet, und ich hatte *sie* nicht gehört. Sie hatte Tabak aus einer großen Dose genommen und ihn in eine Art Dreh- oder Stopfmaschine gekrümelt.

»Es ist … nicht körperlich«, sagte sie und zündete sich die fertige Zigarette an, »der Kopf. Er versteht die Dinge nicht mehr.«

»Die Dinge«, sagte ich.

»Warum du nie gekommen bist. Warum er alleine ist. Warum sein Bruder weg ist, und M., du erinnerst dich doch noch an M.«

»Natürlich«, sagte ich.

»Natürlich«, sagte sie und griff nach ihrer Zigarette, die sie im Ascher abgelegt hatte.

Wir saßen auf dem Dach, nur noch das Stativ stand ohne Fernrohr neben der halbverdorrten Birke.

»Ich komme, und ich gehe«, sagte K.

Er saß neben mir, seine Beine baumelten in der Dunkelheit, dort, wo das Dach steil zum Hof abfiel.

»Ach nein«, sagte K., und ich konnte fast spüren, wie er seine Beine baumeln ließ, die Füße auf und ab bewegte wie ein Kind, »das nun doch nicht. Das wäre nun doch nicht in Ordnung.«

»Nein«, sagte ich, »das wäre es nicht.«

»Er ist einfach gelb geworden«, sagte K., »einfach so. Ich habe ihn ins Krankenhaus geschafft … Er konnte nicht mehr …«

»Und du?«, fragte ich.

»… konnte nicht mehr laufen. Da unten …« Er zeigte nach unten, in die Dunkelheit des Hinterhofes. Das Licht eines halben Mondes, irgendwo über uns, hinter uns, beleuchtete nur spärlich das Dach, und die Wolken verdeckten ihn und wanderten, und die Schatten bewegten sich, und nichts passte mehr zusammen; sein Vater, sein Bruder, M.

Die Haustür, an der ich vorhin noch gestanden hatte, meine Hand auf den Klingeln dieser lange schon unbewohnten Räume, hatte K. eingetreten, er war plötzlich da gewesen, als ich vom Haus seiner Mutter über den Hinterhof zur Toreinfahrt lief, er hatte in der Toreinfahrt zur Straße gestanden, direkt an der Wand, dass ich ihn zuerst gar nicht sehen konnte.

»He, Kamerad«, hatte er geflüstert, und in der dunklen, schmalen Toreinfahrt hatte sein heiseres Flüstern seltsam gehallt, »Hehh-merad«.

»Ich komme und gehe.« Jetzt erst spürte ich, dass meine Hand noch auf K.s Schulter lag, sie bewegte sich, wenn er sprach.

»Was soll ich in den weißen Räumen?«

»Sind sie nicht gut zu dir?«

Er lachte leise. »Alle sind gut zu mir.«

»Es tut mir leid«, sagte ich und nahm meine Hand von seiner Schulter.

»Was denn, was denn? Ich wusste immer, dass du kommen würdest. Er kann nicht mehr laufen, wir müssen ihn wegbringen.« Er bewegte seine Beine, schlenkerte sie regelrecht, so dass seine Füße kurz im Licht des halben Mondes zu sehen waren.

»Und M.?«, fragte ich.

»Unser guter Freund M.« Plötzlich war er wieder ganz da, ganz klar, er drehte sich zu mir und blickte mich an, seine Augen sahen alt und müde aus, keine Wolken vor dem halben Mond.

Er hatte die Tür unten eingetreten, und es schien mir, als er seinen Fuß gegen das dunkle Holz der Tür knallte, als würde sie sich öffnen, bevor das Holz splitterte, bevor sein Fuß die Tür aus den Angeln trat. Kastor und Pollux und die Argonauten.

»Als H. weg war, hat M. nur noch hier oben gesessen. Haben wir nur noch hier oben gesessen.«

»Und er ist …«

»Als du weg warst, haben wir nur noch hier oben gesessen. Aber nein, das stimmt nicht. Du bist doch dagewesen und hast die schöne Rede gehalten. Dort draußen, vor der Stadt.«

»Ja«, sagte ich, »das habe ich.«

»Ja, das hast du.« Er lehnte sich zurück, ließ seinen Oberkörper nach hinten auf die feuchte Dachpappe fallen, auf der noch ein paar mit Moos bewachsene Ziegel lagen. Ich war nicht in der Stadt gewesen, damals. Ich hatte von ihrem Verschwinden gehört, aber ich wollte nicht zurück ins Kohlenviertel kommen, konnte es einfach nicht, und hatte ihr Verschwinden nur in meinen Träumen gesehen.

»Er ist gelb geworden. Über Nacht. Einfach so. Magen, Leber, Galle, wer weiß das schon. So genau.«

»Und dann ist er …?«

»Sie haben gesagt, das hätten nur alte Männer. Es war wie ein Wunder, dass er das hatte. Er war zu jung, verstehst du, zu jung, um einfach so gelb zu werden.«

Ich lehnte mich zurück, legte mich neben ihn, um nicht vom Dach zu fallen in diese Dunkelheit der Hinterhöfe. Ich blickte über die Dächer. Dort irgendwo war der Bahnhof, auf dem ich vorhin erst angekommen war, und um den Bahnhof und so weit weg das ferne Flimmern der Stadt, die eine andere Stadt zu sein schien, die Häuserblöcke des Kohlenviertels waren stille Trabanten.

»Wie hat er ihn genannt, diesen dürren Alten? Phineus?«

»Du meinst M.?«, fragte ich.

»Ja.«

»Ja«, sagte ich, »das waren seine Geschichten.«

»Kannst du irgendwas erkennen da oben?« Wir blickten auf die Sterne. »Nein«, sagte ich, »den Großen Wagen vielleicht.«

»Die haben mal eine Frau, na ja, Frau würde ich jetzt nicht sagen …«

Dann erzählte er irgendwas von einem Werkzeugkasten auf Phineus' Insel, und M., aus irgendeinem Grund dort, verwirrt und allein, und Phineus und seine Freunde und die Frau und der Werkzeugkasten voll mit Werkzeug, aber ich wollte das nicht hören, die dunklen bösen Märchen des Kohlenviertels.

»Rein und raus«, sagte K., »rein und raus.«

»Was soll man da machen«, sagte ich.

»Pfeffi trinken«, sagte K., »runterfallen.«

Dann schwiegen wir und lagen auf dem Dach und sahen zu, wie der halbe Mond unterging.

Irgendwann ging ich zu meiner Mutter. »Ich habe dir dein Bett gemacht.« Meine Tasche stand noch hinter der metallenen Wand der Tresore, aber ich konnte sie nicht holen, wollte sie auch nicht holen in dieser Nacht. Der Zettel mit den Zahlen lag wahrscheinlich bei der Birke, bei dem Stativ, wo ich ein letztes Mal mit ihnen gesessen hatte, die Rückkehr der Argonauten, von denen M. uns immer erzählt hatte. Und sie waren tatsächlich mit uns da oben gewesen, auf dem Dach.

K. hatte die beiden Urnen ausgegraben und in einen der Schornsteine gestellt, oben auf dem Dach, ob vor Monaten, vor Jahren, vor Tagen, das hatte er nicht erzählt. Ich hatte ihn angesehen und sofort gewusst, dass sie wirklich da drin waren, dass er sie »nach Hause geholt hatte«, so wie er es nannte.

Sie kamen aus einem Reich der Schatten, das sich über Jahrzehnte auf den Hinterhöfen des Kohlenviertels gebildet hatte und sich dort bewegte, kleine Fabriken mit runden rußgeschwärzten Schornsteinen, auf denen die Tauben saßen, wenn kein Rauch aus den Schornsteinen stieg, Werkstätten, Kohlenhändler, verfallene Häuser, auf deren Dächern kleine Birkenwälder wuchsen, leere verfallende Fabriken, Toreinfahrten zur Straße und zum Licht, das aber dort draußen ebenfalls nur trübe war; Schatten lagen über diesen Hinterhöfen, auf denen ich sie vor vielen Jahren getroffen hatte, und als ich jetzt zu ihnen zurückkehrte, begriff ich, dass all das schon lange verschwunden war und doch immer da sein würde.

In unserer Zeit

Als er die letzten Schritte ging, war er ganz ruhig.

Er dachte daran, wie er vor vielen Jahren mit dem alten jüdischen Hausierer durchs Land gezogen war. Was wohl aus ihm geworden war? Ob er auch irgendwo seine letzten Schritte gegangen war? Er konnte sich nicht an den Namen des Alten erinnern. Wie hatte der alte Hausierer mehr als einmal zu ihm gesagt? »Gier, Falschheit und Grausamkeit regieren.«

Der Alte hatte viel gesehen auf seinen Wegen durch das Land. Und er hatte ihm viel erzählt, doch er wollte es damals nicht glauben. Noch nicht. Manchmal hörten sie die Glocken läuten, weit übers Land.

Der alte Jude hatte auf eine seltsame Weise an Christus geglaubt, der von Menschen- und Nächstenliebe, Friedfertigkeit und Gerechtigkeit, Hilfsbereitschaft und Barmherzigkeit gekündet hatte und den er den ersten Kommunisten nannte.

Was bedeutet das?, hatte er den alten Hausierer damals gefragt, denn dieses Wort schien nicht zu passen in ihre Zeit.

Er spürte eine Hand schwer auf seiner Schulter. Nein, er würde nicht auf die Knie gehen. Vor ihm stand der

Block. Das Holz war dunkel vom Blut. Sie zwangen ihn auf die Knie.

Er fragte sich, als er zu seinen Weggefährten blickte, die hinter dem Block standen und schweigend auf ihre letzten Schritte warteten, ob nicht alles umsonst gewesen war.

Der Kampf. Der Hass gegen das unerträglich werdende Joch. Das Blut, das doch ein anderes Blut war, als das, was den Block schwarz gefärbt hatte. Wir waren doch die Gerechten!

Er wollte noch etwas rufen, sich noch einmal aufraffen und zum Volk sprechen, das so zahlreich gekommen war, um zu sehen … Aber jetzt war sein Mund plötzlich trocken, und seine Stimme war heiser und rau, für immer schweigen. »Gottes Freund und aller Welt Feind!«, hatte er vorhin noch gerufen. Und weil er wusste, dass das nur seine Feinde schrecken sollte, er glaubte nicht mehr an diesen Gott, hatte er mit noch lauterer Stimme angefügt: »Der Reichen Feind, der Armen Freund.« Wie würde man sich in ferner Zukunft an ihn erinnern?

Willi Bredel las diesen letzten Satz immer wieder, dann legte er das Blatt zu den anderen Blättern, dicht beschrieben, vorder- und rückseitig, und stand auf und stützte sich auf den Tisch. »Klaus«, sagte er, »mein Freund, was soll nur werden.«

Dann nahm er wieder das Blatt und seinen Bleistift und fing an, Notizen und Anmerkungen zwischen die Sätze zu kritzeln, über die Worte zu schreiben, dort ein

Kreuz an den Rand, dort ein Fragezeichen oder ein Kringel, den er selbst nicht verstand, »drei Mal *war*«, sagte er, »das ist nun auch nicht das Wahre, war-war-war, aber wenn es dich nicht stört, mein alter Freund …«. Und er schob das Blatt zur Seite, und es fiel zu Boden, und er warf den Bleistift auf die anderen Blätter, die fächerförmig vor ihm auf dem Tisch verteilt lagen, dann setzte er sich wieder hin. *Gezogen war – gegangen war – geworden war.*

Das Licht flackerte. Eine nackte Glühlampe über dem Tisch, in der das Licht flackerte.

Er blickte auf. Manchmal, nach Stunden des Schreibens, vergaß er, wo er war. Dann sah er die Reihen der Bücher, die Regale bis zur Decke, die Gänge aus Büchern.

Die Stadt über ihm war jetzt dunkel. Kein Fenster war erleuchtet, die Straßen waren leer, die Laternen ausgeschaltet. Bald würden die Sirenen einsetzen. Er hatte seit Tagen nicht mehr richtig geschlafen. Oft wachte er hier unten auf, den Kopf zwischen den Papieren. Was sollte er in seiner Wohnung? Seine Frau wartete auf ihn. Aber der Feind rückte vor. Sein Volk rückte vor. Die Armeen rückten vor. Der Faschist kam.

Nein, nicht sein Volk. Sein Volk war hier.

»Wir werden nicht alt werden, Bredel«, hatte sein Freund Becher vor wenigen Tagen erst zu ihm gesagt. Und Willi Bredel hatte den dünnen Mann mit beiden Händen an den Schultern gepackt. »Wir werden siegen, hörst du? Wir haben die Lager überlebt, wir haben Spanien überlebt … wir werden siegen!«

»Wir haben die Lager überlebt«, wiederholte sein

Freund Becher und schaute ihn mit seinen müden Augen an, »wir haben das Hotel überlebt ...«

»Sch ... sch«, machte Willi, als würde er ein Kind beruhigen wollen, »Genosse, Genosse!«

Und Becher, der nie im Lager gewesen war (aber auch Willi Bredel hatte dieses *Wir* auf das Volk der Verfolgten bezogen), Becher fiel kraftlos in Willi Bredels Arme.

»Sch ... sch«, machte Willi und hielt ihn fest, »denkst du nicht, wir werden siegen?«

»Doch, natürlich«, sagte Becher leise und legte seinen Kopf an die Brust des Freundes, »aber wir werden nicht alt werden. Ich denke manchmal, mein Herz ist aus Papier.«

Willi Bredel beugte sich über das Blatt Papier und versuchte, es vom Boden aufzuheben, aber immer wieder rutschte es ihm weg, und schließlich zerknitterte er es in der Faust und hob es auf. Ein Stechen im Kopf, ein Stechen in der Brust. Vorsichtig und schwer atmend richtete er sich wieder auf. Legte die Hand mit dem Blatt auf seine Brust. Das Licht über ihm flackerte.

Hatte er nicht das erste ferne Grollen gehört? Kurz erlosch das Licht, und in der Dunkelheit spürte er, wie er aufhörte zu atmen und in die Dunkelheit lauschte, dann begann der Draht unter dem Glas der Glühlampe wieder rot zu glimmen, wurde heller, und flackernd beleuchtete die nackte Glühlampe den Tisch und die Regale und die Bücher.

Er liebte die Lenin-Bibliothek, seit er in Moskau war. Noch nie zuvor hatte er vor so einer gewaltigen Sammlung gestanden. Als der Feind kam, hatte ihn das Komitee mit der Evakuierung der wertvollsten Bestände in die weiträumigen Keller der Bibliothek beauftragt.

Er hatte die Bibliotheken immer geliebt. Schon als Kind war er in den Arbeiter-Büchereien gewesen, verlorenes Hamburg, hatte die Schulbücherei besucht, hatte vor den Regalen gestanden, war mit den Fingern über die Buchrücken gefahren, hatte Tage und Nächte gelesen während der Lehre als Dreher in der Fabrik, die Zirkel der lesenden Arbeiter, wie lebt der Mensch?, weiter und immer weiter, die Finger auf den Buchrücken und zwischen den Seiten, die Hände auf der Drehbank, was war das alles nur?, der Traum vom neuen Menschen. (Er erinnerte sich an das Buch von diesem Franzosen, den er vierunddreißig auf dem Kongress der Schriftsteller in Moskau getroffen hatte, hieß das nicht genauso? *Wie lebt der Mensch*. Er erinnerte sich, dass am Ende der Held von der Konterrevolution verbrannt wurde, lebendig, im Kessel einer Lokomotive. China. Weit weg war das alles und gehörte doch zusammen. So lebt der Mensch. Sie hatten sich wiedergesehen in Spanien.)

Manchmal, wenn er einschlief, den Kopf auf dem Tisch, auf seinen Blättern, träumte er von den Büchern, zwischen denen er schlief. Sie brannten. Und das Seltsame war, dass ihm das keine Angst machte in seinem Traum. Da saß er inmitten der Flammen und rezitierte alles, was er je gelesen hatte. Und er glättete das Blatt, das er eben erst vom Boden aufgehoben hatte. Und wieder las er seinen letzten Satz. Und spürte, dass da etwas nicht stimmte. Und natürlich stimmte er dennoch, dieser Satz. *Wie würde man sich … an ihn erinnern?*

Aber Klaus war ja nicht allein gewesen. Es musste doch heißen: Wie würde man sich in ferner Zukunft an *sie* erinnern.

Störtebeker, sein alter Freund. Den er in den Sälen und Kellern der Lenin-Bibliothek wiedergetroffen hatte. In den alten Städtechroniken der Hanse. Feind der Reichen, Freund der Armen.

Im verlorenen Hamburg hatten sie Störtebeker gespielt, auf den Hinterhöfen, in den Hafenanlagen. *Piraten, Piraten, wer hat uns verraten ...* Der große, standhafte Kapitän der Likedeeler, der die Patrizier besiegte, nein, fast besiegte, »Gier, Falschheit und Grausamkeit regieren«.

Aber Klaus war allein, als er zum Schafott ging. In die Knie gezwungen wurde. Als er seinen Kopf auf den blutschwarzen Block legte. Jeder stirbt für sich allein, nein nein nein. Was war da, in seinen letzten Sekunden?

Ein Blick, Blicke, Gedanken und Erinnerungen in seinem Hirn, die bald und gleich verschwinden würden. Getrennt. Abgetrennt.

Er versuchte, sich daran zu erinnern, was er gedacht hatte, bei seinen letzten Schritten, diesen vielen letzten Schritten, die ihn dann doch immer weitergeführt hatten, immer weiterführten. Immer weiter. Die Kugeln in einer Hamburger Hauswand, neunzehndreiundzwanzig, verlorenes Hamburg, die rote Schlacht, die toten Genossen im Lager, neunzehndreiunddreißig, das Menschenschlachthaus, später und jetzt, diese Schreie, totgeschlagen, totgetreten, als sie ihn einmal holten, nun ist es vorbei, hatte er gedacht und hatte nichts gedacht und hatte den Himmel gesehen, die toten Kameraden, Spaniens Himmel, neunzehnsiebenunddreißig, später und jetzt, der so blau und so wolkig war wie irgendwo sonst und überall und nirgends, Hügel wie weiße Elefanten, blutige Rücken, Kugeln in Mauern, in Fleisch, *Fulsbüttel, KZ*, gestern und später und jetzt.

Und dort im Lager hatte er nicht an ihn gedacht, hatte ihn vergessen, den großen Piraten seiner Kindheit. Störtebeker. Getrennt. Abgetrennt. Als er sich den dünnen Strick unter die Bluse gelegt hatte. Festzuziehen in nur einem Augenblick. Noch einmal etwas rufen, das doch keiner hörte. Aus der Dunkelheit fliehen in die Dunkelheit.

Und wieder flackerte das Licht im Keller der Lenin-Bibliothek, und jetzt hörte er das ferne Donnern der Front, in das sich, wie in den letzten Nächten, das Heulen der Sirenen mischte.

Er hatte seit Tagen kaum geschlafen. Er hatte Flugblätter gefertigt mit den Genossen. Wir schreiben und schreiben und schreiben dem Feind. Die Druckerpressen rotierten, und er sah, wie diese Blätter, wie bleiches Laub aus den Flugzeugen auf die Armeen fielen, *Deutsche Soldaten, glaubt nicht den Lügen! Die Sowjetunion ist nicht euer Feind!*, die Sprache seines Volkes. Nein, sein Volk war *hier*.

»Wir haben das Hotel überlebt«, sagte sein Freund Becher und lehnte sich an ihn.

»Sch ... sch ...«, machte Willi, während die Sirenen über den Kellern der Lenin-Bibliothek heulten.

Er wollte so sehr, dass Klaus sprach, dass man ihn

hörte, *Sirenen*, bevor er verschwand. Sich noch einmal aufraffte.

Dass er wusste, dass der Sieg nicht verloren war in der Zeit. Dass er wusste, dass die Legenden, die von ihm blieben, so stark waren, dass die Sänger und Erzähler, *Sirenen*, sie durch die Jahrhunderte brachten. *Gezogen war – gegangen war – geworden war.*

»Wir werden nicht alt werden.«

Und Willi Bredel stand auf und lief durch die Gänge und die Regale, lief durch die Bücher, lief zwischen den Mauern aus Büchern entlang, in denen er die Wahrheit über Störtebeker suchte und gesucht hatte in den letzten Monaten. Die blutschwarzen Blöcke.

Er stand an dem Waschbecken in der Nische. Weiße Emaille, von der das Weiß abblätterte. Kleine Straßen aus Rost. Der Hahn tropfte. Wie groß und weit waren diese Keller.

Wo war der Mann, der in dieser Nische gesessen hatte? Er war nie allein gewesen hier unten. Willi Bredel hörte eine Stimme. Da flüsterte jemand. Heiser, heiser und gehetzt. Oder war das sein eigenes Flüstern? Selbstgeflüster. Er hatte sich dieses Flüstern angewöhnt im Lager. Er legte seine Hand auf seinen Mund. Er war still jetzt. Hände auf seinem Mund. Hände auf seinem Mund. Er wollte unter sein Hemd greifen. Der dünne Strick musste doch weg sein. Und da spürte er, dass er dringend pinkeln musste. Er zerrte sein Hemd aus der Hose und knöpfte seine Hose auf. Er stöhnte, während seine Pisse ins Waschbecken plätscherte. Seit dem Lager fiel ihm das Pinkeln schwer. *Ausgepeitscht, abgetrennt.* Tropfen für Tropfen. Und wenn er abgeschüttelt hatte und sich wieder hinsetzte, schoss oft noch ein Rest in seine Unterwäsche ein. Da war wohl irgendwas kaputtgegangen. Im Lager.

Überm Waschbecken ein Spiegel. Der war fast blind. Kalkspuren auf dem zersprungenen Glas. Er drehte den Hahn und wusch sich das Gesicht in dem dünnen Wasserstrahl. Drückte dann seinen Körper, seinen Unterleib, über den Rand des Waschbeckens. Er legte seine Hand auf das Glas, spürte die Risse und die Unebenheit des Glases, glatt und zersprungen, wellig und kühl, sah schemenhaft sein Gesicht, das schien sich aufzuteilen in viele Gesichter, und wenn er seinen Kopf bewegte, verzerrte und verlor sich sein Gesicht nach links und nach rechts. Nein, er sah nichts auf dem stumpf gewordenem Glas. Und wieder hörte er das Flüstern, und diesmal erkannte er die Stimme und er kannte das Gedicht: *Ich hab' den Rothenburger Altar voll unsrer Gesichter gesehen. Ich sah daraus das Bild unsrer Zeit erstehn. Ich sehe Galgen und Kreuze darin und Blöcke zum Köpfe-Rollen. Es bricht aus dem Bilde das Blut heraus. Es blutet an vielen Stellen.*

»Becher, bist du das?«, rief er in den Spiegel und drehte sich um und rief es in den Raum.

Nein, er hatte nichts im Spiegel gesehen, er hasste Spiegel. Man sollte alle Spiegel von den Wänden nehmen und zerschlagen. Schaut aus dem Fenster. Dort ist der neue Mensch. Er stützte sich wieder aufs Waschbecken, roch seine Pisse, drehte den Hahn, Wasser tropfte auf seine Hand.

Der neue Mensch. Willi Bredel lachte. *Und Blöcke zum*

Köpfe-Rollen. Hatte nicht Trotzki das erste Mal vom neuen Menschen gesprochen? (»Die Expressionisten«, rief Becher und fuchtelte mit der Faust, »die Expressionisten, nicht Trotzki!«) Nein, nein, ein Name, den man nicht einmal denken durfte. Obwohl der Verräter liquidiert worden war in Mexiko. Letztes Jahr. Vierzig. Die rote Schlacht. Getrennt. Abgetrennt. Der neue Mensch hatte sich selbst zerfleischt. Der stählerne Genosse, stählerne Geschosse ... das Hotel, Bechers Nerven waren ruiniert. Er erinnerte sich, wie er ihn damals in seinem Zimmer fand, Becher, die Nadel im Arm, wie tot lag er auf seinem Bett. »Hans, Hans, was machst du für Sachen?«

Und Becher, der wieder zu sich kam, das Morphium rotschwarz wie Mohn in seinen riesigen Augen, begann, leise Majakowski zu rezitieren: »Und er, der Freie, nach dem ich schreie, der Mensch, er kommt, ich bürge dafür.«

Majakowski, der große Futurist ... Willi Bredel hätte ihn gern kennengelernt, hatte die Macht und Kraft seiner Sprache immer bewundert. Er selbst war nur ein einfacher Arbeiterschriftsteller, hatte versucht, von den großen Realisten zu lernen, »nun mach dich mal nicht so klein, Willi, der Waldimir«, er sagte tatsächlich »Waldimir«, statt »Wladimir«, »der hat sich aus dem Staub gemacht, hat sich erschossen, wenn nicht sogar ...«, Becher bewegte seine Hand abwägend in der Luft und machte dann aus Daumen und Zeigefinger eine Pistole, und Bredel legte erschrocken den Zeigefinger auf seine Lippen, *schweigen oder schießen, Genossen,* aber Becher redete einfach weiter, »aber du bist noch da, Willi, und trägst die proletarisch-literarische Fahne der Revolution«, Becher schien vollkommen hinüber zu sein, er zog die Spritze aus seinem Arm und hielt sie mit der Nadel voran in Richtung seines Freundes Bredel, der schweigend zurückwich. »Religion ist das Opium des Volkes, aber Opium ist das Opium für den Dichter Becher!«

»Gib das her, Hans, nun sei doch vernünftig!«

»Väterchen Stalin liebt seine deutschen Genossen!«

»Hans, um Gottes willen …«

Und Johannes Becher, den Willi immer nur »Hans« nannte erzählte von Feuerbach, dem »großen Philosophen und Frühkommunisten«, von glühenden roten Strömen, die sich durch die Jahrhunderte brannten, sprang hin und her in seinen verworrenen Geschichten, erzählte von den Gehirnen der Toten, mit denen der NKWD experimentierte, die zusammengeschlossen wurden und Gedanken lesen konnten …, erzählte und rezitierte, bis er weinend zusammenbrach und einschlief. Willi Bredel deckte ihn zu und ging zur Tür. All die Prüfungen, dachte er, als er die Tür hinter sich zuzog, es nimmt kein Ende, selbst hier bei den Freunden nicht, aber wir glauben, wir glauben an den neuen Menschen, an die neue Welt …

»Und immer neue Menschen wandten sich gegen den unchristlichen Reichtum und die unmenschlichen Quälereien, denen die Armen ausgesetzt waren«, schrieb Willi Bredel, an seinem Tisch im Keller der Lenin-Bibliothek, als sein Freund Störtebeker zum Meer wanderte in seiner Zeit, wo die mächtige Hanse herrschte.

Störtebeker lebte und arbeitete mit den Fischern. Sah

und spürte ihre Not. Sah, wie sie ausgebeutet wurden. Und Bredel erschuf den mächtigen Vogt Wulflam, der für die Ausbeuter stehen sollte in seinem Roman. *Ich sah daraus das Bild unserer Zeit erstehn.* Der mit Willkür strafte, Hände abschlagen ließ bei kleinsten Vergehen ... Und Störtebeker fuhr zur See. Träumte von der Freiheit der See. Und Störtebeker wurde Steuermann. Durch die Intrigen des mächtigen Patriziers Wulflam wurde er zum Aufstand gezwungen. Denn auch das Meer war nicht frei. Wulflam, einen Namen, den er in der Lenin-Bibliothek in einer alten Hanse-Chronik gefunden hatte, ein Wolf, der vorgibt, ein Lamm zu sein. »Es war eine stille Nacht«, schrieb Willi Bredel, »das Meer schien zu schlafen«, während über ihm die Stadt bebte und dröhnte, die Flak den Himmel beschoss, durch den die Feinde wie die Reiter der Apokalypse tobten ...

Da war er kurz durcheinandergeraten, und sein Störtebeker sah die Flugzeuge wie riesige stählerne Möwen über dem Schiff und inmitten der Wolken, und er hielt sich voller Angst am Steuerrad fest.

Willi Bredel spürte, wie der Bleistift in seiner Hand zerbrach. Das Dröhnen der Flak war verstummt. Willi Bredel schmeckte Blut, seine Lippen waren aufgeplatzt. Sein Mund war trocken, und wenn er schluckte, schmerzte sein Hals. Als er zu der Nische mit dem Waschbecken ging, saß dort wieder der Mann, der dort immer saß. Er trug einen grauen Mantel und einen flachen Hut, der manchmal auf seinen Knien lag. Willi blieb einige Meter vor ihm stehen und sagte auf Russisch: »Guten Abend, Genosse!«

Der Graue nickte nur. Willi wusste nicht, was er sagen sollte. In der Innentasche seines Jacketts hatte er eine Packung guter französischer Zigaretten, aber als er die Packung dem Grauen reichte, schüttelte der nur den Kopf. Willi Bredel ging zurück zu seinem Tisch. An wen erinnerte ihn dieser Graue, ein hagerer Mann, der dort in seiner Nische saß, Nacht für Nacht ... Der manchmal verschwunden war und dann wieder auftauchte.

Wie viele Genossen waren aus dem Hotel der Emigranten verschwunden, als hätten man ihnen Tarnkappen aufgesetzt, Tarnkappen aus dunklen Märchen, Willi Bredel horchte auf das Klappern der Türen, Schritte in den Gängen, Klopfen an Türen, Klopfen an Wänden, er erinnerte sich an die Klopfzeichen, mit dem ihm sein Zellennachbar in Fuhlsbüttel Mut gemacht hatte, *sei stark, Genosse, denk an die Zukunft, Genosse, wir werden den Mut nicht verlieren, und wir werden siegen, Genosse, glaub an die Zukunft und an die Menschen, Genosse.* Er hatte ihn nie gesehen. Ob er immer noch in diesem Lager saß? Und Willi Bredel ging zu seinem Tisch zurück, und als er sich noch einmal umdrehte, war der Stuhl in der Nische neben dem Waschbecken wieder leer.

Seit Tagen gab es das Gerücht, dass die deutschen Genossen bald die Stadt Moskau verlassen sollten. Evakuierung. Richtung Kaukasus sollte es wohl gehen, ins ferne Kasan. Er wollte hierbleiben, er wollte an die Front, er wollte dem grauen Mann beweisen, dass er bereit war, für den Kommunismus und die Sowjetunion zu sterben. So wie sein Freund Störtebeker bereit war, im Kampf zu sterben. Ja, er war ein Deutscher, und die Deutschen verbrannten das Land. Hatten auch seine Bücher verbrannt und hatten auch ihn fast verbrannt im Lager. Verbannt. Aber er war ein Kommunist, staatenlos, *wenn ich einmal heimgeh'*, mein Staat ist Utopia, ist Sowjetunion, Proletarier aller Länder, vereinigt euch! Und wieder schrieb er. »Der Sturm peitschte das Meer.« Wir beide hatten keine Wahl, dachte er.

Der Bleistift zerbrach, und wieder schrieb er. Wie oft hatte er die alten Chroniken durchblättert in den letzten Tagen und Wochen. Berichte über die Taten des Freibeuters entziffert. Auch damals versuchten sie, sich zu einen, die Bünde, die Handwerker, die Fischer, die Plebejer, die Armen. Und wieder schrieb er.

»Kühne Rebellen, die sich empörten, allen Gefahren zum Trotz sich gegen die ohne Recht und Gesetz Herrschenden auflehnten, blieben im Norden vereinzelt. Sie wurden zwar heimlich bewundert von den unterdrückten Volksmassen, aber nicht tatkräftig von ihnen unterstützt. Und diese Rebellen, die sich gegen eine unüberwindlich scheinende Macht erhoben, sich vor der Verfolgung der Mächtigen ihrer Zeit schützten, waren gezwungen, selber erbarmungslos vorzugehen.«

Und Willi Bredel dachte an all die Toten, die erloschenen Gehirne, die sein Freund Becher immer wieder sah in seinen Morphiumvisionen, »Gehirne, Willi, überall in den Kellern lagern sie, die Gehirne, Willi«.

In Spanien hatten sie Anarchisten, die der Sache schadeten, die die Sache verraten hatten, hingerichtet. Wie viele junge Männer starben auf der Seite der Faschisten, eingezogen, ausgezogen, er hatte die nackten Leichen im

Ebro gesehen. In einer Stadt, hieß die Fuentes de Ebro?, hatte seine Brigade in einem Kloster einen Raum der Folter entdeckt. Er musste an das Lager denken, *Fuhlsbüttel*, weit weg, im Norden, aber doch immer da. Sie hatten einen Leutnant gefangen genommen und einen Popen, der wohl dabei gewesen war, Absolutionen, Schreie, eine Einheit der spanischen republikanischen Armee hatte die beiden Gefangenen übernommen, Willi Bredel hatte sich abgewandt und die Schüsse gehört. Er war Politkommissar der Internationalen Brigaden, aber die spanischen republikanischen Soldaten hatten Freunde und Brüder verloren.

»Klaus Störtebeker hatte zum Schwert gegriffen, und im Kampf gegen die Grausamkeit der Wölfe unter den Menschen kannte auch er keine Barmherzigkeit.«

Gegen die Wulflams mussten wir kämpfen, nicht wahr, mein Freund? Aber wo sind die Wulflams? Wer sind die Wulflams? Hatte man sie nicht selbst zu Wulflams gemacht? Der große Genosse Wulflam, die stählernen Geschosse Wulflams. »Nein, nein, das darfst du nicht einmal denken, Genosse Bredel!«

Und Willi Bredel schrieb und schrieb, »Auf seinen Piratenschiffen lebte Rebellengeist, ein leidenschaftlicher Hass gegen die Patrizierherrschaft in den Städten und die Feudalherren auf dem flachen Lande. Aber es war ein dumpfer, unklarer, anarchistischer Rebellengeist, nur auf Zerstörung und Schädigung der Feinde ausgerichtet. Sie raubten den Mächtigen, was diese auch nur geraubt hatten«, bis sein Kopf auf den Tisch und die Papiere sank.

Und im Traum sah der todmüde, so unendlich müde Willi Bredel ... sieben mal sieben Jahre schlafen und aufwachen in einer neuen Welt ..., und im Traum sah Willi Bredel einen verwachsenen Bock, eine hohe Gestalt, die Wolf und Lamm zugleich war und sich immerfort drehte und sich selbst zerfleischte und in wilden Sprüngen vor sich selbst floh, durch Krater stolperte, durch brennende Dörfer, wo er von den Flammen versengt wurde, vorbei an Flüssen, in denen nackte Leichen trieben.

»Genosse Bredel, die anarchistischen Tendenzen des Störtebeker sind bedenklich und schaden der Sache der Kommunistischen Partei und der Kommunistischen Internationale!«

»Aber Genossen, der Störtebeker ist doch gewissermaßen ein Frühkommunist!«

»Wir erwarten, dass du dich von Störtebeker distanzierst, Genosse Bredel, dass du sein Abweichlertum öffentlich anprangerst, Genosse Bredel!«

»Aber Genossen, der Störtebeker gehört doch zur Einheitsfront gegen den Faschismus, er gehört doch zur Internationale!«

»Genosse Bredel, du warst doch Politkommissar bei den Internationalen Brigaden, da weißt du doch, dass ein jegliches Abweichen von den Leitlinien der Komintern und der Kommunistischen Partei ...«

»Wir haben Fehler gemacht, Genossen. Wir hätten den Faschisten eine Einheitsfront entgegensetzen sollen, in Spanien, Genossen, und schon viel früher!«

»Du täuschst dich, Genosse, es gab die Einheitsfront gegen den Faschismus in Spanien! Unsere ruhmreichen

Internationalen Brigaden. Willst du das Erbe des Genossen Thälmann beschmutzen, Genosse Bredel, indem du unseren Kampf in den harten Jahren in Frage stellst?«

»Aber Genossen, Genosse Thälmann war wie ein Vater für mich! Als ich jung war, saß er bei uns am Tisch, und einmal erzählte er sogar die Geschichte vom Genossen Störtebeker!«

»Persönliche Sentimentalitäten müssen wir ausblenden, Genosse Bredel. Die Partei hat immer recht. Und dein Störtebeker, hat er nicht mit dem Feind paktiert, hat er nicht den Patriziern die Hand geschüttelt?«

»Aber Genossen, das war doch nur eine List! Unser stählerner Genosse hat das doch auch …«

»Genosse Bredel, wie kannst du es wagen, so unverschämt über den Generalissimus, über unseren geliebten Genossen Stalin zu sprechen!«

»Aber Genossen, ich liebe ihn doch auch! Aber wir dürfen den Genossen Störtebeker doch nicht auch noch in die Verbannung oder den Tod schicken. Der Feind steht vor den Toren, Genossen!«

Und Willi Bredel erwachte und spürte die Kälte. Er war eingehüllt in eine Decke, und der Schnee blendete ihn. Kurz wusste er nicht, wo er war, hatte man ihn nach Sibirien geschickt, was hatte er getan, dass man ihn in die Verbannung geschickt hatte?, aber hatte das *Was* je eine Rolle gespielt, hatte er nicht Selbstkritik geübt, »ich bekenne meine Fehler, Genossen«, er hatte am Eisernen Genossen gezweifelt, hatte gezweifelt, verzweifelt, war er auf einer dieser Inseln aus Eis?, Lager, Aufzeichnungen aus einem Totenhaus, die Insel Sachalin, auf der die Sträflinge hausten, eisige Kälte, Napoleon im Schnee, und dann hörte er die Front. Dumpfes Grollen, Geschützdonner, *der Sturm peitschte das Meer*, und schon wenig später zuckte er nicht mehr zusammen, wenn in der Nähe Granaten detonierten, war er Störtebeker, der ruhig am Steuer stand, ohne Angst, Donner und Blitze und Sturm können wir ertragen, nicht wahr, mein Freund, den Donner und die Blitze der Geschichte können wir verändern, nicht wahr, Genosse?, und Bredel dachte an seinen Freund Becher, der ihm von Feuerbach erzählte und mit dem er nachts im Hotel leise flüsternd über die berühmten Thesen Marx' diskutierte, *nicht interpretieren, sondern verändern!* Wenn der Feind siegt, ist das das Ende der Geschichte.

Er saß, in eine Decke gehüllt, in der Tür eines Unterstandes, hielt seine kalte Tabakspfeife in der Hand und blickte auf den dunkelroten Himmel der Front.

Jemand schüttelte ihn. Zwei junge Soldaten. Sie mussten vor zu den Deutschen, Leitungen verlegen, Lautsprecher installieren, und dann wieder zurück durch den Schnee. Der Schnee war nie lange blutig, denn es schneite fast ununterbrochen.

Flugblätter hatten sie schneien lassen, auf die Deutschen, die gegen Moskau vorrückten, Tausende und Abertausende, die der Wind manchmal in die Stadt zurückgetrieben hatte.

Aber das war noch im Herbst gewesen.

Willi Bredel blinzelte in das Weiß, er konnte die Kameraden kaum erkennen in ihren Schneetarnanzügen. Und er hoffte, dass auch die Deutschen sie nicht erkennen konnten von ihren Linien aus. Es wurde Abend, und das Rot der kurzen Winterdämmerung, mischte sich in das ewige Rot des Kriegshimmels, Feuerbäche in der Dunkelheit, manchmal wusste er nicht genau, wo er war, Woronesch, Moskau, irgendwo bei Stalingrad, er schlief kaum noch, hatte das Gefühl, seit neunzehnhundertsechsunddreißig nicht mehr richtig geschlafen zu haben. Seine Brust schmerzte oft. Wie hatte sein Freund Becher gesagt?, »Herzen aus Papier«.

Er beobachtete, wie die beiden jungen Soldaten die Lautsprecher an einer Mauer anbrachten, die Reste eines Gehöfts, mehr als einmal hatte eine Hand aus dem Schnee geragt auf ihren Wegen zwischen den Fronten. Wenn es eine deutsche Hand war, deutsche Uniform, die da vor ihnen, steif wie ein langes Stück Holz, durch den Schnee stieß, hatten die beiden oft einen Scherz gemacht, »dein letztes *Sieg Heil*, Kamerad«, und Störtebeker lachte sein bitteres Lachen. Er hatte den Anfang seines Romans umgeschrieben, an einem Abend zuvor, in der kurzen Ruhe des Unterstands.

»Was schreibst du da, Genosse?«

»Eine Geschichte über einen deutschen Seeräuber.«

»Deutsche Räuber haben wir genug da draußen.« Der junge Soldat zeigte zur Tür des Unterstands. Ein paar der Umstehenden lachten. Junge Männer, unrasiert, rauchend, manche hatten noch weiche Knabenbärte. Doch Willi Bredel ließ sich nicht von ihnen aus der Ruhe bringen, er war als Arbeitersohn unter Arbeitern aufgewachsen und hatte in Spanien einen Krieg erlebt und überlebt. Er lächelte die jungen Männer an und stopfte sich seine Pfeife.

»Störtebeker war ein Revolutionär, Genossen, ein junger Kämpfer, voller Kraft, wie ihr. Voller Träume, wie ihr. Und er lebte in einer Zeit der großen Kämpfe, fünfhundert Jahre ist das her, die Fischer und Handwerker und Arbeiter schlossen sich zusammen, aber vielen fehlte der Mut. Zu übermächtig schien der Gegner.«

Die Männer waren nun schweigsam und hatten sich um Willi Bredel geschart, der an dem Kanonenofen saß, in dem nur noch ein Häufchen Glut glomm, Geschichten und Wärme. »Und wisst ihr, Genossen, warum sie ihn Störtebeker nannten?, denn das war nur ein … Deckname.« Er redete Russisch mit den jungen Soldaten, aber den Namen des Piraten sprach er auf Deutsch aus. »Stör-te-be-ker. Das heißt soviel wie *Trink den Becher* …«, er suchte die russischen Worte, wie die meisten der deutschen Kommunisten der Komintern hatte er schon früh angefangen, Russisch zu lernen, die Sprache der Revolution, »das heißt so viel wie, *stürz ihn hinunter, den vollen Becher!*«

Er formte mit beiden Händen einen gewaltigen Bierkrug in der Luft und hob ihn ruckartig an seine Lippen. Die jungen Soldaten lachten. Und Willi Bredel holte seinen silbernen Flachmann mit dem roten Stern aus der Innentasche seines Feldmantels und reichte ihn den umstehenden Soldaten.

»Wie schön«, sagte ein sehr junger Mann und strich mit seinem Finger sehr vorsichtig über das silberne Metall und den roten Stern. Er trug eine Armeetschapka, die er mit Zeitungspapier ausgestopft hatte, weil sie ihm zu groß war, das hatte Willi Bredel gesehen, als er sie nervös auf- und wieder absetzte, als Granaten in der Nähe einschlugen, irgendwann am Abend oder auch am Tag, und sah es wieder, als die Tschapka im Schnee lag, irgendwann am Abend, irgendwann am Tag, die zusammengeknüllte Zeitung war dunkel und fleckig.

Und Willi Bredel erzählte weiter von Störtebeker, dem Freibeuter, dem Sturmfahrer, seinen Abenteuern am Lande und zur See, und die Soldaten lauschten, bald würde es wieder ins Feld gehen, in die Kälte, ins Feuer, in die Dunkelheit, in die Angst, in den ewigen Kampf.

»Was hast du gerade vorhin geschrieben?«, wollte einer wissen.

»Ich habe einen Freund Störtebekers getötet«, sagte Bredel und zog an seiner Pfeife, die er immer noch nicht angezündet hatte, er sparte mit dem guten Tabak.

Unruhe machte sich breit unter den Soldaten. Der Tod eines Freundes, das kannten sie.

Und Willi Bredel tat es leid, dass er nun davon sprechen musste. Der nächste Einsatz stand kurz bevor.

»Ich schäme mich jetzt oft«, sagte Willi Bredel, »dass ich Deutscher bin.«

In der Baracke, im Unterstand, war es still. Willi Bredel hörte das leise Knacken der Glut im Ofen. »Nein, nein«, sagte er, als die Soldaten ihm widersprechen wollten, er sei doch keiner von *den* Deutschen, er sei doch ein Kommunist, ein Genosse.

»Ich glaube an das neue Deutschland, Genossen, das Land von Marx und Engels und Thälmann. Aber nach dem, was ich gesehen habe in den letzten Wochen und Monaten ...« Er stockte. Zog an seiner kalten Pfeife. »Störtebekers Freund war ein alter Jude. Und ich habe ihn verbrannt. Hier drin.« Er nahm das große Notizbuch, in dem viele der Moskauer Manuskriptseiten zusammengefaltet steckten, von seinen Knien und hielt es hoch. »Lebendig verbrannt«, sagte er dann etwas leiser. Und die Soldaten verstanden, einige nickten.

Und Willi Bredel hockte hinter der rußgeschwärzten Mauer, die wohl mal zu einem Gehöft gehört hatte, ein Dorf gewesen war, sah, wie die beiden jungen Soldaten die Lautsprecher klarmachten für seine Reden, er wollte sie fragen, wo genau sie jetzt waren, in Woronesch sicher nicht mehr, wahrscheinlich irgendwo bei Stalingrad, ließ es aber dann und blickte über die weiße Steppe aus Schnee, hinter der irgendwo, und gar nicht weit weg, die Deutschen saßen.

»Für Volk und Vaterland! Gegen Hitler und seinen Krieg! Für sofortigen Frieden! Für die Rettung des deutschen Volkes! Deutsche Soldaten, kommt zu uns! Glaubt nicht den Lügen eurer Offiziere! Glaubt nicht den Lügen Hitlers. Die Sowjetunion ist nicht euer Feind. Hört auf euer Gewissen! Seid nicht länger Komplizen bei den schlimmen Verbrechen! Kommt in eine Welt des Friedens zwischen unseren Völkern. Wir nehmen euch auf, deutsche Soldaten, wir erwarten euch, deutsche Soldaten, ihr müsst keine Angst haben, wenn ihr zu uns kommt! Die ruhmreiche Sowjetmacht ist stark, aber gerecht. Gemeinsam wollen wir die neue Welt nach Hitler gestalten. Blickt in eure Heimat, deutsche Soldaten, das Feuer, das eure verlogenen Führer hierhergebracht haben, brennt nun bei euren Familien. Lasst es uns gemeinsam löschen!«

Und Willi Bredel, der Arbeiterschriftsteller aus Hamburg, *ach verlorenes Hamburg, wenn ich einmal heimkehr'*, nahm seine Tschapka vom Kopf und drehte sich weg vom Mikrophon und hustete in seine Tschapka. Wie viele dort drüben wohl aus Hamburg kamen? Einmal hatte er nicht aufgepasst, und sein Husten war donnernd über die von Kratern zerrissene Schneelandschaft gerollt. Und er konnte sich vorstellen, wie die Offiziere drüben über ihn lachten. Während sie auf ihn schossen.

Nein, er hatte nie gelacht, wenn die beiden jungen Soldaten die Witze über die erfrorenen deutschen Arme, die erfrorene deutsche Armee, die aus dem Schnee auftauchten, gemacht hatten. Zu viele junge deutsche Männer, die verblendet waren, verführt wurden, zu viele junge Hände, die nie mehr die Trümmer würden wegräumen können. Nein, es gab nicht viel zu lachen in dieser kalten Zeit. Vielleicht ein bitteres Lachen. Das er dann so oft in die Zeilen seines Störtebekers schrieb.

»Und wie ist er gestorben?«, hatte der junge neugierige Soldat mit der Zeitung in der Tschapka gefragt.

»Ich sagte doch, verbrannt haben sie ihn.«

»Nein, Genosse Schriftsteller, nicht der alte jüdische Hausierer. Dein Störtebeker, der Genosse Pirat.«

Und Willi Bredel erzählte den Soldaten, wie der Freibeuter aufrecht zum Schafott gegangen war, wo der Henker mit dem Schwert auf ihn wartete.

»Nur durch List und Betrug ist er ihnen in die Hände

gefallen. Er hatte einen Pakt mit den Patriziern geschlossen, aber es war ein Pakt mit dem Teufel.«

Die Soldaten nickten. Sie lebten in einer Zeit des Verrats und der Angst vor der Denunziation. Und Willi Bredel erinnerte sich an den großen Pakt, mit dem der Eiserne Genosse, an den sie dennoch glaubten und ewig glauben würden, sie alle überrascht hatte, geängstigt hatte, da war er in Spanien gewesen, (oder war er da schon auf dem Rückweg aus Spanien?, der lange Marsch der Internationalen Brigaden, ach, verloren) Kampf dem Faschismus, no pasarán!, und dann das, die Welt schien aus den Fugen, und war es doch längst schon. Der listige Genosse weiß, was er tut. Hatten sie sich damals getröstet, der listige Genosse spielt Schach mit dem Teufel. Wulflam, Wulflam, der Wolf schleicht sich ein, und schlich nachts durch die Gänge des Hotels, in dem die deutschen Genossen wohnten, und die Zimmer leerten sich. Und die letzten der Genossen saßen zusammen und sangen die Internationale. *Diese Welt muss unser sein ... nicht der mächt'gen Geier Fraß.*

»Und einer der Patrizier, einer der mächtigen reichen Bonzen und Kriegsherren, der Ratsherr Miles, der hat ihn verhöhnt und hat ihn gefragt, ob er sich gräme, dass er sterben muss.«

Willi Bredel kauerte hinter der Mauer. Das Heulen der Granaten. Schnee fiel, und sein Gesicht war klamm und feucht, und er spürte den Flachmann in seiner Innentasche, ein Geschenk eines längst Verlorenen, ein letzter Schluck noch, guter Cognac, das Heulen der Granaten. Aber weit weg schlugen sie ein. Die Gewehrschüsse

hörte er nie. Sah manchmal, wie die Kugeln der Scharf-
schützen Schneefontänen aufwirbelten. So nah. Und er
griff zum Mikrophon, zum Sender, und seine Stimme
hallte durch die morgendliche Weite.

»Mein eigener Tod grämt mich nicht, antwortete der
Genosse Störtebeker, denn ich habe gelebt, und ich habe
gekämpft, und ich habe euch oft genug in den Arsch
getreten!«

Die jungen Soldaten lachten, einige hatten sich an
den Schultern gepackt und sahen sich an, während sie
lachten, die unrasierten, schmutzigen und verhärmten
Gesichter nun nicht von den Falten der Angst und des
Nachdenkens und der Erschöpfung durchzogen, nein,
Falten des Lachens, und auch Willi Bredel lächelte und
tippte mit dem Stiel seiner kalten Pfeife ein paarmal in
die Luft. »Und ich versichere euch, Genossen, er hat ihnen richtig und oft in den Arsch getreten!«

Ein Schneesturm hatte eingesetzt, und sie hatten sich
in einen Krater hinter der Mauer zurückgezogen, hatten
die weißen, gefütterten Planen, die sie immer mitführ-
ten, über sich gedeckt, lagen eng aneinandergedrängt.
Allzu lange konnten sie hier nicht ausharren, nur kurz
ausruhen und warten, bis das Schlimmste vorbei war.
Und jetzt wusste Willi Bredel, wo er war, irgendwo vor
ihnen, hinter ihnen, lag Stalingrad.

»Und da fragte der mächtige Patrizier, der Störtebeker
immer noch quälen wollte, ob er denn nicht den Tod
seiner Kameraden bedauere. Denn Störtebekers Kameraden standen in einer Reihe vor dem Schafott. Denn
auch sie sollten hingerichtet werden. Ja, sagte Störtebe-

ker, seine Kameraden, die sollten nicht sterben, denn er starb doch für sie. Und er schaute dem mächtigen Patrizier, der ihn so verhöhnte, direkt ins Gesicht.«

Einige der Soldaten hatten sich vor Willi Bredel auf den Boden der Baracke, des Unterstands, gesetzt. Jemand reichte ihm den silbernen Flachmann mit dem roten Stern, und Willi Bredel schüttelte ihn, ein kleiner Schluck schien noch in der metallenen Flasche zu sein, und er setzte sie an und trank. »Erzähl weiter, Genosse Störtebeker.«

Und später, zurück in Moskau, im Keller der Lenin-Bibliothek, versuchte er, sich zu erinnern, wie er all das überlebt hatte. Er war mit dem Zug von der Front zurückgefahren. Sie brauchten ihn wieder in Moskau. Die Faschisten waren auf dem Rückzug, ungern sprachen sie das Wort Nationalsozialisten aus, die Sozialisten waren das Erbe und die Zukunft, die Faschisten waren auf dem Rückzug, wie einst Napoleon im Schnee.

Er war auch mit dem Zug zur Front gefahren, wie viele Monate war das her. Jahre und Jahrzehnte. Moskau, Woronesch, Stalingrad. Oder hatte er in einem Flugzeug gesessen? Seine Moskauer Wohnung war leer, die Fenster kaputt, die Nachbarhäuser ausgebrannt. Wie gut, dass er das Manuskript in der Innentasche seines Feldmantels trug. Wenn er das Fenster öffnete und seinen Kopf in den kalten Wind legte, sah er die dampfende, stampfende Lokomotive, die Waggons waren mit weißen Planen getarnt in den Schneewüsten, durch die sie fuhren, und Willi Bredel blinzelte in das Weiß.

Und er dachte an die Soldaten, die Richtung Stalingrad gezogen waren. Wie sie erst gelacht hatten, und wie andächtig sie ihm dann lauschten, als er vom Tod Störtebekers erzählte. »Und als das Richtbeil ihm den Kopf von den Schultern schlug, erhob sich plötzlich der große Körper noch einmal und schritt an seinen Kameraden vorbei, die in einer Reihe neben dem Schafott auf ihren Tod durch das Beil warteten. So wie es Störtebeker dem mächtigen Ratsherrn Miles vorausgesagt hatte. Denn der hatte ihm in seinem Spott versprochen, jeden seiner Kameraden, an dem er nach seiner Hinrichtung vorbeiging, zu verschonen. Und so schritt Störtebeker, so sagt es die Legende, langsam und schwankend, blutend, aber aufrecht, an seinen Kameraden vorbei, sein Tod sollte nicht umsonst gewesen sein.«

»Immer noch d-den Stör-te-te-be-ker in Arbeit, Genosse?« Willi Bredel schreckte von der Tischplatte hoch, über die er sich gebeugt hatte und auf der die Blätter fächerförmig lagen. Hinter ihm, im Halbdunkel des großen Kellergewölbes der Moskauer Lenin-Bibliothek, stand ein hagerer Mann, den flachen Hut hatte er abgesetzt und hielt ihn mit beiden Händen vor seiner Brust. Zuerst dachte Willi Bredel, der Graue, der immer in der Nische bei dem Waschbecken gesessen hatte, wäre zurück, aber dann erkannte er den unerwarteten Gast und erinnerte sich an dessen nervöses Stottern, das nur abbrach, wenn er agitierend in Fahrt geriet.

»Guten Abend, Genosse Kurella«, sagte er und stand auf, »ich dachte, du wärst irgendwo im Kaukasus.«

»Ich b-bin auf dem Weg d-d-dahin, Geno-Genosse Bredel. Du b-b-bist g-g-g-gut informiert.«

»Du auch«, sagte Willi Bredel und deutete mit einer kurzen Kopfbewegung auf die Manuskriptseiten, die auf dem Tisch lagen. Nur wenige wussten, dass er hier unten mit dem Störtebeker-Stoff rang. Ein paarmal schon hatte er überlegt, ob er nicht aus dem Manuskript lesen sollte, vor deutschen Kriegsgefangenen, denen er meistens aus seinem KZ-Roman vortrug, oder im Radio Moskau, eigentlich war er ja fast fertig, sein Störtebeker-Roman, er suchte noch einen Titel, *Die Gleichteiler*, denn das war die Bedeutung der Likedeeler, zu denen Störtebeker gehörte, oder doch einfach nur *Störtebeker* oder *Der Kampf ums Recht* oder *Komm wieder, Störtebeker* oder *Genosse Störtebekers großer Kampf*, letzte Überarbeitungen, aber immer wieder war er unzufrieden, er wollte, dass Störtebeker mit seinem Schwert ins Hier und Heute schlug. Ein paarmal hatte er daran gedacht, seine Stalingrad-Erzählung, an der er angefangen hatte zu schreiben (»Ein Meer aus vereisten Trümmern, eine Stadt, die nur noch aus Kellern und Toten bestand, Geister in zerfetzten Uniformen schlichen durch diesen Schrecken …«), irgendwie mit dem historischen Stoff der Likedeeler zu verbinden, aber er war doch ein Arbeiterschriftsteller und kein James Joyce, und ratlos starrte er auf den mit Blättern übersäten Tisch.

»D-du w-weißt schon, Genosse, dass es deinen Störte-te-be-ker wahrscheinlich nie-nicht gegeben hat, dass ein Freibeuter Störtebek-Störtebeker nur eine a-a-alte Legende-de ist.«

»Vielleicht, Genosse Kurella, aber was brauchen wir mehr in diesen Zeiten als Legenden.«

»D-da hast du sicher recht, wenn sie un-un-unserer Sache dienen.«

Sie liefen langsam nebeneinander durch die endlosen Reihen der hohen Regale, bogen mal hier und mal dort ab, schlenderten, verweilten vor einigen besonders eindrucksvollen Buchrücken, und Willi Bredel, der dem großen, hageren Mann nur bis zur Schulter reichte, fragte sich, was Kurella wohl von ihm wollte. Sie hatten Mitte der dreißiger Jahre zusammen im Hotel gewohnt, und als die Zimmer begannen sich zu leeren, war auch Kurellas Bruder, der mit ihm im Hotel wohnte, verschwunden, wie so viele deutsche Kommunisten, Tarnkappen aus alten Märchen. Aber Kurella verschwand nicht. Er hatte als junger Mann Lenin getroffen, jeder wusste das, und sein Stottern kam von den Fronten des ersten großen Krieges. Dem Beginn des nicht enden wollenden großen Krieges. In den leeren Zimmern flüsterte man, dass Kurella selbst seinen Bruder denunziert hätte. Bredel hatte das nie geglaubt.

»Wie hat Gorki es ausgedrückt«, sagte Bredel und blickte auf das hagere Gesicht und die bereits silbern glänzenden, schütteren Haare des Genossen Kurella, der vor einem Regal stand und mit seinem langen Zeigefinger über einen der goldbedruckten Buchrücken strich, »für unsere Sache muss nicht nur das …«

»ni-ni-nicht nur das Gewehr, es muss auch das Wort kämpfen«, vollendete Kurella Bredels Satz und drehte sich zu ihm, »ge-genau deswegen bi-bin ich hier, Genosse.«

Dann machte Kurella eine seiner berühmten, bedeutsamen Pausen, hakte sich bei Bredel ein, wofür er sich etwas bücken musste, und dann schlenderten die beiden Genossen, untergehakt und etwas schwankend aufgrund ihrer so unterschiedlichen Körpergröße, durch die endlosen Regalgänge der Lenin-Bibliothek.

»Ich muss bekennen, Genosse«, sagte Willi Bredel, »dass ich mich getäuscht habe ...«

»Ge-getäuscht, Ge-Genosse Bredel? Wi-willst du Selbst-kri-kri-kritik üben?«

»Nein, nein, Genosse. Aber ich glaube, es war Renn, unser verdienter Spanienveteran Ludwig Renn, der diesen Ausspruch über Gewehre und Worte prägte ...«

»Ja, Ge-Genosse Bredel, a-aber er be-be-bezog sich auf einen berühmten Essay von Gorki.«

»Schon möglich, Genosse, aber ich glaube, dass Gorki, kurz bevor er starb ...«

Und so diskutierten sie, während sie weiterliefen, sie kamen an der Nische mit dem blinden Spiegel über dem Waschbecken vorbei, der hatte einen großen Sprung, in ganz Moskau waren die Spiegel zersprungen, und Bredel fragte den Genossen Kurella, dessen Einfluss er kannte und der so vieles zu wissen schien, was für ihn selbst im Dunkeln lag, nach dem Dichter Babel, der lange in Moskau gelebt hatte. Babels *Reiterarmee* hatte Willi Bredel vor Jahren gelesen.

Bredel wusste, dass Gorki den Dichter Babel beschützt hatte, als der Dichter Babel angegriffen wurde, weil er die Realität des Bürgerkrieges, des längst vergangenen und nie vergangenen ... Ach, die Realität ... Bredel war plötzlich sehr müde, und es kam ihm vor, als liefen sie seit Stunden durch die Gänge aus Büchern und Papier, wie oft hatte er sich gefragt, als er in Spanien Skizzen für seine Ebro-Erzählungen machte, wie sehr er die Grausamkeit der Faschisten und ihre eigene Grausamkeit im Kampf gegen die Grausamkeit beschreiben konnte. So wie er es bei Babel gelesen hatte, wünschte er auch über die Kämpfe und die Lebenden und die Toten zu schreiben, glasklar und so, dass jeder weinen müsste über den Krieg und jeden Krieg.

Manchmal wusste er nicht mehr, ob er log und log oder ob er Märchen schrieb und aus dunklen Märchen helle machte, oder ob er die neue Zeit mit vorbereitete, so wie er es hoffte.

»Babel?«, Kurella stotterte nicht mehr, »so wie der Turm von Babel.«

Mehr sagte er nicht zu dem Dichter Babel, der verschwunden war, wie die Bienen in einer seiner Erzählungen, an die sich Willi Bredel erinnern konnte, Bienenstöcke, ausgeräuchert. Aber wer bestäubt dann die Blumen, dachte Willi Bredel, wir?

Aber sie lebten in einer Zeit, die Störtebekers brauchte. Und keine Sentimentalitäten, Genossen! Es droht die Menschheitsdämmerung, wenn der Faschismus nicht ausgemerzt wird! Aber das klingt nun doch sehr expressionistisch, und Genosse Kurella hat sich vom Expressionismus in seinen Schriften aufs schärfste distanziert.

Sein Freund Becher, den er lange nicht gesehen hatte, fürchtete Kurella. *Lange nicht gesehen* hieß nie etwas Gutes in diesen Tagen, die nicht enden wollten. Jahre, Jahrzehnte.

Becher, mit der Nadel im Arm, ausgestreckt auf dem Bett seines Zimmers im Hotel, die Augen geweitet und schwarzrot wie Mohnblüten, was hatte er einmal über Kurella gesagt? Willi Bredel erinnerte sich. »Hat keinen Schatten, der Mann, schau genau hin, Genosse, wenn er über die Flure schleicht, da ist kein Schatten hinter dem Mann.«

Wenn es doch nur so wäre, Hans. Sie alle hatten Schatten, Schatten über Schatten, die sich an sie hängten, die hinter ihnen schleiften, kleine und große, dunkel und grau und rotgefleckt bisweilen, »Ja, du hast recht, Bredel, aber er, er hat keinen, schau doch genau hin«, sein Freund Becher, hingestreckt auf dem Bett, geflüsterte Selbstgespräche, heiseres Flüstern, die Augen geweitet und groß wie blühender Mohn.

Und später, als Kurella den Keller der Moskauer Lenin-Bibliothek längst verlassen hatte, stand Willi Bredel vor dem zersprungenen blinden Spiegel, stützte sich auf das Waschbecken, drehte den Hahn auf und trank. Das Wasser lief kühl über seine Hand, und er benetzte seine Stirn.

»Wenn ich zurückkomme«, hatte Kurella zu ihm gesagt, »dann habe ich Pläne, und ich brauche dich dafür, dich und deinen Störtebeker.«

»Wohin wirst du zurückkommen?«, hatte Bredel Kurella gefragt, »und wann wirst du zurückkommen?«, wo es mit dem Zurückkommen doch so eine Sache war.

»In das neue Deutschland, Genosse Bredel, ins neue Deutschland.«

Sie standen auf dem schmalen Balkon unter der Kuppel der großen Metrostation, die Wände aus Marmor, die kristallenen Leuchter vor ihnen, winzig fühlte sich Bredel auf diesem Balkon, zu dem eine Tür zwischen zwei Regalen führte, am Ende eines Ganges, durch den Kurella zielstrebig geschritten war. Willi Bredel reichte ihm die Schachtel französischer Zigaretten, aber Kurella lehnte ab.

»Sieh dir diesen Reichtum an, Genosse, vom Volk geschaffen, für das Volk geschaffen.«

Und unter ihnen fuhren schon wieder die ersten Metrozüge, standen Menschen an den Bahnsteigen, die Leuchter strahlten vor ihnen, Kristall, das sie blendete, wenn die Lichter der Metrozüge es trafen, »Ja«, sagte Bredel, »die Welt soll sehen, was der Sozialismus leisten kann«, und er erinnerte sich an die Monate, in denen die Bomben fielen, als die Menschen dicht an dicht hier unten standen, hätte Stalingrad nur eine Metro gehabt.

»Ich will eine neue Schule bauen«, sagte Kurella und lehnte sich auf die Brüstung, und Bredel hatte plötzlich Angst, dass er straucheln und abstürzen könnte, man würde ihn dafür verantwortlich machen.

»Ich will eine Schule gründen, wo wir die neue Literatur propagieren, wo Arbeiterkinder zu Schriftstellern werden, und dafür brauche ich dich, Genosse Bredel!«

»Wie das Gorki-Institut am Twerskoi-Boulevard?«, fragte Bredel.

»Ja, Genosse Bredel, ein Bruder-Institut im neuen Deutschland.«

»Wir müssen es noch bauen, das neue Deutschland.«

»Zweifelst du etwa, Genosse Bredel?«

»Nein, wir haben nie gezweifelt«, sagte Bredel.

Und vor dem blinden, zersprungenen Spiegel stehend, aufs Waschbecken gestützt, den leeren Flachmann mit dem in Silber geprägten roten Stern in der Innentasche, sah Willi Bredel wieder das Blitzen der Kristalle der riesigen Leuchter, sah die kathedralengleiche Metrostation, hörte den Genossen Kurella, »Schreib ihn um für die Jugend, deinen Störtebeker-Roman, ein Erbauungsbuch für unsere Jugend in unserem neuen Deutschland«, erinnerte sich, wie ihm sein Freund Becher im Hotel ein Buch gezeigt hatte, ein Märchen der deutschen Romantik, illustriert vom Expressionisten Kirchner, da war er, Kurella, der Graue, hager und mit der flachen Arbeitermütze auf dem Kopf, gehetzt und getrieben, »Ich will eine Schule bauen!«, Bredel hatte nachts lange in dem Buch geblättert, das erstmals achtzehn-vierzehn erschienen war, »Die Weltereignisse … zerrissen mich wiederholt vielfältig«, wo bist du, Störtebeker, Politkommissar?, »Wir haben nie gezweifelt«, und im Blitzen der Kristalle sah er einen Metrozug, in dem saßen all die verlorenen Genossen und blickten stumm zu ihnen hoch, wie sie da auf der Brüstung lehnten, und Willi Bredel sah sich selbst im Zug Moskau – Stalingrad – Moskau, wie lange war das jetzt her?, niemals und ewig, erschrak erst, weil er kurz glaubte, sich unter den Verlorenen gesehen zu haben, aber ihn hatten Nazis gefoltert, er hatte Lager und Flucht überlebt, *wenn ich einmal heimkehr'*, »aber wie kann das sein, Genossen, dass Genossen durch Genossen …?«, »Das darfst du nicht einmal denken, Willi!«, *getrennt, abgetrennt,* und er saß wieder mit den deutschen Genossen im Abteil, während draußen die Schneewüsten, Menschenwüsten, Trümmerwüsten vorbeiflogen, Fliehende, Gruppen von Menschen, dunkle Punkte im Schnee, mit Wagen, zu Fuß, und Bredel las aus seinem Roman *Die Väter,* der in der Zeitschrift *Internationale Literatur* erschienen war, »Lies, Genosse Bredel«, rief Genosse Ulbricht, Politkommissar, führender Propagandist, »Was Lustiges!«, und Bredel starrte in den blinden Spiegel, Klopfzeichen, legte eine Hand aufs Glas, war müde, unendlich müde, »Unendlichkeit, Genossen? Über diese Probleme diskutieren wir hier nicht!«, Klopfzeichen, ein Mann in seiner Zelle, zerschlagen und gequält, Menschen in ihren Zellen, zerschlagen und gequält, und Willi Bredel, Arbeiterschriftsteller aus Hamburg, sah Bechers Altar auf dem blinden Spiegel im Keller der Moskauer Lenin-Bibliothek, *es bricht aus dem Bilde das Blut heraus,* er legte seine Stirn auf das blinde und wellige Spiegelglas, Bechers Morphium-Phantasien, er sieht Trabanten-Städte, große Fabriken, aus deren Schloten die Flammen schlagen, sieht das Zerbrechen und Stürzen des Betons, Sockel ohne Denkmäler, geschleift, gestürzt, *gezogen war, gegangen war, geworden war,* hört die Klopfzeichen hinterm Spiegel, »Wie wird man sich dereinst an uns erinnern«, sieht und hört voller Grauen, »Ich habe mich täuschen lassen von dem Genossen«, wie er einen alten Kameraden aus dem Spanienkrieg verleugnet, ist das das neue Deutschland, was wir uns erträumten?, greift sich an die schmerzende Brust, wieder und wieder, *Herzen aus Papier,* sieht Kriege und Revolutionen und Kriege, geschleifte Denkmäler, stürzende Mauern, »Dann ist das das Ende der Geschichte«, funkelnde Minarette und verglühende rote Sterne, Hungernde und Fliehende, *gezogen war, gegangen war*, sieht sich selbst im Zugabteil mit den Genossen, »geschossen«, in der neuen Schule im neuen Deutschland, im Gorki-Institut, »ein Erbauungsroman für die Jugend, Genosse, so was wie dein humoristischer Arbeiterroman über Hamburg!«, *ach verlorenes Hamburg*, Carl Benten, du ewig betrunkener Störenfried!, »ick bin für dee Niggers!«, *Die Väter, Die Söhne, Die Enkel*, habe ich das geschrieben?, »verdammich nochmal, was haben wir in Afrika zu suchen! Warum werden die armen Neger hingemetzelt? Weil die Herren von Eisen und Stahl nach noch fetteren Gewinnen gieren. Wen machen die Bodenschätze in Afrika reich? Uns etwa? Doch wohl die unersättlichen Großindustriellen«, badamm, badamm, badamm, über die Schwellen der neuen Zeit, »Was Lustiges, Genosse! Wir wissen doch, wie er ist, der Imperialismus, wir sind hier doch nicht bei der Umerziehung!«, als Störtebeker über die Wellen der neuen Zeit, zu viele Wulflams!, ruft der greise Kapitän, Gier, Falschheit und Grausamkeit regierten, und Willi Bredel riss sich los von den Bildern, die er wie im Fieber in dem blinden Spiegel sah und wankte erschöpft zu dem Tisch zurück, auf dem Blätter seines Manuskripts immer leer und immer neu auf ihn warteten.